LA

LESCOMBAT

Paris. — Imprimerie de la Librairie Nouvelle. — A. Bourdilliat, 15, rue Breda.

ROGER DE BEAUVOIR

LA

LESCOMBAT

LE MOULIN D'HEILLY
DAVID DICK
LES EAUX DES PYRÉNÉES
MADEMOISELLE DE SENS

PARIS

LIBRAIRIE NOUVELLE

BOULEVARD DES ITALIENS, 15

A. BOURDILLIAT ET Cᶜ, ÉDITEURS

1859

LA LESCOMBAT

I

L'ARCHE DE NOÉ

La physionomie du vieux Paris n'est pas encore tellement effacée dans certains quartiers, qu'un observateur scrupuleux ne puisse en reconstruire çà et là les principaux traits. Tout ce que le dix-huitième siècle s'enorgueillissait d'avoir créé n'est point détruit; en plusieurs endroits seulement les noms ont changé. La révolution française elle-même a moins opéré de bouleversements, il faut se hâter de le dire, que l'industrialisme accapareur; le mot de *propriété nationale* a été moins funeste à la capitale que celui d'*alignement*. Les hôtels somptueux et les édifices de l'ancienne monarchie se sont défendus, non-seulement avec bonheur contre cette période sanglante, mais les plus humbles fabriques ont échappé, en plusieurs faubourgs du moins, à la transformation violente ou au marteau. Ainsi en est-il de cette sorte de restaurant vraiment étrange qui a pour enseigne aujourd'hui : *Au hasard de la fourchette*, et qui s'appelait, du temps de nos pères, l'*Arche de Noé*.

Il n'est pas un rapin ami de l'art, un oisif promeneur, ou quelque Nodier en herbe, jaloux de fouilles merveilleuses dans le vieux Paris, qui n'ait entendu parler de cet endroit. Cette gargote, située derrière l'arche Marion, rue Thibaut-aux-Dés, ouvrait chaque matin ses trois portes tachées de graisse à l'ap-

pétit féroce des consommateurs. La figure respectable du père
de la vigne, du patriarche Noé, que ses enfants durent couvrir
un jour, par respect filial, de leur manteau, pendant son ivresse,
s'épanouissait radieusement sur une planche peinte au-dessus
de l'entrée; il y voguait dans son grand esquif de bois au milieu
de soixante têtes d'animaux qui avaient mis tous le nez aux
fenêtres de l'arche, et ne représentaient pas mal la foule des
clients attablés au râtelier intérieur. La fumée épaisse qui s'é-
chappait de ce lieu tout rempli de voix confuses donnait d'abord
à penser qu'on devait faire grande chère dans la gargote; mais
dès le seuil même on était désabusé, à la vue de deux chiens
maigres rongeant quelques os d'un air piteux, cerbères vigilants
toutefois, ne fût-ce qu'à voir l'anxiété perpétuelle de leur coup
d'œil, dès que l'un des convives entrait ou sortait. Lorsque
l'on s'était habitué peu à peu au brouillard et au tumulte de la
gargote, on pouvait distinguer une salle longue, soutenue à
son milieu par un pilier assez large, enclavé lui-même dans une
table de dimension assez étendue pour contenir au moins cent
couverts.

Par ce dernier mot, le lecteur conclurait sans doute que ces
ustensiles nécessaires à tout repas devaient se trouver près de
chaque assiette d'étain qui figurait sur la table; il n'en était
rien pourtant, et les habitués s'en passaient, suivant l'usage
établi de temps immémorial à l'*Arche de Noé*.

Aux parois de la muraille entièrement nue et recrépie en
vingt endroits, étaient suspendus plusieurs couteaux retenus
par une chaînette de fer; c'était là que les affamés s'en allaient
couper leur pain. Près de cette muraille se tenait un nègre
athlétique chargé de mettre le holà au moindre tapage, manière
d'épouvantail pour tous ces oiseaux de proie, que sa seule vue
devait évidemment contenir. N'oublions pas non plus que chaque
plat se trouvait vissé fort solidement à la table, dont aucune
nappe ne recouvrait le plancher huileux. Une marmite colos-
sale, digne de Gargantua, en occupait le milieu. C'était dans
ce gouffre que plongeaient vingt bras avides, armés chacun d'é-
normes piques de bois, allant à la conquête des morceaux avec

d'épouvantables jurements. Les plus favorisés d'entre ces pêcheurs de viande ramenaient leur trouvaille sur leur assiette avec une dextérité merveilleuse, pendant que d'autres, moins heureux, accusaient le hasard ou la pénurie de la marmite. Pendant que cette première *dinée* avait lieu dans ce réfectoire nauséabond, d'autres prédestinés attendaient en dehors de l'*Arche*, en serrant dans leurs mains les quinze sous, prix habituel de ce banquet, bien préférable, selon eux, au *ragrat*, qui d'ailleurs était plus cher. Quant au nettoyage complet des assiettes, nous répugnons à dire qu'il était opéré par cinq molosses à jeun que détachait le nègre chargé de la police de cette taverne. La langue exercée de ces animaux rendait bien vite à l'étain sa première apparence de propreté.

Un dimanche du mois de décembre 1754, par une journée assez belle, une cohue nombreuse avait envahi de bonne heure, comme à l'ordinaire, l'*Arche de Noé*. Ce jour-là du moins les habits de ces convives, tous ouvriers pour la plupart, tranchaient joyeusement sur le fond noirâtre de la gargote. Quelques voix fêlées y écorchaient même à l'intérieur les chansons poissardes de Vadé. Un large broc de vin, payé par un maître maçon de la rue des Arcis, n'avait pas tardé à barbouiller les cerveaux; les chiens et les hommes étaient repus. Debout sur la porte d'entrée, le nègre Adonis, qui semblait lutter lui-même d'embonpoint avec la figure du gras patriarche, patron du lieu, regardait les passants d'un air de prince, s'inquiétant fort peu du bacchanal accoutumé que faisaient ces gens heureux. Deux heures venaient de sonner à Saint-Jacques-de-la-Boucherie; et plusieurs bourgeois, leurs femmes ou leurs livres d'heures au bras, passaient devant la gargote d'un air recueilli.

Parmi ces derniers, le regard intelligent du nègre en remarqua bientôt un qui examinait avec une attention inquiète les hôtes de l'*Arche de Noé* à travers les carreaux fumeux de la taverne; on eût dit qu'il cherchait quelqu'un. Il frappait du pied de temps à autre avec impatience, et s'écarquillait les yeux avec une ténacité qui prouvait assez son désir.

Vêtu d'un habit de velours brun, soigneusement poudré et

brossé, ce personnage, dont le jabot et les manchettes paraissaient d'un point assez cher, brandit enfin sa canne à pomme d'ivoire sur le pavé, comme si l'aspect de quelque visage malencontreux eût produit chez lui une irritation subite... Il monta tout d'un trait les quatre marches qui menaient à la gargote, et sans entendre seulement Adonis qui lui demandait son cachet d'entrée, il s'en fut droit au maître maçon qui avait régalé du broc de vin sa bande d'ouvriers :

— Vous ici, maître Durand ? dit-il en croisant les bras et avec un ton de colère, vous ici, quand le travail vous réclame ! Je vous croyais à Passy, où l'on nous attend, vous et moi !

— C'est aujourd'hui fête, répondit maître Durand, et monsieur Lescombat doit bien savoir...

— Que lorsqu'on est payé double, monsieur Durand, et surtout lorsque l'on a donné sa parole...

— Pardienne ! je me moque bien d'être payé double par votre M. Popelinière ! Cela me rendra la jambe bien faite, quand ce Crésus-là m'aura mis ce soir quelques écus dans la main pour achever sa salle de spectacle ! A-t-on idée de cela? bâtir en plein hiver une folie pareille, et à Passy !... D'abord, ce n'est pas moi, c'est ma femme qui a dit : — Monsieur l'architecte, Durand ira à Passy ! Elle a pris cela sous son bonnet, voyez-vous, je la connais, elle est comme la vôtre, elle veut aller au Colisée sans moi ! Mais, vive Dieu ! nous sommes tous chrétiens de père en fils dans notre famille, et j'observe le dimanche en donnant l'exemple à mes maçons...

— Un joli exemple que vous leur donnez, maître Durand ! N'avez-vous pas de honte de chopiner au lieu d'avoir le pied sur l'échelle ! On doit représenter après-demain un opéra à Passy, chez M. de la Popelinière, et, vous le savez aussi bien que moi, sa salle de spectacle est loin d'être achevée. Je lui ai répondu de vous, et il faut que vous me suiviez...

— En voilà une, par exemple ! Comment! monsieur l'architecte, vous ne concevez pas qu'on se repose le septième jour, comme Dieu, vous, qui pourtant n'êtes pas un fainéant, et vous vous brûlez le sang à faire des plans pour les riches ! Jarni ! vous êtes un bon enfant ; tenez, on ne mange ici qu'à quatre sous, mais un verre de blanc que maître Durand vous offre de bon cœur...

— Impossible, Durand, je suis attendu ; encore une fois, il faut que vous me suiviez, vous et les vôtres. Ces hommes ne doivent-ils pas, comme vous, recevoir une paie double? Je vous donne un quart d'heure... sinon...

— Sinon,. Vous nous laissez, n'est-ce pas? Eh bien! au revoir, monsieur Lescombat, et à demain.

En même temps, le maître maçon se versa lui-même une rasade copieuse en fredonnant un air entre les dents.

— Vous me refusez, reprit Lescombat, prenez-y garde! J'en connais d'autres qui ne sont pas loin, maître Durand, et si une fois je les emmène...

— A votre aise, monsieur Lescombat, rompez notre marché... Aussi bien pour mon compte je ne suis pas friand, voyez-vous, de travailler pour messieurs de la ferme! Un tas de corbeaux qui s'engraissent du meilleur de notre sang! Prenez Pierre Ledru, tenez, c'est l'homme qu'il vous faut pour votre M. de la Popelinière... Moi, j'ai le château de M. de Nicolaï où je travaille, j'ai M. de Penthièvre et quelques petits regains à Saint-Cloud. Bast! je possède encore du pain cuit sur la planche, voyez-vous bien, et malgré le goût de madame Durand pour la toilette, je ne me laisse point gruger par ma femme; entendez-vous, monsieur Lescombat? A bon entendeur salut, murmura le maître maçon en regardant ses ouvriers d'un air de triomphe.

A ces dernières paroles de maître Durand la physionomie de l'architecte s'était rembrunie, il le regarda avec des yeux où brillaient la rage et la colère.

— Sortez d'ici, lui dit-il en frappant la table de sa canne, nous allons à l'instant régler nos comptes! Il n'y a pas besoin pour cela de juré=expert!

— Grand merci, monsieur l'architecte, j'ai promis chopine aujourd'hui à mes Limousins, dont le plus grand nombre n'use pas de draps blancs, voyez-vous, car ils couchent tous ensem-

ble sur la paille en faisant chambrée commune, pendant que
vous et madame votre épouse, vous donnez à manger à des
bourgeois dans votre hôtel... Dame! les maçons sont moins
heureux que les procureurs et les architectes, sauf votre respect!

— Ce qui ne vous empêche pas, monsieur Durand, tout
maître maçon que vous êtes, d'avoir employé du carreau de
pierre de trois pouces d'épaisseur dans votre dernière bâtisse
au pavillon de M. de Coigny, à Châteaublond; j'ai vu cette œuvre, monsieur, et bien que vous ayez mis le carreau debout de
chaque côté du mur de manière à ce que les deux carreaux
ressemblassent parfaitement à une pierre de taille pour tromper l'œil...

— C'est une imposture! s'écria Durand pourpre de colère. Ah!
parce que vous travaillez pour les grands seigneurs, monsieur
Lescombat, vous prétendez ravaler le pauvre monde! Vous
m'accusez de *faire de la musique* (1), monsieur l'architecte?
Sachez donc que ce n'est pas moi, mais bien Pierre Ledru qui
a achevé ce pavillon de M. de Coigny à Châteaublond. J'avais
un voyage à faire et je lui ai cédé cette besogne... Allez donc
le chercher, vous, dont il se targue d'être le favori, le Ben-
jamin!

— Oui, j'irai le chercher, reprit Lescombat, je l'instituerai
en ton lieu et place; car pour toi je te chasse, je ne veux plus
avoir de rapports avec un malheureux tel que toi! Je saurai
bien le surveiller ce Pierre Ledru, mais il ne me résistera pas
du moins! J'ai pleins pouvoirs de M. de la Popelinière, et
quand il saura demain ta friponnerie...

— Halte-là! s'écrièrent en chœur les Limousins que maître
Durand maintenait de l'œil pendant ce dialogue animé de part

---

(1) Ce délit punissable, en terme de coterie ou de maçonnerie, est
appelé *faire de la musique*, par ressemblance des lignes et des espaces
dans les papiers de musique. Le maçon enlevait ainsi, en ce temps-là
du moins, au propriétaire la solidité de son mur et à sa bourse quatre
livres dix sols sur six livres, chaque fois que se répétait ce vol du maçon *musicien.*

et d'autre. Monsieur du compas, vous venez d'insulter notre maître à tous, il faut que vous lui demandiez réparation !

— Silence ! tas d'ivrognes, interrompit alors la voix tonnante du nègre Adonis, vous oubliez qu'on doit discuter paisiblement à l'*Arche de Noé !* Voyons, dignes enfants de la truelle, reprit-il bientôt plus doucement, mais en faisant décrire à un fort joli gourdin qu'il portait le plus persuasif des moulinets, expliquez-vous dehors avec monsieur. Aussi bien, et malgré le vin si généreusement payé par maître Durand, il vous faut faire place nette, car voici la fournée de trois heures qui arrive.

Et, comme il finissait ce beau discours, entrèrent tumultueusement quarante à cinquante pendards qui remirent leurs cartes au *trésorier* Adonis. C'était le titre du nègre, et il faut croire qu'il en était fier, à voir la façon royale dont il donnait des ordres devant l'hôtelier lui-même, pauvre petit bossu qui le regardait faire comme un nain regarde un géant !

Cependant les maçons, précédés de maître Durand, s'étaient répandus devant l'*Arche de Noé*, en formant autour de l'architecte une horde très serrée. Echauffés par ce vin frelaté et par l'atmosphère du cabaret, ils ne demandaient rien moins que de le faire mettre à genoux devant leur amphitryon, qui accablait d'invectives le malheureux Lescombat. Sourds à la voix impérative de ce dernier, ils refusaient même d'ouvrir leurs rangs ; l'architecte courait un danger d'autant plus sérieux qu'il était doublé par sa résistance. Bien que faible et chétif de sa personne, il allait, en effet, affronter de face les assaillants et se faire un passage avec sa canne, quand un jeune homme fondit sur ce groupe, l'épée à la main, en criant aux Limousins de s'écarter. Lescombat poussa un cri ; il venait de reconnaître un des pensionnaires habituels de sa maison.

— A l'aide ! s'écria-t-il, à l'aide, mon cher Mongeot, ils veulent m'assassiner !

Le jeune homme n'avait pas attendu ce cri pour distribuer çà et là des coups énergiques du pommeau de son épée parmi cette canaille. Il ne tarda pas à se voir secondé par les livrées bleues du guet de ce quartier, qui parurent au détour de l'arche Marion. Cette milice bourgeoise, nommée par dérision les *Soldats de la Vierge Marie*, sans doute parce qu'ils passaient dans l'esprit de la multitude pour ne pas aller plus à la guerre que les soldats du pape, fit son devoir avec bravoure ; elle dissipa les moins rebelles et serra les menottes aux récalcitrants, ce qui s'appelait autrefois du nom charmant de *ganter*.

Pendant qu'on les conduisait au poste, l'architecte, dont les dentelles venaient d'être déchirées par ces furieux en plusieurs endroits, embrassa le jeune homme avec effusion ; il pâlit en voyant qu'il était blessé à la main droite. Rassuré bientôt par son défenseur lui-même, il arrêta ses regards avec complaisance sur ce noble et doux visage qu'il avait à peine remarqué jusque-là, car Mongeot habitait sa maison de très fraîche date.

— Rue Garancière ! dit-il au cocher du fiacre que les nombreux spectateurs de cette scène venaient de lui faire avancer.

II

LA PENSION DE MADAME LESCOMBAT

Le fiacre roula de son mieux. Pendant le trajet, l'architecte ne pouvait trouver assez de termes pour exprimer sa reconnaissance au jeune homme ; il lui prenait les mains affectueusement en le nommant son libérateur.

— Voilà ce que c'est, mon cher Mongeot, qu'un bras ferme et vingt-deux ans ! Hélas ! je n'ai plus ce bras ni cet âge, moi, que l'étude et les soucis ont fait vieux de si bonne heure ! Et cependant la résistance de ces misérables m'avait échauffé à un tel point !... Je n'irai point dîner à Passy ; M. de la Popelinière attendra... Attendre ! reprit-il après un instant de silence, les financiers connaissent-ils donc ce mot ?

— Tout comme les autres, mon cher monsieur Lescombat ; d'ailleurs, le dimanche n'est-il pas jour de gala à la pension ? Nous avons à dîner votre ami d'Aquin, l'organiste du petit

Saint-Antoine, et sa nièce, mademoiselle Blanche... Cinq couverts en comptant le vôtre qu'on mettra... Pourtant le vieux Gervais en a placé ce matin un devant moi...

— Pour qui donc? demanda l'architecte d'un air soucieux.

— Je l'ignore, ma foi, et j'allais vous le demander ; à moins que ce ne soit pour cette madame de Godrecourt qui nous fait souvent l'honneur de venir nous ennuyer de ses grands airs, sous prétexte qu'elle est baronne, ou pour le gros abbé qui vous gagne si impitoyablement au trictrac! Serait-ce encore pour ce long gendarme Dauphin, que vous ne ferez pas mal d'empêcher de payer pension chez vous, car il regarde votre femme avec des yeux!... Il est vrai qu'ils la regardent tous ainsi... elle est si belle, si piquante ! Un pareil trésor entre vos mains ! Oh ! vous êtes heureux, mon cher monsieur Lescombat!

— Heureux ! murmura l'architecte en se renfonçant d'un air chagrin dans la voiture, ils n'ont tous que ce seul mot dans la bouche. Parce que la beauté de ma femme a passé en proverbe dans le quartier du Luxembourg, et que chacun s'écrie : « Voyez donc *la belle Lescombat !* » s'ensuit-il de là que ma tranquillité, mon bonheur?... Tenez, mon cher Mongeot, ne me parlez pas d'une femme qui ignore jusqu'au prix de ses dentelles, de ses robes !

— Elle se repose sur vous du soin de cette dépense... Un mari...

— Un mari, interrompit vivement Lescombat, doit se voir consulté par sa femme avant toutes choses. Madame s'est mis en tête de tenir pension et table ouverte, pour avoir sans doute compagnie sans mettre le pied dehors ; elle arrange souvent dans mon salon même dix parties de jeu sans m'en proposer une. Elle a un clavecin pour elle et ses amis, mais ce clavecin devient muet quand nous sommes seuls. Je ne puis enfin entrer chez elle que sur la fin de sa toilette, et après avoir envoyé demander trois fois, avec les ménagements qu'exige la négociation la plus importante, si elle est visible. Du reste, elle me laisse libre de causer tout le jour avec son jardinier, de payer la dépense de la maison, son jeu, ses spectacles et sa toilette...

Si vous ajoutez à cela qu'elle me demande un vis-à-vis !...

— Un vis-à-vis ! mon Dieu, y a-t-il donc là de quoi tant crier ? c'est très conjugal un vis-à-vis. Vous passez pour faire d'excellents marchés, mon cher monsieur Lescombat. On sait que votre talent, vos études... Enfin, bon an, mal an, vous gagnez dix mille livres...

— Et ma femme en dépense vingt ! Hier encore, cette robe à bouquets, pour se faire voir en plein jour dans l'allée des Tuileries !... Comme si rien valait notre Luxembourg !... Tout le monde la regardait à votre bras, et moi j'en rougis pour vous lorsque je vous rencontrai. Vous aviez l'air d'un parent de province peu au fait de ses dépenses folles, d'un jeune homme fourvoyé qui donnait le bras à une coquette...

— Monsieur Lescombat !...

— Vous n'avez pas mon âge, et ne pouvez savoir combien de tels airs sont éloignés de ceux de la bonne compagnie. Tenez, moi, je suis le fils d'un simple bourgeois, je me suis fait tout seul un nom et une modeste fortune dans mon état ; mais plus je fréquente les grands seigneurs pour qui je travaille, plus je vois leurs femmes laisser aux danseuses d'opéra cet attirail outré de richesse, cette affectation de toilette...

— Qui fait pourtant de madame Lescombat une des plus belles femmes de Paris ! Vous êtes sévère, monsieur Lescombat. Si vous aviez pu entendre, l'autre jour, comme moi, ces demi-mots que laissaient tomber dédaigneusement de leurs lèvres ces mêmes grands seigneurs dont vous me parlez, et dont je hais le jargon plus que vous encore ! C'était une nuée de papillons sur notre passage. Deux fermiers généraux, aussi épais que votre M. la Popelinière, m'ont salué, et un petit marquis m'a demandé poliment l'heure qu'il était. Moi, j'étais trop fier, trop heureux, pour leur répondre. La promenade, il faut le croire, m'a porté bonheur, car le soir j'ai reçu une lettre de M. de Croismare, gouverneur de l'École militaire, qui me prie de dîner chez lui dans cinq jours... Un protecteur que votre femme vous vaut déjà !

— Que voulez-vous dire ?

— Que le gouverneur connaissait mon père ; il s'est informé
de mon adresse. Dès qu'il a su que j'étais le pensionnaire de
madame Lescombat : « Il n'y a pas de jours, a-t-il dit, où l'on
ne me parle de sa beauté et du talent de son mari. J'irai les
voir tous deux en vous allant chercher au premier jour. »
Tels sont les termes de sa lettre, et vous avez tort de reprocher
à votre femme cette promenade aux Tuileries!...

— Je lui dois beaucoup, je le sais, reprit Lescombat. Une
belle femme avance souvent les affaires de son mari ; mais j'ai
assez de commandes et de travaux sans me faire une enseigne
de la mienne. Qu'elle renonce à ses dépenses, et nous pourrons faire une meilleure figure dans le quartier... Mais hier
encore, j'ai reçu pour elle certains mémoires...

La voiture venait de s'arrêter, en cet instant, devant une porte
cochère d'honnête apparence qui s'ouvrit bientôt pour donner
passage à un vieux laquais en bas chinés dont les mains trem-
blantes essayèrent vainement de tourner le bouton de la voiture. Le jeune homme vint à son aide, et franchit lestement le
marchepied en tendant la main à l'architecte. Tous deux entrèrent dans une pièce basse qui formait la salle à manger de
la maison. Quelques plans au lavis, des vues de Rome et des
bas-reliefs, suspendus à ses panneaux, des chaises en noyer et
quelques miroirs à bougies, etc., en formaient l'ameublement.
Gervais, le domestique, nettoyait la timbale d'argent de son
maître, quand celui-ci lui demanda pour qui était ce cinquième
couvert qu'il voyait.

— Sans doute pour quelqu'un qui devait remplacer monsieur, répondit le vieux serviteur ; madame Lescombat pensait
que vous dîniez à Passy.

— Et le nom de ce convive? reprit Mongeot.

— Toinette me l'a dit ce matin, monsieur, c'est quelque
chose comme Santa-Crux ou Vera-Crux... un nom de Portugal,
un étranger...

— Un étranger! murmura Mongeot en se parlant à lui-
même ; serait-ce celui qui nous suivit si obstinément aux Tuileries l'autre jour, et dont elle eût accepté la chaise, sans un

signe de mécontentement que je lui fis? Je le reconnaîtrai, nous verrons bien.

— Tu en seras quitte, mon brave Gervais, reprit l'architecte, pour placer à cette table un sixième couvert... le mien... Oui, j'ai changé d'avis, et je vais, de ce pas, prévenir moi-même madame Lescombat.

— Il n'en est pas besoin, monsieur, reprit Gervais, la voici qui descend elle-même inspecter la table, car dans un quart d'heure je sonne la cloche... M. d'Aquin et sa fille sont déjà dans le jardin. Nos autres pensionnaires dînent aujourd'hui chacun de leur côté. Ce sera un vrai banquet de famille, mon digne maître.

— C'est bien, qu'on me laisse seul un instant dans cette salle... Mongeot, rends-moi le service de rejoindre le brave homme d'Aquin, et de te promener avec sa fille jusqu'à l'instant du dîner, moi, je veux causer quelques secondes avec ma femme... ici... pour affaires...

Mongeot obéit à regret, non sans échanger avec la belle personne qui entrait un coup d'œil d'intelligence.

C'était une femme de trente années environ, le port assuré, la taille svelte et bien prise. Sa stature était médiocre, mais chacun de ses membres avait des attaches aussi arrêtées de contour et de nervure que ceux de la Vénus grecque. Ses yeux étaient grands, noirs et très vifs ; la blancheur de son teint éblouissait. Sa gorge, ses bras et ses mains paraissaient surtout d'une beauté rare (1). Un sourire qui lui était habituel donnait à sa lèvre quelque chose d'impérieux ; elle avait l'air d'avoir la conscience de ses charmes. Pour faire ressortir sans

(1) Le plâtre de la Lescombat, modelé par elle dans sa prison, existe chez tous les mouleurs ; mais sa main est devenue surtout l'ornement indispensable de tous les ateliers. Cette main, grasse, potelée, est frappée çà et là de fossettes exquises. Non-seulement elle ne fait point l'aile de pigeon, comme celle de presque toutes les femmes des dix-septième et dix-huitième siècles, mais les ongles en sont d'un galbet exquis, et se rapprochent d'une manière frappante de ceux de Catherine de Médicis.

doute le miraculeux éclat de sa peau, elle portait à peine de rouge. Des cheveux, d'une grande abondance, retombaient en flocons poudrés sur ses épaules dégagées de toute guimpe, et dont une mince dentelle de point festonnait les lignes pures. Une contraction légère et presque insensible nuisait seule à sa bouche entr'ouverte comme pour montrer des dents fort belles. Rien qu'à la voir, on devinait aisément chez elle un grand amour de domination; son abord intimidait.

Elle portait ce jour-là une robe de *faveur nuée,* couleur fort en vogue à cette époque. Parisienne dans toute sa toilette, elle avait affecté de n'y rien laisser paraître d'une bourgeoise. Des bracelets de perles serraient son poignet; des bagues d'un grand prix ornaient ses doigts. Son front étoilé d'épingles en diamants ne le cédait guère qu'aux pandeloques qui brillaient à ses oreilles. Non contente d'être belle, voulait-elle encore paraître riche? c'est ce qu'aurait pu faire supposer certain air de hauteur dans le geste et dans l'accent, une pose conventionnelle de grande dame. Evidemment cette femme ne se croyait pas née pour le joug quel qu'il pût être, celui de la misère surtout. Dissipée, galante, dépénsière, elle comptait sur le culte de ses nombreux adorateurs comme on compte sur un revenu fixe, annuel, qu'aucun accident ne peut détruire. Douée d'une singulière souplesse d'esprit, elle était femme à mener de front quatre intrigues, et cela sans le secours ordinaire des filles de chambre, ces Iris vulgaires, ces Lisettes humiliantes. Mariée à un homme dont la vie studieuse recherchait l'ombre, elle aimait l'éclat; comme toute recluse, elle aspirait à l'air de la cour, aux frivolités, au luxe. Toutefois, sous cette enveloppe frivole, il n'était pas difficile de pénétrer un grand fonds de résolution. La haine, dans cette âme, devait rencontrer sa place comme l'amour, et ce masque hautain voilait à la fois la passion et l'artifice.

En apercevant Lescombat, elle ne put d'abord retenir un cri de surprise.

— Vous ici! dit-elle, vous que je croyais chez M. de la Popelinière!... Et dans quel état sont vos dentelles, bon Dieu! ne croirait-on pas que l'on vous a chiffonné tout à plaisir? Est-ce donc la peine d'avoir un mari pour qu'il vous revienne ainsi défait?

: Lorsque l'architecte lui eut raconté en peu de mots son accident :

— Mais vous ne pouvez demeurer ainsi, reprit-elle;, nous avons du monde. Je vais dire à Gervais de vous apporter un autre habit...

— Je croyais que nous devions être seuls, reprit Lescombat, et ce n'est pas pour d'Aquin et sa fille que j'irai faire toilette,.. La vôtre, je l'avoue, a de quoi me surprendre, madame, quoique depuis longtemps, à voir le désordre qui règne ici...

— Plaignez-vous donc! lorsque c'est pour vous que j'ai cru devoir inviter le seul homme qui soit en posture de vous être utile à la cour... le brillant chevalier de Vera-Crux, avec lequel je veux vous faire lier connaissance...

· — Je n'aime pas les nouveaux visages, vous le savez. Celui-ci...

· — Vous est inconnu, je le sais, et moi-même je me serais fait sucrupule de l'inviter, sans la conviction intime qu'il vous devient nécessaire... Vous êtes menacé, m'avez-vous dit, de perdre votre place au Luxembourg; le chevalier de Vera-Crux a ses entrées chez le ministre, et nul doute que par lui... D'ailleurs, il prétend payer pension chez nous, et m'a fait déjà remettre par son coureur le prix du premier trimestre... Vous allez le voir, et je vous conjure, dans votre intérêt...

Le bruit d'un carrosse, auquel se joignit bientôt celui de la cloche qu'on tintait pour le dîner, vint interrompre cette conversation, dans laquelle madame Lescombat n'avait pas eu de peine, on l'a vu, à tenir le dé. Moins ému encore de son accident que de la froideur de sa femme, l'architecte croyait rêver, lorsque le chevalier de Vera-Crux parut en s'annonçant dès l'entrée par un nuage de poudre... En même temps, les trois autres convives qui devaient faire partie de ce dîner mirent le pied dans la salle. Blanche d'Aquin était toute pâle; elle se hâta de montrer en entrant à madame Lescombat la blessure légère que

Mongeot avait reçue au bras dans la rixe, et que le jeune
homme s'efforçait pourtant de cacher.

— N'est-il pas vrai, madame, qu'il lui faudrait mettre là-
dessus un autre bandage que ce mouchoir? Eh! mais, c'est le
vôtre, ajouta-t-elle en voyant les chiffres qui s'y trouvaient
brodés, et que madame Lescombat n'eut pas de peine elle-même
à reconnaître. Une égale rougeur colora subitement ses joues
et celles de Mongeot; mais l'architecte ne s'en aperçut pas,
absorbé comme il l'était dans l'examen du nouveau venu, qui,
placé près de sa femme vis-à-vis de lui, venait de déployer sa
serviette après une foule de propos galants débités en masse à
sa voisine.

Ce personnage au teint basané se carrait alors dans un frac
de velours bleu, orné d'assez belles almarges. Il était poudré
sans doute par un chamberlan gascon, car la hauteur de son
toupet *à l'escaladé* semblait vouloir menacer le ciel. Un énorme
rubis balai qu'il portait à son index accusait la prétention de
sa main qui n'était pourtant que fort commune. Ses deux chaînes de montre paraissaient composées de diamants d'une belle
eau. Pour sa tabatière d'or, il l'avait tirée assez négligemment
de sa poche de gilet, et commençait à s'en barbouiller le nez
agréablement, lorsque maître d'Aquin rompit le premier ce
froid silence, préliminaire habituel de tout repas, en demandant à l'architecte de nouveaux détails sur son aventure. Cette
question dégagea subitement la langue du chevalier, qui venait
d'avaler silencieusement une belle lampée de potage.

— Qu'est-ce que j'apprends, monsieur? Des misérables ont
osé s'attaquer à vous! si j'avais été là, je les eusse fait bâton-
ner par mon coureur! Il n'y a donc plus de police! S'en prendre
à un médecin, passe encore, mais à un architecte, à un homme
de goût qui fait, m'a-t-on dit, des choses miraculeuses! On
parlait, il n'y a pas cinq jours, devant moi, d'un certain hôtel
de M. le marquis de l'Écluse, construit, je crois, par un de
vos confrères dont le nom n'a pas encore transpiré dans le
public...

— L'hôtel du marquis de l'Écluse!

— Certainement, vous le connaissez peut-être...

— Moi? non, j'ai seulement entendu parler... il paraît que c'est un chef-d'œuvre du genre, un palais féerique, une invention d'un goût...

— Un colifichet et pas autre chose, m'a-t-on dit; les grands seigneurs, vous devez le savoir, monsieur, continua Lescombat visiblement embarrassé, ne veulent plus aujourd'hui de grands hôtels. Il leur faut des bonbonnières...

— Oui, mais celle-ci, poursuivit le chevalier en s'acharnant à son dire, celle-ci contient des dragées amères pour une femme... Figurez-vous, mesdames, qu'en poussant seulement un bouton de porte...

— Mon Dieu, ne parlons pas architecture, monsieur le chevalier, il n'en est que trop question ici, et cela n'intéresse que ceux du métier...

— Si fait, si fait, se hâta d'objecter madame Lescombat, ce que M. le chevalier nous racontait de cette invention... C'est singulier, continua-t-elle en se tournant vers son mari, vous ne m'aviez jamais parlé de cet hôtel. Vous dites donc, chevalier?...

— Que je n'ai point vu le cabinet du marquis, mais que les indiscrets s'en amusent. Imaginez-vous que ce pauvre marquis a l'infirmité d'être jaloux; il prétend s'assurer un jour par ses yeux... Ah! mais c'est trop comique, parole d'honneur! et j'aime mieux vous lire la description...

— Quelle description? interrompit l'architecte plus que jamais embarrassé...

— Eh! par la sambleu! mon cher monsieur Lescombat, celle du *Mercure de France*... il y est question...

— *Le Mercure de France!*

— Dame! lisez vous-même, reprit le chevalier, en tirant de sa basque d'habit un numéro encore frais de cette feuille.

— Oh! donnez, de grâce, chevalier, donnez, de grâce, fit la Lescombat en s'emparant du journal. Mon mari, je ne sais pourquoi, ne nous a pas fait part de ce succès d'un confrère...

— Et c'est étonnant, s'écria d'Aquin ; lui qu'à coup sûr on
n'accusera pas d'envie...

Madame Lescombat s'empressa de lire l'article à voix haute.
Il y était question d'un prodige d'architecture opéré dans la
maison du marquis de l'Écluse, chez qui, non-seulement des
coupes savantes et ingénieuses avaient économisé le terrain,
mais dont le moindre appartement, distribué et tourné comme
une coquille ronde et polie, possédait une foule de ressources
et même d'issues cachées à tous les regards, hors à ceux des
intéressés. L'espionnage conjugal y avait été secondé à un tel
point, qu'au moyen d'un simple bouton secret, on faisait tourner subitement sur un pivot rapide une partie de l'appartement, qui se trouvait ainsi transportée dans l'autre pièce. Des
escaliers invisibles, des planchers agiles qui pouvaient monter
ou descendre à volonté ; des échos que nul ne pouvait soupçonner et qui rapportaient fidèlement les paroles, complétaient
cette œuvre de patience et d'adresse, dont plus tard la maison
de madame Thélusson offrit un parfait modèle.

— Aurait-on, je vous le demande, imaginé cela il y a deux
cents ans ? s'écria le chevalier. L'architecture fait aujourd'hui
des progrès qui rappellent vraiment la mise en scène de l'Opéra !
Je lui en veux seulement d'être à ce point complice des maris !

— Je veux voir dès demain l'hôtel du marquis de l'Écluse,
reprit madame Lescombat : mon mari ne peut me refuser ce
plaisir...

— Impossible, ma chère : le marquis a seul la clef de ce cabinet impénétrable à tout autre qu'à lui...

— Et à sa femme sans doute, murmura ironiquement le chevalier. Je félicite Paris, monsieur Lescombat, de ce nouveau
genre d'architecture... J'étais las, pardieu, de voir des colonnes, encore des colonnes, partout des colonnes ! c'est bon
pour l'Italie, mais en France !

— Nous assures-tu que ce lapereau n'est point de bois ? reprit d'Aquin en montrant à l'architecte le plat qui décorait le
milieu de la table. Il a de si belles couleurs, et tes confrères et
toi, vous êtes si grands sorciers !...

Pour toute réponse, l'architecte, devenu rêveur, fit signe à Gervais de passer le plat à l'organiste. La révélation que le chevalier venait de faire semblait l'avoir mis à la torture. Il se hâta de couper court aux réflexions en accusant Mongeot de ne faire honneur à aucun mets, et en lui demandant ce qu'était devenu son appétit.

La contenance du jeune homme à ce dîner avait, en effet, de quoi le surprendre. Depuis un quart d'heure, Mongeot n'avait pas dit une parole, se contentant de remplir silencieusement, de temps à autre, le verre de mademoiselle Blanche d'Aquin, fort jolie personne de dix-huit ans, qui le regardait elle-même à la dérobée avec un sourire mélancolique... La présence de Vera-Crux avait fait sur lui une étrange impression de surprise. Il n'avait pas eu de peine à reconnaître en lui le galant qui avait offert sa chaise aux Tuileries à madame Lescombat. Le ton du chevalier n'avait pas tardé à lui déplaire; ce convive en habit brodé, et son coureur à moustaches qui lui présentait à boire, lui paraissaient une anomalie choquante à cette table modeste, qui n'avait guère réuni jusque-là que d'humbles figures d'étudiants ou de vieux chevaliers de Saint-Louis, tous goutteux pour la plupart. Les manières de Vera-Crux étaient grandes, et il devait être un homme à la mode, à en juger par tous les noms qu'il citait, en assaisonnant ses propos de tout le joli *verbiage* du jour.

— Nous avons fait jeudi une partie charmante au Vauxhall, disait-il en regardant madame Lescombat; le marquis de Lauraguais y avait un carrosse du dernier beau.

Et comme elle le pressait de manger :

— Excusez-moi, madame, répondit-il, mais je soupe tous les soirs en ville. Oui, nous avons trouvé plaisant de nous réunir quatre ou cinq étourdis après le feu d'artifice de Torré (1), pour

_____

(1) Torré était un artificier italien. Il avait obtenu la permission d'établir un spectacle pyrrhique dans un emplacement près le magasin de la ville, sur les boulevards de la porte Saint-Martin. L'emplacement était très grand et contenait plus de douze cents spectateurs.

causer et tuer le temps. Moi, d'abord, je ne suis pas désœuvré.
J'ai crevé, l'autre semaine, un cheval pour aller à Versailles
demander au ministre la grâce d'un ami menacé de la Bastille.
Aussi, ne m'épargnez pas, mon cher monsieur Lescombat, et
si je puis vous être bon à quelque chose...

Pendant ces discours du chevalier, dont la femme de l'architecte se gardait bien de perdre une parole, l'anxiété de
Mongeot semblait s'accroître. Cet officieux protecteur avait
beau lui imposer, par son éclat, une considération machinale,
il commençait à le détester cordialement. Le chevalier s'épui-
sait devant lui en prévenances, en agaceries marquées pour la
maîtresse de la table ; d'Aquin et Lescombat avaient cependant
fini par lui trouver l'air de cour, tant il est facile à un roué
d'éblouir des natures simples ; et d'ailleurs, à cette époque,
les principes de la fatuité étaient devenus, en France, une doc-
trine perfectionnée. La façon dont Vera-Crux parlait le français donnait à ses saillies un cachet particulier. Il estropiait
les mots avec une effronterie charmante ; à certaines tables, on
le trouvait aussi amusant qu'un perroquet. Il parlait de courses, de spectacles et de chevaux ; du Paris d'alors, ce Paris
doré, opulent, de la vieillesse de Louis XV, où le plus vieux
courtisan croyait durer autant que le prince. Habitué sans
doute à ne jamais s'étonner, il n'avait marqué aucune surprise
à la vue de cette table patriarcale, où le vieux d'Aquin servait
d'écuyer tranchant, où les regards brillants de madame Lescombat ne semblaient guère tomber que sur lui. A la fin du
dîner, il lui sembla découvrir pourtant un colloque muet, actif,
entre les yeux de Mongeot et ceux de sa belle hôtesse ; le chevalier prit texte de cette remarque pour considérer le jeune
homme...

Il demeurait assis près de mademoiselle Blanche d'Aquin,
dans un silence tel, que rien, jusque-là, n'avait pu l'en faire
sortir. Cachant sa main blessée dans son gilet, il interrogeait
avidement chaque geste de la maîtresse de la maison, de l'air
dont un médecin examine son malade. Il fallait sans doute que
cette femme eût sur lui un empire réel de fascination, pour

qu'elle concentrât de la sorte le regard et l'attention du jeune
homme... Il avait à peine essayé de quelques plats, jouant sur
la table avec ses doigts, ou versant à boire indifféremment à
ses voisins et sans qu'ils en demandassent. A ces symptômes,
qui n'échappèrent pas à Vera-Crux, il reconnut bien vite à qui
il avait affaire.

— Quelque amoureux en herbe, pensa-t-il, quelque hobereau
de province où un écolier qui se donne des airs de jaloux !...
Cela ne doit pas être bien difficile à réduire, et d'ailleurs, à
son habit, il ne me paraît guère gentilhomme... Allons, un
dernier coup pour emporter d'assaut ce cœur qui ne demande
qu'à céder!... Almanzor, dit-il à l'oreille de son coureur,
apporte-moi l'écrin que tu trouveras dans la poche de ma voiture.

Et dès que le coureur fut de retour :

— Il est d'usage, je crois, de payer sa bien-venue dans la
pension, reprit-il. M. Lescombat me permettra-t-il d'offrir à
madame ce collier indigne d'elle, à coup sûr ?...

En même temps, il déploya aux yeux éblouis de son hôtesse
une assez belle parure qui reçut bientôt l'approbation de tous
les convives, à l'exception de Mongeot, qui détourna la tête
dédaigneusement. Madame Lescombat rougit ; pour l'architecte,
il crut devoir se contraindre, tant l'assurance de Vera-Crux lui
en imposait. Le dessert venait d'être apporté, et par les trois
fenêtres de la salle à manger on pouvait apercevoir un jardin
de quelques toises dont les murs trop rapprochés étaient habilement cachés l'été par des massifs dégarnis de feuilles à cette
heure. Le chevalier fit tomber adroitement la conversation sur
Passy et la maison de M. la Popelinière, où ses chevaux le con-
duiraient en moins d'une heure.

— Vous pourriez ainsi vous excuser vous-même d'un retard
involontaire, dit-il à Lescombat, et madame y gagnerait le plaisir
d'admirer un bel endroit... Les spectacles du fermier général
seront bientôt fort courus ; mais nous ferons en sorte qu'il ne
confisque pas madame au profit de son théâtre de société.

Le but de cette promenade servait trop les intérêts de l'ar-

chitecte pour qu'il ne fermât pas les yeux sur le seul motif de
vanité qui pût déterminer Vera-Crux à promener ainsi une
belle femme dans son carrosse. Pour madame Lescombat, elle ne
se sentait pas d'aise, car elle attendait ce soir même la visite de
plusieurs voisines, entre lesquelles devait se trouver madame
de Godrecourt, qu'elle espérait bien écraser du poids de son
triomphe ; peut-être aussi entrevoyait-elle alors dans le Portugais
tout un avenir de fortune... A peine avait-elle regardé Mongeot pendant le dîner, tant ce nouveau soupirant l'avait occu-
pée. Nourrie de la lecture des romans, elle avait toujours rêvé
un prince, et si Vera-Crux n'était que chevalier, du moins devait-il jeter l'or à pleines mains. Ce titre d'étranger, qui séduit
quelquefois mieux que des bourgeoises, avait fait sur elle
une merveilleuse impression. Quand elle se leva de table, le
coup d'œil de Mongeot ne la fit pas chanceler comme autrefois ;
elle le soutint avec une hardiesse calculée. Son mari ne l'ac-
ompagnait-il pas, et ne serait-elle pas à l'abri de la médi-
sance et des reproches, tout en donnant carrière à son caprice ?

Les pensionnaires habituels de la maison se répandirent
bientôt à sa suite, comme autant de mouches importunes, dans
le salon où l'on servit le café. Quand madame de Godrecourt
entra soutenue au bras du gros abbé qu'elle traînait toujours à
sa remorque, et qui venait faire, comme d'habitude, sa partie de
trictrac avec l'architecte, Vera-Crux éprouva, en la voyant, un
tressaillement singulier.

— Vous connaissez cela ? dit-il à madame Lescombat en se
penchant à son oreille.

L'équipage était prêt ; le chevalier présenta sa main à la
divinité de la pension. Quand elle se retourna comme par remords
et pour trouver un regard de Mongeot, le jeune homme avait
disparu....

— L'abbé, dit Lescombat à son partner étonné, je vous laisse
avec mes hôtes, je ne ferai pas ce soir votre partie.

— Embrassez-moi du moins, ma belle marraine, fit Blanche
avec une petite moue charmante. Quand on part en voiture, on
ne doit point oublier ses amis à pied.

Les lèvres de l'hôtesse effleurèrent le front pur de la jeune
fille, puis, jetant sur la baronne de Godrecourt un regard où
se peignait l'orgueil du succès, elle partit bientôt emportée,
ainsi que Lescombat, par les chevaux fringants de Vera-Crux.

III

L'AVEU

Retiré dans sa chambre, Mongeot n'avait perdu aucun des
détails de ce départ. Pour la première fois son cœur saignait,
lui seul sentait le poids de cette humiliation. La présence de
l'architecte au dîner l'avait seule contenu. Il craignait de faire
un éclat à cette table. Quand il n'entendit plus le roulement du
carrosse sur le pavé, il se sentit prêt à défaillir, le désespoir
venait de briser ses forces.

— Elle ne m'a pas même demandé des nouvelles de ma blessure ! dit-il en se promenant à grands pas, et en fixant le parquet d'un air égaré. Maudit soit le jour où j'ai mis le pied dans
cette maison ! Parce que je suis pauvre et que cet étranger a de
l'or, il a conquis d'un seul coup ma place... il l'éblouit, il l'enlève ! Ah ! le seul malheur que je puisse souhaiter à cet homme,
c'est de le voir quelque jour aussi passionné que moi ! Mais
quel est-il, mon Dieu, quel est-il, et comment a-t-il pu si vite
lever tout obstacle pour s'introduire en cette maison ? Voudrait-
il m'enlever un cœur dont, grâce à mon silence, à ma discrétion... Chevalier de Vera-Crux, nous nous quitterons désormais aussi peu que les doigts de la main ! Pourquoi cette épée,
continua-t-il en s'arrêtant, ne s'est-elle pas croisée contre la
sienne au lieu de délivrer l'époux qui lui pèse et qui viendra
toujours se placer entre elle et moi ?

Il s'était assis le coude appuyé sur une petite table dont il
ouvrit bientôt le tiroir. Dans ce tiroir soigneusement fermé
était un portefeuille sur lequel Mongeot jeta un triste regard.

— Ses lettres ! murmura-t-il, ses lettres ! oui, ce sont bien là
les mensonges qu'elle m'écrit depuis trois mois ! Se jouer de

moi qui l'aime comme on aime Dieu, de moi, pauvre enfant prêt
à lui obéir en tout ! Allons, c'est bien fini, je vais écrire à M. de
Croismare que je suis prêt à entrer à l'École du génie. Oui, je
quitterai cette maison, je partirai... mais non sans lui écrire,
non sans lui reprocher une dernière fois... C'est cela, finissons-
en, épanchons notre âme dans cet adieu ; demain à son réveil la
perfide verra du moins...

Et il venait à peine de prendre la plume, quand une toux légère retentit sur le palier, et on frappa deux coups à sa porte.
Mongeot se leva : c'était l'organiste qui entrait.

— Vous nous fuyez donc, mon jeune ami? lui dit affectueusement d'Aquin, et cela pendant que madame de Godrecourt
nous reste sur les bras!... Imaginez-vous qu'après le départ du
chevalier...

— Après son départ? interrompit Mongeot violemment, eh
bien ! que se passa-t-il de nouveau après son départ?

— Rien que de très ordinaire chez madame de Godrecourt ;
elle s'est trouvée mal en le voyant monter en carrosse...
Conçoit-on cela? des vapeurs, le dépit de ne pas être de la
partie...

— Elle connaît donc ce chevalier?

— Non pas, que je sache ; cependant ce sont de ces mots entrecoupés qui feraient présager, ma foi, une ancienne liaison...
Comment disait-elle donc, en respirant le flacon de sels que
ma nièce lui présentait? Attendez un peu. Oui, c'est cela :
« Arrêtez-le!... perfide... monstre!... » et je ne sais plus combien d'autres jolis noms... Moi, cela m'amusait, parce qu'en
qualité d'organiste je ne vais jamais à la comédie, et celle
qu'elle nous donnait avait de quoi nous distraire, quand tout
d'un coup elle a jugé prudent de revenir à elle et de clore la
bouche ; de sorte qu'à présent c'est une statue, un terme : le
gros abbé lui-même ne peut tirer d'elle aucune parole.

— Voilà qui est étrange, reprit Mongeot ; voulez-vous que je
me charge...

—De l'interroger? gardez-vous-en bien, elle vous répondra
comme à ma nièce : *C'est une syncope, la chaleur!* La drôle

de femme ! elle vous roule des yeux !... J'ai cru voir un jour le
diable en personne qui touchait de l'orgue à côté de moi pour
me narguer ; mais, Dieu me pardonne, il était moins laid.

— N'importe, mon cher d'Aquin, il faut rejoindre ces dames
au salon... Je vais, de ce pas...

— Permettez, mon jeune ami, je venais moi-même vous demander un instant d'entretien. Oui, continua l'organiste en le
fixant, votre tristesse étrange ne m'a point échappé à table,
mon cher Mongeot, et comme j'en sais la cause...

— La cause? demanda le jeune homme d'un air surpris, qui
a pu vous dire?...

— Mon expérience, Henri. Croyez-vous que Blanche ait moins
de tristesse que vous? Pauvre petite, elle ne cessait pas de vous
regarder à dîner. Dame! mon cher enfant, cela est tout simple, n'est-ce pas à moi que votre vieux père vous avait recommandé en mourant, et n'est-ce pas moi qui vous reçus, il y a
trois mois, à votre descente du coche? Vous étiez rose comme
un séraphin de notre paroisse, et dès qu'elle vous vit, ma pauvre Blanche ne put s'empêcher de me dire tout bas : — Mon
oncle, vous avez là un protégé qui vous fait honneur. Tout cela
était bel et bon; mais voilà qu'un jour je vous mène en visite
chez mon ami Lescombat, et crac! parce que vous voyez un
beau jardin, une table meilleure que la mienne, vous nous
abandonnez, ingrat, vous nous quittez, le tout en prétendant
que vous m'êtes à charge, comme si le fils d'un ami n'était
pas l'orgueil et la consolation de mon toit! Tenez, monsieur
Mongeot, continua l'organiste en s'essuyant les yeux du revers
de sa manche, c'est mal ce que vous avez fait là, c'est très
mal! Blanche et moi, nous vous aimons tant!

Mongeot voulut répondre, mais le chagrin qui l'oppressait
l'en empêcha. Le vieillard poursuivit en serrant la main du
jeune homme entre les siennes :

— D'autant que vous ne savez pas, vous, ce qu'il en est advenu pour la pauvre Blanche! Vous parti, adieu tout repos, son
clavecin et ses plantes l'ennuyaient. Vous n'étiez plus là pour
lui dire : — Blanche, dites-moi ce morceau, ou bien encore :

— Blanche, dites-moi le nom de cette fleur! Je sais bien que son jardin suspendu n'avait que trois pieds, c'est vrai; mais votre petite chambre a-t-elle donc jamais manqué, chez nous, de se voir fleurie avec l'aube, tandis qu'ici... à présent...

Et d'Aquin promena un regard triste sur la nudité de cette pièce. Quelques cartes géographiques, une table de noyer et un lit en composaient tous les meubles. L'épée du jeune homme reposait sur un fauteuil auprès d'une paire de pistolets... La fenêtre de cette chambre ne donnait pas même sur le jardin. En considérant de plus près le visage de Mongeot, l'organiste crut y découvrir les traces d'un chagrin profond, d'une lutte active et sourde. Ce n'était déjà plus le jeune et frais Bourguignon auquel il avait tendu les bras de si bon cœur à son arrivée : un air égaré, distrait, avait remplacé peu à peu chez lui sa naïve insouciance; on eût dit une fleur étouffée par l'atmosphère d'une serre brûlante. Il y a sans doute dans la vie d'étranges prédestinations, car ce jeune homme semblait alors sous le poids d'un de ces malheurs que nulle science humaine ne peut prévoir, ni comprendre. Par contre-coup aussi, d'Aquin se trouvait un de ces hommes simples et modestes qui n'ont point passé par les orages du cœur; il n'aperçut qu'une blessure légère là où il y avait un chagrin amer, absorbant. Témoin journalier de la tristesse de Blanche, et de la sauvagerie de Mongeot, il crut que l'un et l'autre s'évitaient parce que le bonheur leur semblait manquer aux ailes d'un pareil amour.

— Mais c'est que ma nièce est riche, reprit bientôt le bonhomme ; mon frère, un digne marguillier de Saint-Eustache, ex-procureur au Châtelet, ne lui a pas laissé moins de dix mille livres de rente... Et dix mille livres, cher enfant, c'est ce que M. Lulli, vois-tu, n'a pas laissé; sans cela, peut-être, on eût pu solder ses dettes... Avec ce que tu gagneras de ton côté dans ce corps d'élite du génie où je brûle de te voir entrer... avant que tu sois mon gendre...

Ce dernier mot parut tirer le jeune homme de sa rêverie... Il promena sur le respectable vieillard son œil bleu voilé d'une

indicible tristesse, et lui prenant les mains, à son tour, avec
une effusion dont il ne put se défendre :

— Qu'allez-vous dire, reprit-il, si je ne puis accepter votre
offre?

L'organiste demeura muet de surprise.

— Ecoutez, monsieur d'Aquin, je vais vous parler comme à
mon père... Le mien est là-haut! continua le jeune homme en
regardant le ciel avec un soupir.

Le sillon furtif d'une larme venait de rouler sur sa joue, il
paraissait écrasé sous le poids de sa douleur.

— Et je vous écouterai comme l'eût fait votre père, reprit
d'Aquin; voyons, confiez-moi votre tristesse, pauvre enfant!

— Hélas! mon cher protecteur, l'histoire de cet amour vous
semblera peut-être importune. Ce n'est point l'amour d'un
marquis ou d'un roué, et je ne sais rien, vous avez pu le voir,
des choses du monde. Il y a trois mois je quittai Dijon, je vins
à Paris, recommandé à vous par un père dont le dernier vœu
fut celui de mon bonheur. Vous me recueillites chez vous, en
effet, vous m'y reçûtes comme un fils. Votre nièce fut la première femme que j'aperçus dans ce Paris si nouveau pour mes
regards; mais l'ange de pureté et de candeur qui veille sur
Blanche ne permit pas même qu'un désir s'interposât entre sa
présence et mes sens. Blanche était trop simple, mon père...
(permettez que je vous donne ce nom) pour aller au devant de
mon inexpérience et de ma jeunesse; elle était trop belle et
trop bonne tout à la fois pour que le contact de mon amour
dût la rendre malheureuse. Loin de lui ouvrir ce cœur exempt
jusqu'alors de tout orage, je pris soin de lui cacher les mille
sensations qui l'agitaient depuis une visite que j'avais faite avec
vous dans cette maison.

Maison funeste! mon père, où je vis, sans la chercher, une
femme dont le seul regard porta dans mon âme un trouble
inconnu, un dégoût profond de tout ce qui n'était pas elle.
Cet amour, que je combattis d'abord, influa sur ma santé; à un
pareil état il faut de violents remèdes. Cédant à ma faiblesse,
je pris le parti de vous quitter; je me rendais ainsi coupable

au début de ma passion d'un premier crime, celui de l'ingratitude. Mais il eût fallu me faire un masque pour vous cacher
mon amour, et votre surveillance m'inquiétait.

Je quittai donc un asile où je n'avais pas même eu le temps
de songer qu'on pût un jour devenir malheureux ; je grossis la
liste des pensionnaires de madame Lescombat. J'appris bientôt
son histoire par un des commensaux de sa maison. Libre et
adorée d'un mari qui, par état, la laissait souvent seule, elle
avait d'abord, vous le savez, borné ses plaisirs à se faire une
société dans ce quartier. Sa figure et son éducation l'avaient
fait admettre dans plusieurs cercles ; ils lui furent fermés trop
impitoyablement, sans doute, à la suite de quelques aventures
galantes qu'envenima la malignité. M. Lescombat, qui ignorait
ces bruits, consentit à lui laisser prendre chez elle des pensionnaires ; elle avait ainsi, et elle a encore dans sa maison
une petite cour composée de personnes qui se disputent le
plaisir de lui plaire. Ce qui me surprit tout d'abord en elle, ce
fut son dédain : elle sembla me traiter comme un enfant, à cette
première entrevue qui fut pour moi la source de mes misères.
Sa beauté et ses rigueurs m'ôtaient tout repos. Une fois son
hôte, je pouvais cependant la voir et l'entretenir sans témoins ;
mais il y a des gens qui écrivent plus hardiment qu'ils ne parlent, et je suis de ces gens-là. Je n'aurais jamais eu le courage
de lui dire tête-à-tête ce que je lui disais dans mes lettres : ce
commerce l'amusa, car mon cœur était de la partie. Je lui
écrivais cinq fois par jour ; les premières fois j'attendis en
vain ses réponses. Une lettre que je reçus enfin me rendit un
peu d'espoir. Je la baisai et rebaisai mille fois ; elle m'annonçait un rendez-vous. Le souvenir d'un pareil instant ne s'effa-
cera jamais de ma pensée ; le son de l'horloge qui m'avertis-
sait de mon bonheur me fait encore tressaillir. Silencieuse et
pâle, elle m'attendait ; elle était parée, elle revenait alors de
l'Opéra. Il me sembla ce soir-là que j'allais vivre d'une vie
nouvelle : j'aimais, j'étais aimé, et cependant je tremblais ; une
voix secrète me disait de ne point aller au devant de ma ruine.
Aimer une femme mariée ! la femme d'un homme qui se venge-

rait sans doute! qui la chasserait, la répudierait peut-être!
L'amour fit taire cette voix; en regardant cette épée à mon
chevet, je rougis bientôt de n'être qu'un lâche. Je me dis que
cet homme qu'elle appelait son époux n'était peut-être qu'un
tyran, que cette femme, condamnable aux yeux du monde, allait peut-être acheter la protection par l'amour, et cette pensée
m'enflamma à un tel point, que l'orgueil devint chez moi le
compagnon inséparable de ma passion. Je me félicitais de n'ê-
tre plus inutile. En la quittant, mon père, je me fis à moi-
même le serment irrévocable de la gar... der; ma vie lui appartenait, cette vie que j'étais heureux de lui donner!

Ici Mongeot s'arrêta, en cherchant à lire dans les yeux du
vieillard l'impression produite par un tel aveu. L'organiste, atterré, gardait un profond silence. Le jeune homme poursuivit:

— M. Lescombat fit à cette époque un voyage en Languedoc.
Nous n'avions plus à craindre un tiers incommode, quoique
cependant il n'eût encore sur nous aucun soupçon. Mais ses
attentions perpétuelles, sa présence et son amour nous gênaient;
depuis quelque temps aussi il était devenu sombre et maussade. Je pensai d'abord que ses affaires étaient mauvaises : ce
voyage confirma mes conjectures. Il fut deux mois absent, et
à son retour je le trouvai si changé, que j'eus autant de peine
que vous à le reconnaître. Il ne tarda pas cependant à acquérir
cette maison par un contrat, il y fit travailler pendant un séjour que nous fîmes à Saint-Cloud, sa femme et moi, chez
madame de Godrecourt... Chaque soir il venait nous y apporter les nouvelles de Paris. La maison fut bientôt prête, et
quand nous revînmes, nous trouvâmes cependant la distribu-
tion peu changée... L'architecte avait en moi une confiance
sans bornes; il m'interrogeait souvent sur sa femme, et il en
vint bientôt à ne pouvoir se passer de ma compagnie... Je l'ai-
dais pour ses plans, ses travaux, ses dessins; il me parlait
quelquefois de l'Italie, où il voulait, disait-il, retourner un
jour avec madame Lescombat, tandis que moi je pourrais les
accompagner avec ma femme, avec Blanche! Cette union, pour
laquelle j'étais loin, par calcul, de montrer quelque résistance,

semblait le flatter autant que vous ; il en avançait l'instant
avec une ardeur qui me donnait souvent lieu de penser qu'il
avait peut-être pénétré un secret dont tous mes soins tendaient
à lui en épaissir les ombres. Je m'aperçus bientôt qu'il n'en
était rien, et que l'adresse de sa femme était de nature à nous
mettre longtemps à l'abri. Flattant en effet chez lui sa passion
dominante, celle de l'amour-propre et du succès dans son art,
elle multipliait les occasions de le produire, et de le venger
même de certains refus dédaigneux. Notre correspondance et
nos rendez-vous venaient de reprendre un libre cours, lorsqu'un soir je la vis entrer dans cette chambre dans un désordre
de mouvements tel, que je crus un instant qu'elle avait été surprise. Elle s'assit sur cette chaise où vous êtes, et ne put d'abord
trouver aucune parole. Moi, je lui tendis la main, je pâlis et je
priai Dieu machinalement, — Mongeot, s'écria-t-elle en m'en-
laçant de ses bras dans une subite étreinte, Mongeot, me mau-
diras-tu ? — Ce début me fit trembler, je lui fis signe de parler
cependant ; mille idées confuses bourdonnaient dans mon cerveau. — Je suis perdue, me dit-elle en plaçant ma main sur
son cœur, perdue à jamais ; je suis enceinte ! — A cette nouvelle, je me crus frappé d'un coup de foudre. — Il faut partir,
continua-t-elle, il faut me quitter... Mon mari me tuerait, s'il
pouvait soupçonner seulement son déshonneur ! Un jour viendra peut-être où nous pourrons nous revoir ; en attendant, votre
fuite devient ma seule tutelle... Je tremble à tout moment que
la baronne de Godrecourt ne révèle à mon mari ce qu'elle m'a
promis de lui cacher... Adieu, tout ce que j'aime, tout ce que
je regrette au monde, ton image ne me quittera plus maintenant que je la porte gravée et vivante dans mon sein !

En parlant ainsi, elle prenait le ciel à témoin de son amour ;
je sentais le froid de son haleine et les soulèvements de sa
poitrine.

— Partir ! m'écriai-je, jamais ! Je consens à ne plus vous parler, à vous éviter, mais ne m'exilez pas loin de vous, ne m'or-
donnez pas de fuir, maintenant que nos deux âmes ont entre
elles un lien formé par Dieu ; maintenant que je saignerais, en

partant, de deux blessures! De ce jour, si vous l'exigez, tout
sera dit entre nous, votre enfant ne sera point privé de ses
droits; mais réservez-moi le seul que je réclame, celui de souffrir et de prier près des seuls êtres qui me retiennent à la vie.
Non, repris-je d'une voix ferme, non, je ne partirai pas!

Je m'étais relevé devant elle de toute la puissance de ma douleur; le pied sur l'abîme ouvert entre ma maîtresse et moi, je
semblais défier l'ange du mal. Un sentiment plus doux me fit
bientôt revenir à elle, je la couvris de larmes et de baisers; je
ne voyais plus l'avenir; j'étais heureux, j'étais fou!

— Cher ange! murmurai-je en écartant les boucles de ses
cheveux éparses qui voilaient à demi son front, Marie, belle
Marie, je jure sur ta patronne de me soumettre à tout ce que
tu voudras; dis un mot, et quoique je ne sois pas mûr pour la
douleur, eh bien! j'expierai ma faute et mon crime, car j'ai
porté le trouble dans ton existence. Mais le ciel pardonne aux
larmes, nous avons un ange qui priera pour nous deux, vois-tu!

Elle écoutait dans une agitation difficile à rendre; on eût dit
que chacune de mes paroles, loin de la calmer, augmentait encore son trouble. Quand elle me vit plus calme :

— Écoute, me dit-elle, il y a un autre moyen de détourner
les soupçons jaloux du seul homme à qui je dois compte de ma
conduite; ce moyen te répugnera-t-il? je ne sais, mais où nous
en sommes venus...

— Parle, parle, m'écriai-je impétueusement, je m'agenouille
ici devant ta volonté, Marie, je suis ton esclave!

— Eh bien! reprit-elle après une pause, tu connais mademoiselle Blanche d'Aquin. Il faut que tout le monde, et mon
mari le premier, te croie le fiancé de cette jeune fille... Elle est
belle, elle sera riche; jure-moi seulement que de ce qui n'est
qu'un jeu tu ne feras pas une vérité; jure-le-moi! reprit-elle
avec des yeux où respiraient l'égarement et le délire.

— J'avoue que j'hésitai, tant le souvenir de Blanche venait de
m'apparaître chaste et pur, entre cette infamie et ma pensée. Je
la revoyais au premier jour de mon arrivée m'accueillant avec
ce sourire que Dieu fait descendre comme un rayon sur les lè-

vres de ses vierges. Cette comédie odieuse qu'on me proposait
de jouer m'épouvantait.

— C'est donc un adieu éternel que nous nous faisons, reprit
ma cruelle instigatrice, désormais plus rien de commun entre
nous; c'est vous qui l'aurez voulu !

— Rien de commun, ô ciel ! et cet enfant, ce trésor que vous
m'emportez avec mon âme?... Ah ! vous êtes sans pitié, con-
tinuai-je en l'arrêtant par le bras, vous n'écoutez pas même la
voix de Dieu !

Elle me regarda à son tour avec un sourire indéfinissable de
mépris.

— Je ne vous croyais pas si faible, me dit-elle; adieu, je
vais rejoindre mon mari. Et, se dirigeant vers la porte de cette
chambre, elle allait sortir, quand, saisissant sa robe avec rage,
je m'écriai que je souscrivais à tout. J'étais retombé anéanti
près de cette fenêtre... Elle me passa la main dans les cheveux,
et j'y sentis courir un fluide magnétique... Je venais de m'a-
bandonner, pieds et poings liés, à une puissance plus forte que
moi; elle le comprit, et elle étourdit mes remords sous ses
baisers. Quelque affreuse que fût la perspective de ma nouvelle
vie, je m'y attachai comme le naufragé à sa planche de salut.
Que vous dirai-je enfin ? j'acceptai ce rôle qui sauvait ainsi trois
têtes, je me résignai à traîner après moi le boulet de ce mensonge. La honte et le remords de ma faute, Blanche eût dû les
lire dans ma tristesse auprès d'elle; la malheureuse enfant,
vous me l'apprenez, n'y a vu que mon amour! Maintenant, d'A-
quin, vous savez tout; vous voyez à mes angoisses que je porte
déjà le fruit de ma faute, et que Dieu se venge, lui qui pouvait
pardonner !

Il avait parlé avec un timbre de voix si ému, un accablement
si vrai, que le vieillard fut d'abord quelque temps à trouver en
lui-même assez de force pour lui répondre.

— Partons, dit-il enfin, partons, comme s'il eût secoué lui-
même la torpeur d'un sommeil léthargique, partons! il ne faut
pas demeurer un instant de plus dans cette maison. Malheur
sur moi, qui vous fis respirer le premier cet air fatal, malheur

sur cette femme qui vous fit commettre deux fautes! Mais,
seul, grâce à Dieu, j'ai entendu votre confession, Mongeot, je
vous garderai le secret que garde le prêtre. Oubliez cet amour,
oubliez...:

— Hélas! ce que vous me demandez là est au-dessus de mes
forces... L'existence de cette femme et la mienne sont rivées,
d'Aquin, à la même chaîne. Le sort en est jeté, continua-t-il
avec amertume, je sens que je dois mourir ici.

— Mourir! s'écria le vieillard, mourir! vous, si jeune, vous,
qui ne faites que commencer encore la vie! non, Dieu vous défend de mourir, Dieu ne permettra pas que pour cette femme...:

— Mais c'est que je l'aime, interrompit le jeune homme avec
des sanglots qui se firent passage à travers ses lèvres, je
l'aime, comme mon premier rêve, mon premier amour, mon
bien le plus cher! Mon Dieu! comment la quitter?...:

— Comme on quitte, jeune homme, l'abri que menace la
foudre, le navire entr'ouvert où la vague amène la mort! Vous
ne devez plus toucher à cette coupe, vous ne devez plus croire
à cet amour semé de trouble et d'angoisse! Qui vous dit que
Lescombat n'ouvrira pas les yeux sur cette profanation de son
toit? qui vous dit que demain, peut-être, sa femme, reléguée
par ordre dans un couvent...

— Vous avez raison, c'est là surtout ce qu'il faut empêcher,
c'est sa honte qu'il faut prévoir. Les droits d'un mari, quelque
injustes qu'ils soient, appellent l'infamie sur une tête, et celle-
là est trop belle pour que je consente jamais à lui imprimer
cette tache...

— Vous partirez donc? continua l'organiste, vous nous re-
viendrez donc, pauvre oiseau blessé? Oh! dès lors, Henri,
Blanche et moi, nous ne serons plus tristes. Votre petite chambre, vous allez la retrouver, Blanche s'est fait un plaisir de ne
rien déranger chez vous, car vous serez chez vous, dit le vieillard; vous êtes maintenant mon fils, et, quoi qu'il arrive, je
saurai bien vous défendre!

— Mon ami, mon père! balbutia le jeune homme en se jetant
dans ses bras, le visage baigné de larmes, par pitié, laissez-

moi demeurer encore quelque temps dans cette pension... Il
faut que je la voie, ne fût-ce qu'une dernière fois... que je
m'entende avec elle.

— Des retards ! fit l'organiste en secouant la tête, non, point
de retards, ils vous perdraient... Je me charge de tout près de
madame Lescombat ; oui, je lui dirai...

— Ne lui dites rien, mon père... car, hélas ! je démentirais le
lendemain ce que vous auriez dit la veille... Je vous le répète,
d'Aquin, cet amour que je porte au cœur me tuera !

Et il versa de nouvelles larmes plus abondantes encore ; il
était dans un de ces paroxysmes d'amoureux où toute force s'é-
teint. Le vieillard en eut pitié, lui qui cependant, nous l'avons
dit, ne connaissait guère que la vie du cloître et du silence ;
mais il n'y avait pas dans les plaintes de l'orgue des notes plus
déchirantes que dans celles de cette douleur qui avait si vite
trouvé le chemin de son âme. D'ailleurs, il aimait Blanche de
toute la tendresse d'un père qui élève une fille unique, la perle
et l'amour de sa maison. Les paroles qu'il venait d'entendre re-
tentissaient encore comme un chant lugubre à ses oreilles...
Devenu le dépositaire d'un tel secret, il en comprenait la gra-
vité, il sentait encore mieux les mille périls où cet imprudent
amour jetait le jeune homme... Des pas agiles et précipités le
tirèrent bientôt de ses réflexions ; c'était Blanche qui venait
elle-même chercher son oncle, dont la société, réunie au salon, commençait à se montrer inquiète.

Dès que l'organiste l'eut aperçue, il fit signe à Mongeot d'es-
suyer les larmes qui coulaient encore de ses yeux, et descendant lui-même quelques marches de l'escalier pour aller au devant de la jeune fille, il parut surpris de trouver la main de
Blanche froide et tremblante.

— Qu'as-tu donc ? lui demanda-t-il.

— Moi ? rien, mon cher oncle, j'aurai monté peut-être trop
vite ces deux étages... Voilà tout. Comment va notre blessé ?

— A merveille, reprit d'Aquin, il ne se sent pas de cette légère égratignure.

— Votre conversation a été longue ; car pendant ce temps

l'abbé a eu le temps de gagner six parties à madame la baronne
de Godrecourt.

Mongeot apparut en ce moment sur l'escalier.

— C'est étonnant, dit Blanche en fixant le jeune homme, on
dirait que vous avez pleuré!

En ce moment, le bruit d'une voiture retentit sur le pavé de
la rue Garancière, Blanche et Mongeot se penchèrent instincti-
vement à la fenêtre... La nuit était venue, mais elle n'était pas
si noire, que le pensionnaire de madame Lescombat ne pût
voir le chevalier de Vera-Crux déposer un baiser, en signe d'a-
dieu, sur la main de sa belle hôtesse. Le carrosse repartit après
avoir déposé à la porte de l'hôtel M. et madame Lescombat.
Le jeune homme referma la fenêtre avec un tressaillement de
dépit.

— Vous ne descendez pas au salon? dit la jeune fille avec un
son de voix plein de caresse.

— Non, répondit-il, je dois être levé de bonne heure.

— Adieu donc, Henri! fit-elle avec un soupir. Mon oncle, je
vous précède au salon, car vous êtes moins ingambe que votre
nièce.

— C'est cela... je te rejoins, dit l'organiste.

Et se tournant vers Mongeot :

— A demain, reprit-il, à demain, et bon courage! Dieu n'a-
bandonne pas ceux qui se repentent, mon fils. Demain je ferai
dire une messe pour vous à Saint-Paul.

— Et moi, dit le jeune homme, je vais prier le ciel pour qu'il
me conserve mon père.

Tous deux restèrent quelque temps dans une étreinte muette
et recueillie. Il semblait que leurs âmes se fussent vraiment
confondues, tant les battements de leur poitrine étaient égaux,
tant l'indulgence du vieillard couvrait la faute du jeune homme.
Les cheveux blancs de d'Aquin, sa douce et paisible physionomie contrastaient singulièrement avec la profonde pâleur et
l'œil égaré de Mongeot; il y avait entre eux la distance qu'il y
a d'une tête calme et ridée d'un apôtre de Ribera à celle d'un
jeune cavalier du Caravage... En quittant Mongeot, l'organiste

ne put se défendre d'un mouvement de tristesse: c'était le médecin qui s'éloigne du malade blessé à mort.

— Vous me promettez de la voir demain, de lui parler?

— J'en aurai le courage, répondit le jeune homme. Oui, je vous dirai le résultat de cette entrevue...

La voix de Blanche appelait son oncle au bas de l'escalier, le vieillard la rejoignit. Arrivé dans le salon de l'architecte, il y trouva madame de Godrecourt en conversation fort animée avec madame Lescombat; cette conversation avait lieu à l'écart et dans une embrasure de fenêtre. L'architecte venait de refuser la partie de trictrac de l'abbé. Tout le monde partit bientôt, et les chambres de chaque pensionnaire de la maison reconquirent leurs hôtes accoutumés. Retirée dans la sienne, madame Lescombat n'eut rien de plus pressé que d'ouvrir l'écrin dont le chevalier de Vera-Crux lui avait fait don, elle en considéra le travail avec une attention extraordinaire. C'étaient de fort belles roses, admirablement montées par Lempereur, le joaillier à la mode. Après l'avoir ainsi considéré, elle le mit à son cou, où il sembla jeter une pluie d'étincelles. Il faut croire que la promenade chez M. de la Popelinière n'avait pas été sans charme pour elle, car, en se couchant sous son baldaquin bleu de ciel, elle dit à Toinette, sa fille de chambre :

— Cette maison de M. de la Popelinière est un conte de fées, Toinette!

— Et ce collier, un collier de reine, madame, ajouta la soubrette avec un sourire que sa maîtresse comprit.

— M. Mongeot n'a point paru ce soir au salon, poursuivit négligemment madame Lescombat, serait-il indisposé?

— Je l'ignore, madame, vous savez qu'il s'est enfermé dans sa chambre après votre départ...

— Porte-lui ce billet, reprit-elle après avoir écrit quelques lignes sur sa toilette. J'ai à lui demander un service.

Toinette accomplit bientôt sa mission et rentra. Elle avait trouvé, disait-elle, le jeune homme encore debout, et finissant une longue épître adressée à sa maîtresse.

— C'est bon, reprit celle-ci, mets cela sur ma cheminée.

La chambrière sortit, et madame Lescombat se déshabilla
seule, comme elle faisait chaque soir ainsi, depuis trois mois...
Quand elle eut parcouru la lettre de Mongeot, la pâleur couvrit ses traits; il semblait que tout son corps tremblât... Elle
se remit bientôt de cette émotion, en entendant la voix de son
mari, qui lui jetait un bonsoir timide à travers sa porte...
Puis elle s'endormit, après avoir eu soin de brûler à sa bou-
gie la lettre qu'elle venait de recevoir.

IV

LE CHEVALIER DE VERA-CRUX

Peu de jours après ceci, dans un des hôtels les plus reculés
de la rue du Cherche-Midi, il se passait une scène assez
étrange.

Au milieu d'une vaste chambre reléguée au fond de la cour
et à laquelle on arrivait en montant les marches délabrées d'un
second étage, se tenaient dix à douze hommes réunis autour
d'un mannequin habillé grotesquement en financier. Une perruque volumineuse flottait sur l'habit de cet étrange Turca-
ret, qui possédait de plus, dans ses deux poches de gilet, des
boîtes d'or et des bijoux de mince valeur, ainsi que deux chaînes de montre parallèles qui lui pendaient sur son ventre rem-
bourré de paille. Il était suspendu au plafond par une poulie,
et portait à ses mains comme à ses pieds une quantité de son-
nettes. Le jour blafard et triste qui éclairait cette pièce soigneusement verrouillée à l'intérieur, et dont les portières en
brocatelle amortissaient chaque son, permettait à peine de
distinguer, au premier abord, la figure des personnages qui s'y
trouvaient; mais, à leurs propos et à leurs gestes, il était facile
de deviner le but de leur réunion.

C'étaient pour la plupart des fils de famille assez mal dans
leurs affaires, si l'on eût jugé d'eux sur l'équipement et la
mine. Ils parlaient une sorte de langage maçonnique que le

Châtelet eût peut-être flétri du nom d'*argot*, mais qui semblait à coup sûr la première règle de leur société. Beaucoup avaien*t* l'allure habituelle des joueurs de profession, la cravate lâche, les yeux caves. D'autres fredonnaient assez gaîment des refrains de mousquetaires ; mais tous, ils semblaient se méfier les uns des autres, malgré les protestations d'amitié dont ils s'accablaient.

— Ce cher de l'Étoile, comment, il ne fait pas plus de progrès depuis deux mois ! lui qui prend cependant de si longues séances de notre professeur à tous, du chevalier Vera-Crux !

— Que veux-tu, mon cher d'Aubignac? reprit de l'Étoile, je ne suis pas, comme toi, neveu d'un sous-fermier et je n'ai pas reçu de leçons dans ma famille... Mais toi, qui fais tant l'expert, voyons un peu comment tu vas t'en tirer : à l'œuvre, figure-toi que tu escamotes ton oncle!

— Par la sambleu ! ce ne sera pas mon coup d'essai, j'ai déjà tiré de bonnes sacoches au cher homme! Regarde-moi faire, et profite surtout, mon cher !

Et d'Aubignac s'approcha du mannequin suspendu au plafond, en pirouettant avec grâce sur le talon gauche. Il lui enleva l'une de ses montres aux applaudissements de la galerie.

— Voilà qui est bien, reprit de l'Étoile, mais je gage que tu ne pourrais confisquer sa tabatière sans faire tinter les grelots...

— C'est le pont aux ânes, reprit d'Aubignac, regarde d'abord où est la tienne.

— Au diable! grommela de l'Étoile en se fouillant, tu viens de me la subtiliser avec une grâce!... Après cela, reprit-il en aspirant une large pincée de tabac dans la boîte que d'Aubignac lui rendit, tu n'as pas eu grand'peine, je suis l'animal le plus distrait de l'univers! Il faut pourtant que je me fasse la main.

Il essaya alors d'imiter l'exemple de d'Aubignac, et s'approcha timidement du mannequin. Mais il ne l'eut pas plus tôt touché que toutes les clochettes sonnèrent.

— Est-ce le carillon de la *Samaritaine* que j'entends ici? reprit un personnage enveloppé d'une vieille robe de chambre à fleurs d'argent, en ouvrant une porte qui jeta tout d'un coup une brusque lumière dans cette pièce... Toujours gauche, mon cher l'Étoile, vous ne parviendrez donc jamais! Je devais pourtant vous faire connaître, ce soir même, un Américain embarrassé de sa fortune...

— Cela me regarde, interrompit d'Aubignac; est-ce au Colisée que je dois le rencontrer, ou bien devons-nous, comme l'autre soir, chevalier, à la sortie du feu d'artifice?...

— Silence, d'Aubignac, tu parles trop; je te réserve, à toi, une petite affaire de vingt mille livres. Une comédienne fort en vogue, rien que cela! Je me fie à ton adresse accoutumée. Comme ces créatures ne veulent jamais passer pour dupes, celle-ci se taira; elle a d'ailleurs le cœur et le vin fort tendres.

— Vivat! s'écria d'Aubignac; mais toi, mon cher Vera-Crux, que deviens-tu donc? voilà toute une grande huitaine qu'on ne t'a rencontré! Quelque amour nouveau, mystérieux... J'ai vu l'autre jour ton coureur avec un bouquet... oh! mais un bouquet... cela avait l'air d'un jardin!

— Une fantaisie, mon cher, un caprice amoureux, rien de plus, reprit le chevalier en entraînant d'Aubignac dans un coin de la salle. Je suis déjà maître aux trois quarts de la Lucrèce, j'ai fait même de la dépense pour elle... Mais, le comprendras-tu? je ne puis encore obtenir un dénoûment, elle hésite... Oui, la belle a un mari, un mari jaloux que je trouve plaisant de protéger, et auquel, sur l'honneur, je m'intéresse.

— Bravo, chevalier!

— Du reste, une femme superbe, une Vénus qui n'a qu'un défaut, celui d'être en marbre, car elle est pour moi d'une froideur... Il faudra pourtant que cette semaine au plus tard la belle s'exécute, car voici le temps des bals masqués de l'Opéra... Et dans ce temple du plaisir ouvert aux amants...

— Les maris restent à la porte, reprit d'Aubignac, c'est trop juste. Parbleu! chevalier, tu es heureux, tandis que moi... Imagine que je ne sais de quel bois faire flèche; on me déshonore, on me noircit! On m'offre d'entrer dans la police!

— Laisse donc, accepte toujours. Pour ma part, je ne t'en voudrai pas. Il faut avoir des amis partout. Que t'offre-t-on ?

— Une place de secrétaire chez le lieutenant civil, M. Bertin ! Tu sais que j'ai la main belle...

— Et leste, c'est vrai. Tu as de l'esprit jusqu'au bout des ongles ! Enfin, si tu y trouves ton profit, cela, je l'espère, ne t'empêchera pas de nous rendre encore visite. Tu ne seras pas ingrat, d'Aubignac, tu cumuleras, voilà tout.

— Je ne m'en ferai faute, quoiqu'à vrai dire je préfère, comme toi, être indépendant et vivre honnêtement du fruit de mon travail. Mais ne me parlais-tu pas de certaine affaire de vingt mille livres ?... Une actrice... je crois ?

— Oui, vraiment, la Dumesnil ! elle a joué, tu le sais peut-être, l'autre soir, le rôle d'*Hermione*. Comme elle ne hait pas le vin et qu'elle a coutume d'en boire un gobelet dans les entr'actes, son laquais l'en abreuva tant, le soir en question, qu'elle dit son rôle tout de travers. De là cris furieux, querelle au parterre; je donne un soufflet à mon voisin, lequel n'ose me le rendre ; je harangue les mécontents, et le lendemain...

— Eh bien ! le lendemain ?

— Le lendemain, la Dumesnil me prie de passer chez elle... Malheureusement, j'étais amoureux, j'avais affaire ailleurs et j'ai perdu la piste de mon actrice... mais je suis bon frère, d'Aubignac, je te laisse la récompense que me destinait la Dumesnil. Présente-toi chez elle avec cet air matamore, ces phrases toutes faites que tu dis si bien, et surtout cet aplomb qui plaît aux filles de théâtre; tu la mènes de là souper chez le suisse du Luxembourg, et comme elle porte sur elle toute une devanture de boutique en diamants... je n'ai pas besoin de te dire le reste... Voyons ! mes petits amis, ajouta le chevalier en se tournant vers ses adeptes, ne lierez-vous pas quelque partie entre vous ? Voici le pharaon, le tri, le médiateur, le whist, tous les jeux possibles... Rentrons cet honnête manne-quin sur lequel vous vous acharnez, et qui ne ressemble pas mal à un des suppôts de la ferme pendu en effigie... D'Aubignac, replace-le soigneusement dans sa boîte...

Et le chevalier de Vera-Crux, avec lequel nos lecteurs ont fait déjà connaissance, se promena bientôt dans cette pièce en causant familièrement avec ses coassociés. Ils ne tardèrent pas à s'établir pour jouer à plusieurs tables. Les uns étaient vêtus en officiers, d'autres en petits bourgeois. Les précautions infinies que le chevalier prenait pour cacher son *académie* les mettaient, du reste, à l'abri de toute alarme, Vera-Crux ayant eu soin de se faire passer dans le quartier pour un sectateur effréné des sciences occultes, un chercheur de pierre philosophale. Plusieurs fourneaux d'alchimie, des livres, des cornues donnaient, en effet, à cet appartement un air respectable et scientifique. On ne s'y occupait que trop, on l'a vu, de la transmutation des métaux, mais la mode était en ce temps-là aux jongleries sérieuses. Dans toute la longueur de la rue Cherche-Midi on regardait le chevalier de Vera-Crux comme un savant; quand il passait les ponts, ce n'était plus qu'un fort joli homme.

Le Portugais regardait encore ses amis accoudés aux tables de jeu, et se montrant l'un à l'autre les tours les plus fameux connus dans l'académie des Grecs, lorsque son coureur, tout effaré, parut à la porte du cabinet et lui annonça une visite.

— Qui donc vient me troubler à l'heure de mes leçons ? s'écria-t-il ; ne sais-tu pas, Baptiste, que c'est là une heure sacrée, une heure qui appartient à mes élèves ?

— C'est une dame, reprit le coureur, une dame voilée qui demande la faveur d'un entretien secret à monsieur le chevalier... Comme elle a eu l'attention de m'offrir un écu, je l'ai introduite dans la chambre à coucher de monsieur, où elle feuillette en ce moment quelques numéros du *Mercure de France...*

— Une femme ! dis-tu, si c'était!... Et le chevalier se hâta de suivre Baptiste, en ayant soin de refermer sur lui la porte du cabinet qui donnait passage dans les autres pièces de l'appartement.

Arrivé dans sa chambre à coucher, il tressaillit de surprise

et d'émotion tout ensemble en voyant une dame assez richement mise dont un voile noir couvrait le visage... Elle ne le
laissa pas longtemps en suspens, et Vera-Crux poussa un cri
étouffé en reconnaissant madame de Godrecourt.

La baronne venait de découvrir au Portugais un visage bien
connu de lui, sans doute, car il parut déconcerté quelques secondes. Il se rassura pourtant, et lui présentant un siége :

— Quelle heureuse circonstance amène chez moi madame
de Godrecourt? reprit-il. Voilà tout un siècle que nous nous
étions vus!

— Oui, depuis deux ans, chevalier, depuis le jour où je
partis de Goa, fit la baronne avec un soupir et en s'éventant
d'un air de princesse.

— Il n'y a que Paris pour les rencontres, poursuivit Vera-
Crux en minaudant; celle-ci est du dernier beau!... Cette
chère Victoire, une amie des Indes orientales, une ancienne
passion! Je ne vous savais pas à Paris, sur mon honneur!
sans cela...

— Sans cela, vous fussiez venu m'offrir vos services, n'est-
ce pas? On vous connaît, beau masque, on vous connaît! Moi,
d'abord, je vous ai vu fort bien, l'autre soir, chez cette madame
Lescombat avec qui vous veniez de monter en carrosse. J'espérais
que vous m'auriez aperçue chez cette petite bourgeoise: mais
vous étiez si occupé de votre cour !... Pourriez-vous me dire
depuis combien de temps vous allez dans cette maison? reprit
la baronne d'un air piqué, et comment il se fait que vos yeux
qui me cherchaient autrefois...

Le chevalier se fût bien gardé d'avouer à la baronne qu'il
avait remarqué sa présence chez la femme de l'architecte; il
feignit une surprise dont madame de Godrecourt fut loin d'être
dupe. Ces deux personnages se connaissaient de longue date
et s'appréciaient mutuellement, il faut le croire, avec assez de
justice, car la Godrecourt reprit bientôt, après avoir examiné
les meubles qui décoraient l'appartement du chevalier :

— Vous voilà, je le vois, tout au mieux dans vos affaires,
Joao! j'en suis ravie. Où est le temps où vous veniez vous ca-

cher chez moi après vos pertes au jeu, quand vos ennemis
osaient vous accuser de n'être qu'un coupeur de bourse?.

— Et que, par contre-coup, ma chère Victorine, reprit Vera-
Crux, le gouverneur de Goa, ce vieux singe si laid, prétendait
que vous étiez une recéleuse!

— Quelle indignité! vous le savez, Joao, je tenais un honnête commerce de soieries... Recéleuse! moi, qui faisais tout
au plus la contrebande!

— Oui, je vous vois encore à l'enseigne du *Perroquet*, vous
étiez alors plus mince qu'aujourd'hui, plus délicate, plus...

— Assez... et vous, chevalier, vous n'aviez pas cet air d'effronterie qui vous va fort mal, je vous en préviens! Avec quelle
adresse avez-vous su me faire tomber dans vos piéges, avec
quelle ardeur fites-vous l'assaut de ma vertu!

— Écoutez donc, ma chère baronne de Godrecourt, puisque
Godrecourt il y a!... vous en valiez bien la peine, tout de
même. Cela doit vous sembler étrange, reprit-il en riant, porter le nom d'un époux qui n'a jamais existé; ce nom de Godrecourt que je vous ai trouvé là tout à point en quittant Goa où
vous aviez fait fortune! Permettez-moi d'en rire, ma chère baronne de Godrecourt!

— A votre aise, chevalier, reprit la baronne, évidemment
blessée de ce rire inconvenant, à votre aise! tout le monde n'a
pas le bonheur de naître comme vous avec un nom!...

— C'est vrai, ma chère baronne, mais celui que je vous ai
fait!... c'est une fortune que je vous laissais là, parole d'honneur! Où promenâtes-vous votre baronnie et votre veuvage
supposés?

— En Hollande, d'abord, mon cher.

— Excellent pays pour y faire l'essai d'une nouvelle noblesse.

— On m'y a reçue comme une margrave... J'ai vu à mes
pieds quatre échevins d'Amsterdam!

— Je vous félicite, madame la baronne, reprit Vera-Crux
ironiquement. Vous ne manquâtes pas, je l'espère, de vous
donner pour une des plus grandes dames du Portugal, qui aurait fait une mésalliance affreuse en épousant le baron de Go-

drecourt? Que n'étais-je là pour vous voir aux prises avec ces honnêtes marchands de fromages! L'agréable figure que vous deviez faire quand on vous demandait des nouvelles de feu M. le baron! Pensiez-vous seulement à votre ami Véra-Crux? Voyons, m'avez-vous rapporté quelque cadeau?

— Je vous ai rapporté mon cœur, ingrat chevalier! Oui, ce cœur n'a pas cessé de battre pour vous, sachez-le, malgré vos indignes perfidies... Mais pour le moment ce n'est pas de cela qu'il s'agit. J'ai découvert votre adresse ce matin seulement, et je venais réclamer de vous un service...

— Un service? parlez. Que puis-je faire pour vous, madame la baronne? vous donner peut-être un vrai mari! Est-ce là ce que vous allez me demander?

— Pas le moins du monde. Vous saurez, chevalier, qu'il n'y a pas huit jours j'ai été victime d'un vol...

— D'un vol? s'écria Vera-Crux en se levant; comment, on vous a volée? Et quelle est la somme?

— Ce n'est point un vol d'argent dont j'ai à me plaindre, grâce à Dieu, l'affaire n'a point eu lieu chez moi, mais bien dans un endroit public, où la curiosité m'avait conduite comme beaucoup d'autres... on m'y a volé fort adroitement un superbe collier de diamants!...

— Que me dites-vous là? reprit le chevalier en se récriant; comment, on aurait osé!... Maugrebleu de la police qui fait si mal son devoir! Et dans quel endroit public?

— Au feu d'artifice de Torré, mon cher Vera-Crux, vous savez qu'il y a presse... Allez, les pots à feu et les chandelles romaines me coûtent cher! un collier comme celui-là! un collier que Lempereur avait monté!

— Ah! ah! ah! j'en mourrai, c'est sûr, fit le chevalier en se pâmant de rire... les chandelles romaines... les pots à feu!... On vous a volée!

— Eh bien! qu'y a-t-il là de si plaisant?

— Rien... oh! rien... seulement je m'en tiens les côtes... cette pauvre baronne! Faut-il que cela soit tombé sur elle! on ne respecte plus rien, c'est sûr...

— Connaîtriez-vous ?... En tout cas, permettez-moi de vous
dire, chevalier, que vous avez une façon singulière de prendre
part à mon accident!

— Pardon, mille excuses... m'a chère madame de Godrecourt... mais c'est que cela est si drôle!... au feu d'artifice!...
un soir pareil!... lorsque moi-même j'y étais!...

— Vous!

— Certainement, moi, et je vous jure bien que si j'avais su...

— Vous auriez pris le voleur sur le fait, n'est-il pas vrai?

— Mieux que cela, je lui eusse fait rendre ce qu'il avait pris...
Mais c'est trop tard, continua-t-il en se roulant de nouveau sur
son sopha avec un rire fou, c'est trop tard... j'ai disposé du
collier...

— Que dites-vous là ? comment? reprit-elle en se levant pâle
de surprise.

— Parbleu! je dis que c'est moi qui ai fait le coup!... Vous
me regardez là comme une statue... Eh bien! oui, c'est moi,
moi, Vera-Crux ; je ne vous ai pas reconnue, voilà mon tort...
On sortait, on se poussait, vous me tourniez le dos, et je n'ai
vu que ce diable de collier, luisant comme une flamme de Ben-
gale sur vos épaules... si j'avais su que c'était le vôtre, je
l'eusse respecté plus que Denys l'Ancien ne respecta la barbe
d'or d'Esculape et le manteau de Jupiter!

— Eh quoi! c'est vous! Un pareil métier?...

— Mon Dieu, je m'en réjouis, puisqu'il me procure l'occasion
de vous revoir!... Vous avez pensé, sans doute, que je vous
ferais retrouver l'objet? c'est tout naturel, je suis si bien avec
la police... Eh bien! non, je ne puis... Encore une fois, j'en
ai disposé... Vous me voyez, baronne, désolé de ne vous être
bon à rien!

— Et peut-on savoir quelle beauté?... reprit la Godrecourt
hors d'elle-même... La colère m'étouffe, et je vous trouve hardi
de m'avouer en face ces choses-là.

— Pourquoi pas? ne nous connaissons-nous pas l'un et l'autre? Dois-je avoir rien de secret pour vous? Eh bien oui, baronne, je suis amoureux fou de cette madame Lescombat; in-

troduit dans sa pension, j'ai voulu payer mon écot avec la ma-
gnificence d'un prince, dame! j'ai fait les choses grandement,
vous devez vous en souvenir?

— Monstre! scélérat! infâme Cartouche!... Et vous croyez
que je n'irai pas reprendre mes diamants, mon bien, sur le cou
de cette femme, ma rivale? Jour de Dieu! c'est un petit plaisir
que je compte me donner; oui, je vais de ce pas même vous dé-
masquer à ses yeux, lui apprendre...

— Là, là, ma chère baronne, causons tranquillement. Un
éclat! y songez-vous? Vous gâteriez mes affaires... tandis que
vous pouvez me venir en aide! Grâce à ma discrétion, on ignore
les anciens liens qui nous unissent, et votre intention, je pense,
est qu'on les ignore toujours. Je consens à ne jamais dire que
vous avez été mal avec la police de Goa, que vous n'y avez jamais vendu de soieries à l'enseigne du *Perroquet;* j'affirmerai
même, si vous l'exigez, que ce cher baron de Godrecourt fut
mon ami; mais, par tous les saints! ne m'en demandez pas davantage... Dites-vous que c'est un prêt, un service rendu à un
ancien ami de votre jeunesse...

— Allez au diable! chevalier, il faut que je tire vengeance
d'un trait qui me blesse doublement... Qui! moi! souffrir que
la Lescombat se pavane arrogamment avec mon collier! Ah!
tètebleu, j'aurai raison de cette insulte, et dussé-je parler en
personne à M. le lieutenant civil, dussé-je lui déclarer que je
ne suis point baronne!...

— Vous n'en ferez rien, nous resterons bons amis... Aussi
bien, vous n'avez qu'à parler, et je vous dédommagerai de cette
perte à la première occasion.

— C'est cela! pour qu'on m'arrête, pour qu'on reprenne sur
moi des bijoux volés, comme je puis le faire sur votre Lescombat! Mais rassurez-vous, chevalier, j'ai un autre moyen de
me venger de vous, et cela, sans bruit, sans fracas, je l'emploierai.

— Et lequel? peut-on savoir?

— Cela me regarde. Contentez-vous d'apprendre que je suis
liée, extrêmement liée avec l'objet de votre nouvelle passion;

je connais sa vie, et je puis vous assurer que vous faites le
magnifique en pure perte.

— Comment cela?

— D'abord, parce que la dame a un mari... un mari qui l'a-
dore... un mari jaloux...

— Bravo! C'est comme cela que je les aime, celui-ci me
plaît, et je désire le pousser...

— Pousserez-vous aussi son amant? un jeune homme qui
ne vous le cède en rien, et qui a sur vous l'avantage de demeurer dans la place? Vous voyez, chevalier, que vous avez
donné dans le panneau. Me voilà déjà vengée aux trois quarts,
et j'espère qu'avant demain...

— C'est une imposture, reprit le chevalier en se promenant
à grands pas; madame Lescombat n'a point d'amant; les appa-
rences sont trompeuses, madame la baronne, à moins que vous
ne persistiez à honorer de ce titre le modeste pensionnaire que
j'ai vu chez elle...

— Et que vous n'avez pas vu chez moi. Apprenez donc,
chevalier, puisque vous me poussez à bout, que ce modeste
pensionnaire, comme il vous plaît de le nommer, n'en a pas
moins été le mien à Saint-Cloud, l'été dernier...

— Après, qu'est-ce que cela prouve?

— Oh! rien! si ce n'est que madame Lescombat, qui se trouvait aussi chez moi, sans doute par hasard, et pendant que
l'on réparait sa maison, faisait avec lui des promenades pro-
longées dans le parc... qu'ils en sont d'abord revenus de bonne
heure... puis tard... puis enfin qu'un beau jour je me suis vue
obligée de les aller chercher moi-même, par un clair de lune
tout à fait champêtre. Ils s'amusaient, elle et M. Mongeot, à
compter les étoiles près de la lanterne de Diogène!...

— Vous en voulez à ce bon jeune homme parce qu'il étudie
l'astronomie? Croyez-vous donc que la femme de l'architecte
fût assez imprudente pour donner prise aux emportements et
aux soupçons de son mari? En vérité, baronne, vous êtes
absurde. Quant au collier...

— Eh bien?

— Eh bien ! que diriez-vous si je vous en donnais un plus riche encore ? Vous avez affaire à un magicien ; parlez. L'important, c'est d'être discrète. Fiez-vous à moi, la chose est en bonnes mains...

— Vous raillez, je crois : se peut-il que vous ne soyez pas corrigé ? Ah ! Joao, vous finirez mal ; en fait de collier, vous aurez la corde, mon cher !

— Merci de la prédiction ! mais il n'importe, je ne suis pas superstitieux. L'aveu de ma passion pour la belle Lescombat n'a rien, ma chère, qui doive, au reste, vous indisposer, reprit négligemment Vera-Crux ; c'est une coquette dont je veux avoir raison.

— Et bon marché, à ce qu'il paraît. Quoi qu'il en puisse être, songez, chevalier, que je vous ai dit l'état des choses. Il ne tiendrait qu'à moi de vous perdre, mais cela est au-dessous de mon caractère. Quelque peine que j'éprouve à voir un homme en qui j'eusse placé mon avenir se déshonorer, se perdre, vous n'en trouverez pas moins dans moi une amie sincère... Cela est cruel... horrible... je le sens... continua la Godrecourt en tirant un mouchoir à ses armes, dans lequel elle fit semblant de sangloter, mais vous l'aurez voulu, vous aurez brisé à plaisir ce cœur trop facile, trop tendre, ce cœur...

Ici, l'arrivée subite de d'Aubignac vint mettre un terme à ces doléances féminines qui menaçaient de se prolonger. La baronne de Godrecourt, l'œil au ciel et la bouche en cœur, venait de retomber à demi pâmée sur une causeuse en respirant un flacon de sels ; elle rabaissa son voile en voyant entrer d'Aubignac. Le chevalier, lui, trouva prudent de la laisser en proie quelques secondes à sa douleur, pour passer avec son fidèle Pylade dans une pièce voisine.

— Eh bien ! quelles nouvelles ? demanda le chevalier dès qu'ils furent seuls, sans s'apercevoir de l'agitation de d'Aubignac.

— Bonnes et mauvaises, répondit celui-ci ; j'ai aujourd'hui même, en ton honneur, sur les bras un duel et un rendez-vous !

— Avec qui le duel ?

— Parbleu, foin de toi! avec ton voisin de l'orchestre à la Comédie-Française, l'homme à qui tu as administré si galamment un soufflet! C'est lui qui t'avait écrit au lieu et place de la Dumesnil.

— Pas possible!

— Ce n'est que trop possible, mort de ma vie! Il était là dans le café du Luxembourg, guettant depuis huit jours l'heureux mortel qui monterait l'escalier d'Hermione... Elle demeure tout près, comme tu le sais, et dès qu'il m'a entendu jeter ton nom au concierge, ton nom sous lequel tu m'avais tant recommandé de me présenter...

— Eh bien?

— Eh bien! il n'en a fait ni une ni deux, il m'a appliqué un soufflet... oh! mais un soufflet auprès duquel le tien n'a dû rien être... Pour que tu en saches la valeur, je te dirai que c'est un gendarme-dauphin!

— Le duel me regarde, rien de plus juste. Ce pauvre d'Aubignac! reprit le chevalier en lui serrant la main d'un air de compassion; tu as dû être suffoqué!

— Moi! pas le moins du monde, je n'en ai pas moins monté avec un magnifique sang-froid chez la Dumesnil, après avoir dit tout haut au gendarme-dauphin : C'est pour demain auprès de l'Observatoire... Arrivé chez l'actrice, — c'est ici, mon cher, le revers de la médaille, — j'entre sans me faire annoncer, et je la vois, avec qui?... avec ce gros la Popelinière dont tu m'as tant de fois parlé! Le financier, en homme galant, lui donnait la réplique pour son rôle de Phèdre : il faisait Œnone. Bon Dieu! si tu l'avais vu ne pouvant se relever à ses pieds!...

Madame, au nom des pleurs que pour vous j'ai versés,
Par vos faibles genoux que je tiens embrassés,
Délivrez mon esprit de ce funeste doute!

J'entre et je relève d'abord M. de la Popelinière. — Grand merci, monsieur, qui êtes-vous? — Un admirateur de mademoiselle, repris-je, un homme qui, à la dernière représentation

d'*Hermione*, a donné le plus beau soufflet! Je mentais en diable, je venais d'en recevoir un! Mademoiselle Dumesnil, con-
tinuai-je en me jetant à ses pieds, veut-elle me compter dès
aujourd'hui au nombre de ses plus dévoués séides? Si mon
bras, si mon épée...

Le financier restait ébahi, et la Dumesnil croyait voir un
fou. Je lui raconte alors tout ce que tu m'avais dit, je me récrie contre l'ignorance et l'injustice du parterre; je finis par
dire que je n'étais pas le seul qui voulût dédommager ce su-
blime talent par un acte public, notoire, du tour qu'on lui
avait joué; qu'en conséquence je l'invitais à souper chez le
Suisse du Luxembourg. Il y aura là, repris-je, des partisans
déclarés de votre jeu, des juges excellents en fait de matière;
venez-y en reine, vous y serez reçue, admirée, et je vous irai
moi-même chercher ce soir en carrosse... A cette proposition,
la Dumesnil se récrie d'abord, sans doute par égard pour le
financier, puis elle accepte... —A sept heures, chevalier, soyez
exact. — Je prends congé d'elle; j'avais remarqué, en passant,
un fort beau collier de diamants sur sa toilette. — Avez-vous
besoin de parures pour être belle? repris-je en la fixant; ce
serait un meurtre que de nous éblouir ce soir avec ce collier;
ah! ménagez-nous, vos yeux suffisent! — Malgré ce madri-
gal, vous me permettrez, monsieur le chevalier, de ne pas aller
à votre souper vêtue en soubrette. — Je n'ai garde d'insister,
et je m'esquive en ayant soin de prendre l'escalier dérobé par
lequel elle se rend à la Comédie-Française... Et me voilà!

— Sans compter que tu m'arrives fort à propos. Je ne demande
pas mieux que de me battre avec le gendarme-dauphin, mais
à condition que tu souperas. N'oublie pas ma recommandation!
le collier, mon cher d'Aubignac, le collier!

— Sois tranquille, encore un coup, je te ferai voir mon tro-
phée demain matin. Te figures-tu la rage de ta belle quand, au
lieu de six couverts, elle va se trouver seule avec moi, en tête-
à-tête!... Mais les flacons sont là, comme tu dis... A propos,
tu me prêtes ton coureur et ton carrosse?

— C'est chose convenue, dispose du tout.

— Je te laisse... tu es, je crois, en grave conférence avec
une dame... celle de tes pensées, peut-être ! et dont tu te plai-
gnais à moi ce matin, c'est charmant !

Et d'Aubignac regagna la salle des joueurs auxquels il se
dispensa, comme on peut le croire, de raconter son aventure à
partie double.

— Eh bien ! chère baronne, reprit Vera-Crux en revenant
près de madame de Godrecourt, êtes-vous toujours aussi cour-
roucée ? Moi, je vous annonce la paix. Oui, je ne vous demande
qu'un jour pour opérer ce miracle. Revenez me voir demain,
à pareille heure, ici même. Je vous ai vue furieuse, demain vous
m'adorerez !

Il la reconduisit tête nue jusqu'à sa chaise à porteurs avec
les façons les plus obséquieuses. La baronne s'y jeta sans trop
approfondir ses dernières paroles... Par un retour dont elle ne
put se défendre, elle se laissa pourtant baiser la main par le
chevalier.

— Si je parle, se dit-elle, il parlera. Taisons-nous !

— A demain, reprit Vera-Crux.

— A demain !

V

PARTIE LIÉE

Par une de ces rares matinées d'hiver qu'on est tenté de
confondre avec les derniers beaux jours de l'automne, deux
personnes venaient de se présenter, sur les neuf heures, à l'une
des grilles principales du Luxembourg. C'étaient une femme
et un jeune homme qui paraissaient être habitués de ce jardin,
à voir le sourire que l'entrée de ce couple amena sur les lèvres
du Suisse dont le cabaret était situé rue Vaugirard, à l'un des
pavillons extérieurs.

La femme était vêtue d'une polonaise bleue à fourrures, qui
faisait ressortir par ses plis pincés l'élégante cambrure de sa
taille ; le jeune homme portait l'uniforme des élèves du génie,

un simple habit bleu à boutons d'or où étaient figurés un casque et deux canons en sautoir. Tous deux gagnèrent rapidement la terrasse sur laquelle ne se dessinait encore aucune silhouette de promeneur, mais dont les statues semblaient s'échauffer déjà aux rayons d'un beau soleil.

— C'est donc dans huit jours que vous suivrez les cours de l'école militaire, mon cher Mongeot, dans huit jours que vous nous quittez?

— Pour revenir chaque soir dîner à la pension, Marie, encore est-ce avec peine que M. de Croismare me l'a permis. L'excellent d'Aquin m'a tant pressé, il m'a tant répété que c'était là le vœu de mon père... et puis, faut-il vous le dire, l'espoir de me distinguer un jour... Oui, vous m'aimerez peut-être plus quand vous me saurez un état; puis-je oublier d'ailleurs que nous serons bientôt trois? reprit le jeune homme en jetant les yeux avec amour sur sa maîtresse. Pourtant, continua-t-il avec un sourire amer, j'ai là, au fond du cœur, je ne sais quelle voix qui me dissuade de suivre ces études ; je tremble, hélas! que, pendant mon absence, on ne vous entoure, on ne vous assiége... Vous êtes si belle, Marie, vous plaisez si vite et vous aimez tant à plaire! Quand je songe que je ne serai plus avec vous que le soir; que ces matinées charmantes, écoulées en ce lieu si rapidement pour nous, je les emploierai à d'arides travaux, vous laissant ainsi exposée à la solitude de vos pensées, aux propos de mille étourdis, à l'humeur de votre époux !... Tenez, il y a des instants où je voudrais déchirer cet uniforme, il y a des jours où je voudrais fuir avec vous, emportant ainsi ce que j'ai de plus cher au monde !

— Enfant, reprit-elle, enfant qui croyez rompre ce que le ciel ou l'enfer a pris soin d'unir! Mais, rassurez-vous, pendant vos absences, je ne veux pas même recourir aux moyens de me distraire, je relirai vos lettres, Henri, je vous écrirai, vous parlant sur le papier comme je vous parle là! Vous verrai-je donc toujours inquiet, tourmenté de mille chimères ? Hier, par exemple, parce que je portais à table le collier de M. Vera-Crux, vous m'avez, à la sortie, adressé des paroles dures, comme si

je pouvais aimer le chevalier, comme s'il était pour moi autre
chose qu'un hochet de vanité!

'— Ce hochet, Marie, je le briserai, je tuerai cet homme,
prenez-y garde! Il a semé autour de vous je ne sais quel vertige de coquetterie et d'orgueil; à table, vous le regardez souvent, et quoique depuis huit jours il n'ait point paru à la pension... n'était-il pas hier, avouez-le, à la comédie qu'on a jouée
chez M. de la Popelinière, à Passy?

— Certainement, pourquoi le nierais-je? Vous dîniez, vous,
chez M. de Croismare, le directeur de l'Ecole militaire, je n'ai
cru pouvoir mieux faire que d'accepter l'offre du chevalier...
D'ailleurs, il a voiture, et, pour une femme, c'est là un ami indispensable...

— Toujours aussi curieuse de fêtes, de plaisirs! toujours le
monde entre nous! Je ne le vois que trop, Marie, je deviens
pour vous un embarras, un obstacle. Vous voudriez me cacher
à tous les yeux, n'est-ce pas, vous voudriez...

— Je veux t'aimer pour toi, pour toi seul, et voilà tout. Dois-
je afficher, Henri, cet amour coupable, dois-je appeler les
soupçons de mon mari sur mon amant? Ici même, à deux pas
de ce palais du Luxembourg, où travaille M. Lescombat, cette
promenade n'est-elle pas une imprudence?

— Les travaux de votre mari semblent l'absorber entièrement depuis six jours, reprit le jeune homme. Pourtant j'ai cru
remarquer en lui une préoccupation peu ordinaire... Hier, cependant, il m'a pris la main avec bonté et s'est promené avec
moi dans ce jardin pendant plus d'une heure. Mes assiduités
auprès de Blanche le rassurent sans doute, continua Mongeot
avec un soupir; il me parle sans cesse de ce mariage qui, vous
le savez, ne peut s'accomplir. Que ce double rôle me pèse,
Marie : trahir à la fois deux confiances: celle d'une enfant qui
ignore qu'on peut mentir; celle d'un vieillard qui est si loin de
se croire trompé!

— Vous avez là, Henri, des préjugés d'un autre âge. D'a-
bord, vous n'abusez point cette jeune fille, qui trouvera un mari
dès qu'elle le voudra; quant au mien...

— Je ne le trompe pas, n'est-il pas vrai? je ne réside pas sous le même toit que lui, je ne lui tends pas chaque jour cette main humide encore de vos baisers? Cet homme vous aime, Marie! je le hais, je le déteste; mais, tenez, je rougis chaque fois qu'il me parle, je tremble à son aspect comme on tremble devant son juge...

— Il m'aime, dites-vous, mais je ne l'aime pas, moi! Si je vous disais qu'il est emporté, brutal, défiant; si je vous disais qu'il me refuse souvent jusqu'au nécessaire? Vous parlez de ce chevalier de Vera-Crux! Mais, n'est-ce pas lui qui vient récemment de s'employer pour réintégrer M. Lescombat dans sa place d'architecte au Luxembourg? Le chevalier m'a donné un collier, dites-vous; mais il est riche, prodigue, il a, dit-il, de grands biens dans les colonies portugaises de l'Inde. C'est une de ces figures que les femmes ne distinguent que parce qu'elles doivent leur servir d'enseigne; je puis accepter ses empressements sans danger. Tu dois croire, Henri, que je ne dérangerai pas pour cet homme le bonheur de ma vie. Que te dirai-je encore? le chevalier donnera peut-être le change aux soupçons que mon mari pourrait concevoir sur toi... Quant à son collier, puisqu'il te déplaît tant, eh bien! je ne le porterai plus!

— Qu'entends-je?

— Oui, puisque tu veux le savoir, ce matin, à l'heure de mon lever, j'ai reçu un billet charmant de madame de Godrecourt. Il accompagnait un écrin dans lequel était un collier, oh! mais un collier plus beau cent fois que celui du chevalier Vera-Crux. J'ai accepté le troc qu'elle m'offrait, non pour la valeur des bijoux, mais pour l'idée que tu y attaches. Ainsi voilà qui est convenu, et maintenant, monsieur, ajouta-t-elle en lui prenant la main, plus d'humeur... plus d'exclamations, de reproches... vous m'allez récompenser tout de suite, car je veux ma récompense, entendez-vous?

— Laquelle? demanda timidement Mongeot qui, dans ce regard et cette voix, ne soupçonna pas la rouerie et le mensonge.

— C'est ce soir, vous le savez peut-être, le premier bal masqué de l'Opéra. Quelqu'un me propose de m'y conduire, mais il faut que vous me dictiez ma réponse à ce quelqu'un... oui, monsieur, j'écrirai sous votre dictée à mon retour...

— Et qui donc aurait osé ?...

— Les hommes osent toujours, quittes à se voir refusés. Ce billet du chevalier de Vera-Crux...

Et elle lui présenta un billet charmant sur papier lilas qui ressemblait à un sachet d'odeur, tant il était parfumé. Le jeune homme le lut, et le rendant à madame Lescombat avec un sourire de mépris :

— Vous pouvez répondre à M. de Vera-Crux qu'il s'est trompé, d'abord parce que je vous accompagne à ce bal, puis parce que de tels billets ne s'adressent d'ordinaire qu'aux femmes qui ne refusent pas. Voilà ce que je vous engage à écrire à M. de Vera-Crux.

— De grand cœur ! dit-elle en sautant de joie, et avec une expression de sincérité qui trompa Mongeot, de grand cœur ! Mon mari est retenu par ses travaux au palais jusqu'à l'heure du dîner, viens dans ta petite chambre, ami, je consens à écrire ce que tu me dicteras. N'es-tu pas ma vie, mon bien ? Oh ! que ne puis-je t'avouer librement devant ce monde dont je crains les yeux, que ne puis-je dire à tous : — Regardez-le, le voilà celui pour qui je sacrifie tout : mari, honneur, famille ! Dussé-je quitter tout pour le suivre, je le suivrai ! Que sont tous les autres auprès de lui ?

Saisissant alors son bras, et le regardant avec des yeux pleins d'amour, elle l'entraîna bientôt jusqu'à la pension qui était proche. Le cœur du jeune homme battait à coups pressés dans sa poitrine : avec quelques mots, elle avait eu l'art de guérir jusqu'à ses soupçons. Quand il franchit le seuil de la chambre modeste qu'il occupait chez madame Lescombat, tous les souvenirs charmants d'un pareil amour accoururent en foule comme autant d'amis empressés autour de lui : il se revit jeune, timide, essayant ses premiers pas dans le monde, accueilli, dès son début, par une femme dont l'incontestable beauté semblait éblouir de ses rayons ceux qui l'approchaient. Cet espace étroit, témoin de son bonheur, ce lieu solitaire exhalant un parfum

d'étude et dans lequel elle avait posé tant de fois le pied comme
un de ces anges aimés qui consolent, était devenu un temple
sacré pour Mongeot; il y introduisit sa maîtresse avec un frémissement craintif. La fenêtre était ouverte, l'air odorant et
tiède malgré là saison, la chambre proprette, les livres rangés.
A peine entrée, madame Lescombat se dirigea rapidement vers
le tiroir où le jeune homme serrait habituellement ses lettres ;
il était fermé soigneusement. Mongeot pâlit lorsqu'elle lui en
demanda la clef.

— Doutez-vous de moi? lui dit-il avec tristesse. Ces lettres,
Marie, n'est-ce pas mon bien le plus cher? ne suis-je pas leur
gardien fidèle, et d'autres yeux que les miens?...

— N'importe, je veux les voir, je veux vous prouver que
mon cœur n'a point changé. Henri, souffrez que je relise avec
vous quelques pages de notre correspondance, dont les indifférents riraient peut-être, mais qui a fait nos jours à tous deux,
heureux ou sombres ; les relisez-vous quelquefois pour y retrouver mon cœur page à page, pour y reconnaître la trace de
mes baisers?

— Celle de mes larmes l'a presque effacée, Marie, dit le jeune
homme en ouvrant sa table d'où il tira un petit portefeuille en
maroquin noir ; les voilà, ces lettres dont je ne me séparerai
qu'avec la vie. Je tremble souvent que ce précieux dépôt ne
soit menacé; je voudrais pouvoir les soustraire à l'inquisition
de votre mari, mais sa confiance en moi n'est-elle pas entière?

— Quoi ! vous ne craignez pas qu'un avis secret, perfide?...
ou peut-être même le hasard?...

— Vous avez raison ; souvent je me réveille la nuit pour
toucher ce portefeuille, qui dort à côté de moi. J'ai bien un
ami à qui je pourrais confier ces lettres, un ami intègre, honorable... Mais me séparer d'elles, ne plus les voir qu'à de rares
intervalles ! Quand vous n'êtes plus là, elles me parlent; me
séparer d'elles, je le sens, ce serait mourir : elles sont si vives,
si passionnées, ces lettres ! Ce serait, je le sais, une arme terrible entre les mains de ce juge qu'on nomme un mari. Mais, rassurez-vous, je veille sur elles !

Ouvrant alors le portefeuille, il les mit bientôt une à une sous les yeux de celle qui en avait tracé les caractères. Toutes parlaient d'amour, de passion, d'obstacles, de tout ce qui compose cette trame mobile, inquiète, qu'on nomme la vie des amants. C'était alors la mode de ces singuliers échanges; la manie d'un commerce galant par lettres existait. L'exemple de Benserade qui écrivait, on le sait, celles de Louis XIV à mademoiselle de La Vallière, laquelle avait, dit-on, la naïveté de l'appeler pour y répondre, avait propagé ce goût, même chez les classes bourgeoises; c'est ce qu'aurait pu faire croire certain dossier d'épîtres que la jalousie des époux du temps traduisit devant le grand Châtelet.

Devant ces fragiles monuments de son amour, les yeux de Mongeot se voilèrent de douces larmes; il en lut lui-même quelques passages à madame Lescombat. En tenant le papier, sa main tremblait, sa voix était altérée. L'amoureux jeune homme ne vit point la pâle coupable écouter elle-même avec une secrète terreur ces phrases de tendresse où elle lui semblait avoir mis son âme; il ne la vit point compter et recompter de l'œil les numéros apposés par elle sur ces pages qu'elle se reprochait intérieurement d'avoir écrites.

— Vous m'aimiez alors! reprit-il avec un soupir, vous m'aimiez, Marie, vous m'écriviez tous les jours! Ce temps est passé, et quand je songe que dans huit jours il me faudra mettre entre vous et moi des heures de tristesse et d'absence, quand je songe qu'il me faudra m contenter des heures que votre pitié me laissera... Mais il me suivra ce trésor; mais elles ne me quitteront plus ces lettres, dit-il en cachant le portefeuille dans sa poitrine. Je ne vous demande pas ce que vous avez fait des miennes. Oh! répétez-moi qu'elles n'ont point eu le sort de ces témoignages frivoles dont le caprice ou la vanité des sots vous accable. Dites-moi que vous les gardez...

— Oh! oui, oui, toujours, reprit-elle avec transport; et voilà le cas que je fais des autres! Regarde plutôt : voilà ma réponse à celles que j'ai reçues ce matin. M. de la Popelinière, tu le vois, m'invite chez lui, il veut me revoir après mon apparition à cette fête ; ce billet est d'un jeune militaire qui me demande la permission de venir chez moi, sous prétexte de parler à mon mari de choses qui concernent son état. Cet enfant de Mars m'a tout l'air de traiter une beauté militairement. Quant à celle du chevalier de Vera-Crux, la voici, je te la rends ; ne t'es-tu pas chargé de me dicter toi-même ma réponse?

Et en même temps elle déchira ces lettres dont les morceaux jonchèrent le parquet. Mongeot, stupéfait, la regardait faire avec bonheur.

— Merci ! s'écria-t-il, merci de ta confiance, Marie. Oui, je crois en toi plus que jamais, oui, oui, je crois que tu m'aimes, et cependant ces hommages...

— Eh bien ! monsieur, vous ne me dictez pas ma réponse ; j'attends.

— Je ne te dicte rien, je t'obéis, je t'aime ; je ferai ce que tu voudras ! Il faut seulement nous concerter pour ce bal ; il faut en parler à votre mari

— C'est cela, je lui demanderai de m'accompagner ; prépare tout, Henri, je suis si heureuse d'aller avec toi à ce bal ! Dans cette foule, sous le masque, nous ne craindrons pas de nous parler ; je compte sur vous pour me délivrer des importunités de ce Vera-Crux ; s'il venait ce soir, je me charge de l'éconduire. Vous, choisissez à l'avance deux dominos, un pour vous, un pour M. Lescombat. Prenez ce ruban, il nous servira en signe de reconnaissance. Un mot encore : tenons notre partie secrète aux yeux de nos pensionnaires ; allez, dépêchez et soyez de retour avant que la cloche sonne. Je veux que vous essayiez devant moi, ici même, ce domino sous lequel je saurai, seule, qu'il existe un cœur qui bat pour moi.

Et elle le couvrit de longs baisers, et elle l'appela des noms les plus tendres. Mongeot croyait renaître aux transports d'un tel amour ; il s'éloigna pourtant, et revint, quelques minutes après, suivi du costumier qui apportait chez lui l'équipement nécessaire.

La métamorphose ne fut pas longue ; madame Lescombat semblait prendre elle-même un singulier plaisir à présider au

moindre détail de cette toilette d'opéra, qui n'avait rien alors
de la sombre uniformité des vêtements d'aujourd'hui.

C'était une ample robe de taffetas couleur cerise; les dentelles en étaient d'un point charmant et l'ensemble des plus frais.
Mongeot se hâta d'y attacher le ruban blanc que lui présentait madame Lescombat; il essaya son masque, et après s'être
assuré que rien ne manquait, il congédia le costumier dont le
magasin, à l'enseigne de la *Cocarde*, était en renom dans tout
le quartier du Luxembourg.

Quand il fut parti, il déploya l'autre domino qui devait servir à l'architecte. Celui-là était couleur violette, et de cette
nuance éteinte qui convient fort aux maris. On eût dit que le
costumier avait deviné.

Ils l'examinaient encore tous deux quand la cloche du dîner
tinta. Mongeot n'eut que le temps de quitter son déguisement,
qu'il replaça sur son lit. Quand il descendit dans la salle à
manger, avant madame Lescombat, l'architecte n'était pas encore arrivé. Les commensaux de cette table entouraient le chevalier de Vera-Crux, qui leur racontait sans doute des histoires
merveilleuses en attendant la présence des maîtres de la maison. La rencontre mutuelle de ces deux rivaux amena chez eux
un léger froncement de sourcil; mais l'attention du jeune
homme se reporta bientôt tout entière sur M. Lescombat qu'il
aperçut entrant par la porte basse du jardin, suivi de madame
de Godrecourt. A son air soucieux, et plus encore aux discours animés qu'il semblait échanger avec la baronne, Mongeot tressaillit sans se rendre compte de ce mouvement. Il se
rassura bientôt en voyant l'architecte se diriger vers lui d'un
air amical. Après quelques mots rapides qu'ils échangèrent,
quelques compliments que Mongeot reçut de Lescombat sur son
uniforme, ils se mirent à la table où tous les pensionnaires se
trouvaient réunis ce jour-là. Le dîner fut triste, embarrassé; la
préoccupation de l'architecte semblait accroître chaque fois
qu'il rencontrait les yeux de madame Godrecourt... Que lui
avait-elle dit? quels soupçons avait-elle fait germer en lui? La
question des bals de l'Opéra entamée, Vera-Crux prétendit que

c'était le centre de la galanterie et des plaisirs ; que, pour lui, il était bien résolu à y aller, à s'y promener jusqu'au matin, et de plus, dans la 'société d'une femme charmante, d'une femme adorable à laquelle il enverrait son carrosse. Se penchant alors avec une impertinente familiarité à l'oreille de madame Godrecourt :

— Baronne, lui dit-il, je vous rappelle votre promesse. Madame Lescombat ne va point au bal, je crois ; mais vous, n'êtes-vous pas de toutes les fêtes ? Que dirait-on, ce soir, si vous manquiez à cette nuit féerique, vous, la baronne de Godrecourt, l'astre de la rue Cassette, la femme avec qui nos marquis doivent être du dernier bien ! Allons, voilà qui est convenu, je vous enlève ce soir, et je ferai vingt heureux !

Ces paroles du chevalier surprirent Mongeot.

Madame Lescombat s'était bien gardée le matin de lui dire que tout cela n'était qu'une ruse concertée entre elle et Vera-Crux. Le chevalier joua fort bien son rôle. La froideur que la femme de l'architecte affecta pour Vera-Crux acheva d'abuser Mongeot. Sans doute, se dit-il, elle ne savait comment s'y prendre pour le renvoyer ; heureusement il lui en fournit lui-même l'occasion. Quant à madame de Godrecourt, elle demeurait stupéfaite de l'audace de Vera-Crux. Voudrait-il faire un pacte d'alliance avec moi contre ma rivale, se disait-elle, me reviendrait-il, ou prétend-il me jouer?... N'importe, acceptons, laissons-nous courtiser par lui ; cela me relèvera un peu aux yeux de ces sots qui ne le connaissent pas comme moi !

Le chevalier, durant tout le temps de ce repas, affecta, en effet, un respect si exagéré pour la baronne, dont la figure était loin pourtant de valoir celle de sa belle hôtesse, qu'il parut à tous avoir fait un siége en règle. En se levant de table, Mongeot lui-même complimenta malicieusement la baronne. M. Lescombat venait de retomber dans ses réflexions ; quelques mots que sa femme lui avait adressés en sortant de table semblaient avoir redoublé ses perplexités.

— Madame Lescombat nous quitterait-elle ? reprit Vera-Crux en jouant l'air étonné. Elle vient, je crois, de remonter dans

sa chambre. Lui défendriez-vous le bal de l'Opéra? ajouta-t-il
en se tournant vers l'architecte qui évita de répondre. En vérité, mon cher, vous êtes aujourd'hui d'un maussade... Vos
travaux, sans doute, quelque bévue que vos maçons auront
faite. On vous a du moins rendu justice, vous voyez; vous voilà
rentré au Luxembourg. J'ai eu du mal, car votre franchise, et
votre probité surtout, vous font beaucoup d'ennemis...

— Il est vrai, monsieur le chevalier; que de remercîments
j'ai à vous faire ! croyez que je ne pourrai jamais m'acquitter...

— Il suffit ; vous me voyez aux anges de vous avoir servi en
quelque chose. J'en voudrais faire autant, ma parole d'honneur,
pour tous ceux que vous aimez; monsieur, par exemple, continua-t-il en se tournant vers Mongeot, va commencer là un
rude métier; je connais cela, moi, qui ai été militaire... Si je
puis lui être utile...

— Grand merci, monsieur de Vera-Crux, répliqua Mongeot
avec hauteur, je saurai bien faire mon chemin moi-même.

— A votre aise, jeune homme... Votre bras, madame la
baronne ! Monsieur Lescombat, excusez-moi près de madame...
mais une toilette comme la mienne exige des préparatifs...

Et il emmena madame de Godrecourt jusqu'à sa voiture. En
refermant la portière, son coureur lui remit en main un petit
billet sur lequel un petit ruban blanc était piqué avec une
épingle. Vera-Crux le cacha aux yeux inquisiteurs de la baronne; il avait reconnu l'écriture de madame Lescombat.

Une heure après que ses chevaux l'eurent emporté avec cette
Dulcinée d'un nouveau genre, un personnage habillé d'un domino violet poussa subitement la porte de la chambre où Mongeot mettait, de son côté, la dernière main à son travestisse-
ment de bal. Le jeune homme pâlit ; il venait de reconnaître
l'architecte...

VI

LE BAL DE L'OPÉRA

Le visage de Lescombat était pâle, une sorte de contraction nerveuse l'agitait. Il saisit vivement le bras de Mongeot, et lui présentant une lettre :

— Connaissez-vous cette écriture? lui dit-il.

— En aucune façon, mon cher, reprit Mongeot à demi rassuré par la vue de ces caractères. Que vous dit cette lettre? et quel en est le signataire ?

— Aucun, et c'est ce qui me désole. Ah ! si je pouvais tenir le traître qui se joue ainsi de mon repos ; si je pouvais arracher de lui d'autres aveux que ceux qu'il me donne par cette voie détournée ! Lisez, mon cher Mongeot, lisez ; et dites s'il est possible de pousser plus loin l'audace !

Mongeot prit la lettre ; elle contenait ces propres paroles :

« Votre femme prend soin de vous tromper sourdement depuis longtemps ; mais elle ne vous avait pas encore rendu ridicule. Ce soir même, au bal de l'Opéra, elle a donné rendez-vous à un galant qui ne manquera pas de s'en vanter ; le reste vous regarde. Je ne vous demande pas de me remercier de cet avis, dont vous apprécierez l'utilité. Je ne signe pas cette lettre. »

— Eh bien! que pensez-vous de ceci? reprit Lescombat. Est-ce une gageure, ou ma femme abuserait-elle réellement de ma confiance ? Vous, mon défenseur, mon ami, vous, chaque jour admis dans mon intimité... parlez-moi franchement, à cœur ouvert : en me demandant tout à l'heure d'aller à ce bal avec elle, madame Lescombat cachait-elle quelque arrière-pensée ? Je ne sais pourquoi ce chevalier de Vera-Crux...

— Y songez-vous, mon cher? il vient de partir avec la baronne de Godrecourt! La baronne est riche, elle a un train de maison; le chevalier a peut-être formé le plan de l'épouser..

On dit qu'autrefois certaines relations, dont elle a soin pourtant de se défendre...

— Oui, je sais... mais c'est que les discours de la baronne s'accordent merveilleusement avec cette épître. Elle est venue me voir ce matin au Luxembourg, et dans sa conversation...

— Eh bien?

— Eh bien! j'ai cru surprendre quelques avertissements ambigus, quelques phrases tortueuses sur la conduite de ma femme.

— Quoi! reprit Mongeot sérieusement alarmé, madame de Godrecourt vous aurait-elle révélé...

— Je la sais envieuse de madame Lescombat, amie de caquetage, d'intrigues; aussi n'avais-je pas fait d'abord grande attention à ses paroles; mais cette lettre, cette lettre...

— Oubliez-vous, mon cher Lescombat, que c'est le mois des lettres anonymes? De pareils avis... Madame Lescombat est belle, sa beauté doit lui faire des ennemis... qui vous dit que quelque rivale...

— C'est possible, mon cher Mongeot; mais je connais madame Lescombat... elle est vive, coquette, rebelle aux conseils qu'on peut lui donner; le plaisir est tout pour elle : qu'on l'admire, qu'on la vante, et que personne ne l'aime! cela, faut-il vous le dire, suffirait à ce cœur profondément égoïste, à cette femme qui ne vit que dans la contemplation d'elle-même. Ah! vous ne savez pas tout ce que je souffre, et comment le sauriez-vous, vous, si jeune, vous, qui ne lisez sans doute sur tous les visages que la joie et le bonheur. Mais, si je vous ai choisi pour conseiller, c'est que je n'ai point oublié votre généreuse conduite le jour d'une lâche attaque dirigée contre moi; c'est que si mon bras peut mal soutenir mon courage, le vôtre est jeune et peut me venir en aide... Non que je veuille réclamer de vous le soin de punir celui qui m'attaquerait dans mon honneur, mais à côté de vous, je me sens plus jeune, moins brisé par la fatigue et le chagrin!

Il s'était relevé en prononçant ces paroles, et ses yeux brillaient d'un feu que jusque-là le jeune homme n'y avait point

encore remarqué. Cette figure maigre et sèche, sillonnée de
rides profondes, semblait alors avoir reconquis toute la vigueur d'une première jeunesse. C'était une de ces eaux fortes
de Rembrandt, auxquelles un éclair suffit pour rendre leur
premier lustre. Mongeot le considérait avec une morne attention; le doute, le soupçon se réveillaient en lui en entendant
parler cet homme; il y avait entre eux un lien incompréhensi-
ble de malheur. Ces deux cœurs étaient blessés.

— Vous vous exagérez les torts de madame Lescombat, dit
Mongeot en faisant un singulier effort sur lui-même. Qui peut
vous faire penser qu'infidèle à ses devoirs...

— Je n'ai pas de preuves, je ne sais rien; mais si quelque
lueur venait m'éclairer, loin de la repousser comme ces époux
trop faciles, croyez bien, Mongeot, que j'irais moi-même au devant de la vérité. En épousant madame Lescombat, je n'ai
compris que trop le danger d'une telle union. Surveillant incommode de ses plaisirs, je sens que chaque jour je l'obsède
et je la lasse. Je ne suis pas, Mongeot, un de ces maris qui
plaisent, mais, en me dévouant aux intérêts de madame Lescombat, je croyais du moins acquérir un droit sur elle ; je lui
ai sacrifié quinze années de travaux, de lutte, de persévérance.
Ma complaisance pour elle a été flétrie, je le sais, du nom de
faiblesse; mais je saurai bien lui apprendre à respecter moi-
même le nom qu'elle porte; et dussé-je engager mon honneur
et ma réputation dans cette lutte, je ne reculerai point devant
un éclat.

L'architecte reprit, après un silence de quelques minutes :

— Mais de quoi viens-je ici vous entretenir, Mongeot? Il
vous faut le bal, l'étourdissement, le plaisir; vous ne promè-
nerez pas, comme moi, dans ce lieu la tristesse et l'inquiétude
qui rongent. Vous êtes aimé, Mongeot, votre sourire rencontre
chaque jour le sourire d'un ange. Cette jeune fille élevée sous
les yeux d'un vénérable tuteur, cette perle de candeur et d'in-
nocence qu'on nomme Blanche...

— L'auriez-vous vue? demanda le jeune homme avec un frémissement de crainte. Lui auriez-vous parlé? Que vous a-t-elle dit?

— .Ce que disent toutes les jeunes filles, Mongeot : qu'elle a
mis en vous son espoir et son bonheur. Oh! si vous aviez pu
voir, comme moi, les douces larmes qui débordaient de ses
yeux, comme d'un calice trop plein ; si vous aviez pu entendre
ce qu'elle me disait de vous! J'ai visité votre chambre, elle n'y
est entrée qu'avec frayeur. « Depuis qu'Henri n'habite plus ici,
m'a-t-elle répété, je crois voir chaque soir un fantôme blanc
au pied de son lit ; il m'aborde, me sourit, puis me donne sur
les lèvres un baiser si froid que je retombe inanimée sur cette
chaise. Oh ! monsieur Lescombat, vous qui l'approchez à toute
heure, dites-lui que c'est mal de me causer des frayeurs pareilles, dites-lui que si l'on ne hâte pas ce mariage... » Je l'ai
rassurée en lui répondant que tout mon bonheur serait de vous
voir unis, que j'allais moi-même entreprendre un voyage en
Italie avec ma femme. Avant de partir, je veux du moins vous
savoir heureux, Mongeot, je veux que le bonheur, qui m'a manqué en ménage, vous le rencontriez, vous, dans cette union que
le ciel ne peut manquer de bénir. D'après mon conseil, Blanche doit venir demain soir dans mon cabinet, où d'Aquin m'a
demandé de régler avec lui un contrat. Je crois aller au devant
de vos désirs, mon cher Mongeot ; je vous conjure, en revanche,
de ne point me quitter pendant cette nuit... cette nuit qui ren-
versera peut-être en quelques instants ma vie et mes espérances! J'entends, je crois, le carrosse de place qui doit nous
conduire à l'Opéra, il s'arrête sous nos fenêtres. Madame Lescombat doit être prête ; gardez-vous de lui laisser soupçonner
notre entretien. Grâce à ma vigilance, j'espère encore empêcher...

Tous deux descendirent bientôt dans l'appartement de madame Lescombat, où ils la trouvèrent debout, son masque à la
main, et dans tout l'attrait éblouissant de son costume. Un domino de soie blanche, orné d'un effilé d'or, emprisonnait sa
taille avec une coquetterie délicieuse ; il ne descendait pas
plus loin que la saignée et laissait à nu des bras d'un moule
ravissant. Mille odeurs charmantes s'échappaient de cette toilette que Mongeot ne se donna guère le temps d'examiner, tant

le jeune homme était encore troublé des dernières paroles de
l'architecte.

Arrivés sous le péristyle de l'Opéra, encombré alors d'une
multitude de chaises et de carrosses, ils franchirent à grand'-
peine l'escalier chargé d'arbustes, et pénétrèrent bientôt dans
cette salle miraculeuse dont les gravures de Pétrus Longhi, à
Venise, pourraient seules nous rendre aujourd'hui l'idée. Là,
parmi des dominos de toutes couleurs, des costumes de caractère se faisaient jour, et promenaient leur quadrille diversifié.
L'architecte donnait le bras à sa femme, lorsqu'un polichinelle
de haute taille vint lier subitement, à sa suite, conversation
avec Mongeot.

Il était sans doute instruit de son déguisement, car il lui
conta mille particularités qui le concernaient.

— Savez-vous, mon cher, que vous accompagnez là une fort
belle femme? elle n'a qu'un tort : c'est de donner rendez-vous
à des galants qui la compromettent.

— Que prétendez-vous dire, monsieur? répondit Mongeot
fort intéressé à éclaircir ce débat.

— Cela me regarde, mon cher, il ne tient qu'à vous de vous
éclaircir, et si mes propos vous déplaisent, je suis homme à
vous rendre raison sous l'un de ces réverbères. Aussi bien, je
trouve ce ruban fort laid, continua le masque en faisant mine
d'y porter la main.

Mongeot répondit à cette tentative par un vigoureux soufflet.
Cette altercation n'avait pu être entendue de Lescombat, car
un flot de masques l'avait déjà séparé du jeune homme. L'adversaire de Mongeot lui prit le bras, et s'adressant à deux autres dominos qui venaient de se rapprocher de lui à point
nommé : — Vous plairait-il, messieurs, de me servir de témoins? demanda le polichinelle. Le temps d'ôter mes bosses,
ce sera l'affaire d'un instant.

Et il descendit avec une prestesse charmante, et gagna le
coin de la rue du Lycée avec Mongeot.

— A bas les masques, messieurs! dirent les témoins, nous
devons savoir à qui nous avons affaire.

Mongeot dénoua le cordon du sien, et l'homme au soufflet en fit autant.

— N'oublie pas ta botte italienne, mon cher d'Aubignac, murmura à voix basse le témoin du polichinelle. Surtout dépêchons, car Vera-Crux nous attend au bal. Et tu sais que c'est ce soir qu'il doit triompher de sa cruelle. Les paris sont ouverts; tâche un peu de lui faire gagner le sien.

— Sois tranquille, reprit d'Aubignac; et s'acculant sur sa garde, il porta à Mongeot un coup dont le jeune homme avait sans doute compris le danger, car il rompit de quelques semelles.

— En vous remerciant, reprit-il, voilà un coup dont on ne m'a pas appris à me servir; en revanche, que dites-vous de celui-ci?

Et recourant adroitement au contre de quarte, il releva subtilement l'épée de son adversaire, en lui envoyant, dans la poitrine, une riposte qui le jeta sur le carreau.

— Par ma foi, tu as trouvé ton maître, mon pauvre d'Aubignac, reprirent les deux spectateurs du combat, en se hâtant de le remettre sur pieds. Le marquis perdait du sang en abondance, et il eut quelque peine à se traîner jusqu'au cabaret des *Trois-Cuillères*, qui était proche...

Mongeot avait regagné rapidement la salle de bal; il s'y épuisa en mille recherches pour retrouver la trace de madame Lescombat. Il semblait que le hasard se fît un malin plaisir de déjouer ses démarches... Deux heures s'étaient écoulées déjà dans ces courses infructueuses, lorsque la fatigue l'obligea de s'asseoir dans un corridor obscur, où il ne passait qu'un fort petit nombre de dominos. La chaleur étant excessive, Mongeot se dégagea un moment de son masque pour respirer. Une exclamation étouffée retentit à côté de lui; le jeune homme se retourna. La personne qui semblait avoir poussé ce cri se tenait droite, immobile, devant lui. A sa vue, Mongeot éprouva un tremblement qu'il eut peine à réprimer.

— Serait-ce vous, mon Dieu, vous, Blanche, vous ici! reprit-il en examinant la taille et la main de celle qui venait de se serrer contre lui avec un mouvement d'inquiétude. Et d'Aquin, où donc est-il?

Elle lui montra du doigt son compagnon affublé d'une longue
robe tombante et d'un capuchon de moine. L'honnête organiste
ne manqua pas de se récrier devant Mongeot sur l'extravagance
de cette petite folle qui lui avait fait revêtir un pareil travestis-
sement.

— Allez, ce n'est pas sans peine, reprit Blanche à l'oreille
du jeune homme; imaginez-vous qu'il se croyait damné sous
cette robe et ce masque! il refusait presque de m'accompagner,
lui qui jusqu'à présent ne m'a jamais rien refusé! comme si je
n'avais pas le droit de savoir par moi-même ce que devient mon
futur mari! Car, vous l'ont-ils dit, ils dressent dès demain les
articles de notre contrat. Oui, c'est un complot entre mon oncle
et M. Lescombat; ce pauvre oncle, il s'est donné un mal!
Mais qu'avez-vous donc? vous semblez ne pas m'écouter; re-
mettez votre masque...

— Rien... je vous assure... j'avais cru voir... une illusion
sans doute. Mon cher d'Aquin, reprit le jeune homme, avez-
vous rencontré M. Lescombat à ce bal?

— Et comment, dites-moi, aurais-je pu le reconnaître dans
ce lieu où personne n'a son visage? J'étouffe sous ce morceau
de carton, et ce que nous ferons de mieux, croyez-moi...

— Oh! mon bon petit oncle... un moment encore; laissez-
moi parler à Henri, je le vois si rarement. Mais demain, ô
bonheur! oui, demain, je dîne à la pension, chez ma marraine...
Demain, nous serons heureux, cher Henri, demain, plus de soucis, d'obstacles... Le vilain qui ne me répond seulement pas!
Mais que regardez-vous donc, monsieur?

Ce que Mongeot examinait alors avec un prodigieux étonnement méritait à coup sûr son examen... C'était un domino de
la couleur du sien, portant sur sa poitrine le même ruban que
lui; il descendait l'escalier et paraissait chercher quelqu'un
avec anxiété parmi tous les groupes qui l'encombraient. Un
soupçon cruel traversa l'esprit du jeune homme; il se fût précipité à la poursuite de cet inconnu, si Blanche ne s'y fût op-
posée.

— Vous pouvez bien laisser vos amis pour moi, dit-elle d'un

ton de dépit. Celui-ci, vous le voyez, vient de se perdre dans la
foule... Pour madame Lescombat, elle aura sans doute regagné
son logis depuis longtemps... Vous ne refuserez pas de nous
servir de guide?

— En vérité, reprit-il d'un air d'embarras qu'il s'efforça vainement de cacher, en vérité, je ne puis... j'ai promis à quelques
anciennes connaissances de paraître à un souper... Je crains
d'ailleurs qu'à ce bal M. Lescombat n'ait besoin de moi... il m'a
fait jurer...

Elle ne répondit rien à ces paroles, mais elle dégagea tristement son bras de celui qui semblait à peine l'écouter... Deux
larmes amères que Mongeot n'entrevit pas sous son masque
s'échappèrent de ses yeux pour rouler sur sa poitrine. L'horloge du foyer de l'Opéra avait sonné trois heures.

— Partons ! s'écria-t-elle en prenant le bras de d'Aquin, et
elle disparut sans que Mongeot songeât seulement à la rappeler... Il demeurait en proie à un vertige de torpeur qu'il lui
semblait impossible de secouer, mille idées confuses bourdonnaient dans son cerveau. En fouillant de nouveau les rangs de
cette foule qui commençait pourtant à s'éclaircir et interrogeant
avidement chaque domino, il rencontra une femme en riches
falbalas qui semblait aussi affairée que lui, et demandait à tous
des renseignements qu'on se faisait peut-être un malin plaisir
de lui refuser. Dans cette femme, il n'eut pas de peine à reconnaître la baronne. Les premiers mots qu'elle lui adressa,
comme à tant d'autres, le firent tressaillir... peut-être allaient-
ils le mettre sur la voie. Il n'en put tirer pourtant d'autres renseignements que ceux-ci : le chevalier de Vera-Crux l'avait
amenée en frac jusqu'au péristyle de l'Opéra, en lui promettant
de la rejoindre. Quant à la couleur du domino qu'il avait re-
vêtu, elle l'ignorait entièrement.

— Et Lescombat? demanda Mongeot.

— Je ne l'ai point vu, et j'ignore également sous quel costume il accompagnait sa femme. Mais vous, vous, mon cher,
comment avez-vous pu perdre leur trace?...

— Une affaire, un duel... oui, je vous conterai cela demain.

Vous comprenez qu'ici le bal est pavé d'espions ; mon homme
est mort peut-être, et je ne veux pas avoir de démêlés avec le
guet!

Il prit congé d'elle, et se jetant dans un fiacre, il regagna
bientôt la pension de madame Lescombat. Seul d'entré les pensionnaires, Mongeot avait une clef du jardin, ce qu'ignorait
M. Lescombat lui-même. Il en profita pour gagner rapidement
sa chambre où il espérait trouver peut-être une lettre à sa ca-
chette ordinaire, son oreiller... Mais tout reposait dans la maison, et nulle lumière n'en échancrait les fenêtres. Le jeune
homme se résigna, avec tristesse, à attendre jusqu'au lendemain les détails du bal. Sans doute l'architecte, désolé de l'a-
voir perdu à l'Opéra, avait prudemment soustrait madame
Lescombat aux dangers dont le prévenait cette lettre. Ce qui
le confirma dans cette idée, c'est que les persiennes du cabinet de M. Lescombat étaient fermées, précaution qu'il prenait
seulement les nuits où il ne travaillait pas. La fatigue accablait
tellement Mongeot, qu'il se jeta sur son lit tout habillé, après
avoir essuyé toutefois avec soin le sang qui teignait son épée...
Il laissa sa clef à la porte, comme de coutume.

VII

LE PAVILLON

Mongeot s'était trompé ; l'architecte ne dormait pas.

Accoudé sur une grande table à pieds de biche chargée de
papiers épars, de devis, de plans, de comptes divers, Lescombat semblait avoir pris à tâche de se distraire par une occupa-
tion forcée de cette inquiétude poignante dont il n'avait pas
fait mystère à Mongeot, et que les incidents du bal étaient loin
d'avoir calmée.

En effet, dès ses premiers pas dans cette foule, Lescombat
n'avait-il pas perdu le jeune homme de vue! Par quel incident,
quel caprice du hasard avaient-ils été séparés? C'est ce qu'il
ignorait, et cette conduite lui semblait inexplicable.

Même après la disparition de son pensionnaire, il avait cru, en effet, le revoir dans les galeries à plusieurs reprises, mais aussi à trop longue distance pour qu'il pût échanger avec lui quelques paroles. C'était bien la couleur et le ruban de son domino ; c'était bien sa taille, son air. Autant que Lescombat avait pu s'en convaincre, Mongeot lui avait paru inquiet ; à chacune de ces rencontres, il avait même évité de répondre à ses moindres signes. Tout d'un coup il ne l'avait plus vu.... et à peine revenu chez lui, il avait pris soin de s'assurer qu'il n'était point rentré dans sa chambre.

— Lui serait-il arrivé quelque affaire? se demandait Lescombat, ou bien aurais-je eu tort de compter sur lui pour m'aider de sa personne et de son courage en cas de besoin? Quelque folie de jeune homme peut-être, quelque rendez-vous dont il n'a point voulu me parler. Grâce au ciel, je n'ai rien vu à ce bal qui puisse donner gain de cause à mes soupçons, et cependant...

Ma femme dort, sans doute, reprit-il après avoir prêté l'oreille au milieu du profond silence qui l'entourait. Cinq heures !... Tout est calme dans cette maison, excepté moi... Quels étaient donc ces jeunes fous qui me regardaient à la sortie? Un pari semblait s'être engagé entre eux... et il me semblait que le nom de ma femme était mêlé dans ce pari? Quelques roués qui voudraient sans doute se venger de ses dédains, en cherchant à la compromettre... Oui, j'y suis résolu plus que jamais, je m'éloignerai, je partirai avec elle... Ce voyage en Italie que je projetai, il y a deux ans, je ne puis trouver un meilleur moment pour l'effectuer... En quittant Paris, je n'emporte aucun regret !

Voilà mes clefs, continua-t-il en les comptant une à une dans le cercle qui les retenait, il n'y manque pas même celle du pavillon... Ce pavillon, reprit-il avec un sourire forcé, conviendrait mieux à un grand seigneur qu'à moi!...

Et il se promena à grands pas dans l'appartement, en jetant de temps à autre les yeux sur la pendule du cabinet... Il écoutait les bruits perceptibles à peine de la rue, et il retournait bientôt s'atteler à son travail d'un air rêveur.

— Il ne revient pas ! il est à souper peut-être ! C'est surprenant : ma femme, qui paraissait d'abord aussi inquiète que moi, s'est calmée... Quelle est donc cette bouquetière qui s'est approchée d'elle en lui offrant des fleurs ? Il m'a semblé qu'elle lui avait glissé quelques paroles à l'oreille. Je viens de relire vingt lettres, nulle ne ressemble à l'écriture de ce billet anonyme. Serait-ce la baronne qui aurait voulu se jouer de moi, éveiller ma jalousie ? Elle ignore, hélas ! que la mienne ne s'endort pas, et qu'ici du moins rien ne pourrait arracher la coupable à ma vengeance... Elle m'a quitté en me laissant dans ma chambre où elle me croit sans doute livré au sommeil ; plût à Dieu qu'il pût clore ma paupière ! La fatigue de ce bal, les émotions de cette journée... Oui, je sens que ma tête s'alourdit, je sens que peu à peu... Mon Dieu ! veillez sur elle et préservez-moi de tout, s'écria-t-il en se relevant avec effort, car je ne sais pourquoi je tremble ; je ne sais pourquoi, depuis ce soir, cette voix bien-aimée, la voix de celle à qui j'ai uni mon sort pour la vie, ne rassure point mon cœur ! Ayez pitié de moi, mon Dieu, ayez...

L'architecte n'acheva pas sa phrase, il se vit lui-même contraint de céder à l'épuisement de ses forces... A peine venait-il de s'endormir ainsi d'un sommeil profond, rapide, que madame Lescombat, entr'ouvrant avec précaution la porte de cette chambre, approcha de son mari, et s'emparant du trousseau de clefs, elle en détacha celle du pavillon. Elle était vêtue d'une robe noire, qui descendait jusqu'aux talons, et elle ne tarda pas à se diriger vers le jardin.

Ce pavillon octogone, dont pas un hôtel ne devait alors se passer, occupait l'extrémité de la maison, il était décoré intérieurement et au dehors à la chinoise. Le petit jour commençait déjà, mais un jour si faible qu'elle eut besoin de s'appuyer sur quelques branchages morts pour bien distinguer sa route. Arrivée au pavillon, elle en poussa vivement la porte. Une ombre parut se glisser furtivement à sa suite... Tout reprit bientôt son silence accoutumé autour de ce lieu.

Tout d'un coup, et au milieu du sommeil qui l'enchaînait,

Lescombat parut éprouver un frémissement singulier : une
agitation graduelle, inexplicable, semblait dominer ses moindres gestes ; il se leva bientôt, les cheveux baignés de sueur,
l'œil hagard, la poitrine haletante ! Pour comprendre ce soudain
réveil, il aurait fallu, comme l'architecte, connaître chaque détail de la pièce mystérieuse où il se trouvait.

Lambrissé d'immenses panneaux de chêne dans toute sa hauteur, ce cabinet, dans lequel couchait souvent l'architecte, possédait de fort longues frises que le moindre bruit rendait so-
nores, comme autant de sortes de voix mystérieuses ; des
conduits cachés qui aboutissaient au pavillon traduisaient
fidèlement à l'oreille chacun de ces bruits, et par contre-coup
le pavillon répétait ceux du logis. Cet ingénieux mécanisme,
inventé sans doute par le caprice ou la jalousie du maître, et
dont plusieurs hôtels offraient le modèle, apportait, il faut le
croire, en ce moment, d'horribles révélations à l'architecte, car
il se pencha avidement quelques secondes vers le centre de
ces perfides échos. A voir sa pâleur et son immobilité, on eût
cru vraiment qu'il était de marbre ; il retenait son souffle et
semblait en proie à la plus affreuse anxiété.

— Vous avez donc pu vous débarrasser de ce jaloux ? disait
une voix ; en ce cas, vous êtes plus heureuse que moi. Obligé
de vous suivre à distance pendant tout ce bal... heureusement
que je n'avais pas perdu notre signe de ralliement, ce ruban...

— Je vous remercie de votre prudence, répondait une voix
plus douce, il m'a reconduite ici toute troublée de votre absence, sans cette bouquetière envoyée par vous bien à propos, et
qui a pu du moins me prévenir... Mais qu'aviez-vous à me dire ?
ne pouvions-nous donc attendre à demain ? Il y eut alors quelques chuchotements si bas que l'architecte n'en put comprendre
le sens. Un silence glacial de quelques minutes succéda, et le
dernier mot que Lescombat surprit fut le nom de son pensionnaire, celui de Mongeot.

Saisissant alors son épée, l'architecte sortit rapidement, son
trousseau de clefs à la main. Arrivé au pavillon, il parut surpris de n'en pas trouver la clef. Mais par une imprudence qui

le servit, les coupables en avaient laissé la porte ouverte. Cette première porte conduisait à un petit salon soigneusement clos, et dont, au bruit que firent les pas de Lescombat sur les feuilles, on semblait avoir éteint rapidement les lumières. Presqu'en même temps l'on s'était tu, et la respiration de ceux qui se trouvaient dans le pavillon était le seul bruit qu'on entendit.

En ce moment critique, solennel, l'architecte frappa du pied sur le parquet, avec un cri de joie étouffé qui pouvait ressembler au rugissement d'une bête fauve ; alors aussi, et comme au coup de baguette d'un magicien, une partie du salon tourna rapidement elle-même sur un pivot, et vint présenter aux regards de Lescombat les deux hôtes mystérieux du pavillon.

A la vue de l'architecte, le personnage qui tenait encore la main de madame Lescombat serrée dans les siennes, se dégagea subitement de l'étreinte de l'architecte qu'il venait de désarmer par un brusque mouvement. Avec une agilité peu ordinaire, il se glissa bientôt dans les massifs du jardin, à travers lesquels Lescombat chercha vainement sa trace. Tout ce que Lescombat put voir aux lueurs douteuses d'un demi-jour, c'est que cet inconnu, qui avait remis son masque et dont il n'avait pu distinguer les traits, portait un ruban blanc sur un domino cerise. Se dirigeant alors, par un mouvement instinctif, vers la chambre de Mongeot, il entr'ouvrit sa porte légèrement et trouva le jeune homme endormi tout habillé sur son lit. Ses pieds gardaient encore l'empreinte de ce sable humide et fin qui jonchait les allées du jardin de l'architecte.

Il allait, dans sa rage, se précipiter sur lui, lorsque madame Lescombat, qui l'avait suivi en se soutenant à peine, l'entraîna rapidement hors de cette chambre, dont elle referma la porte sur son amant.

Le lendemain de cette scène, dont les pensionnaires de M. Lescombat ne pouvaient se douter, puisque, à l'exception de Mongeot, aucun n'habitait la maison de l'architecte, cette demeure, aussi paisible qu'un couvent, semblait avoir repris son calme ordinaire.

Retiré dans son cabinet, l'architecte n'en était point sorti de

6

la'journée. Vainement madame Lescombat eût-elle voulu forcer
cette consigne ; son mari l'avait enfermée elle-même à double
tour dans sa chambre.

Pour le jeune homme, à peine levé à la suite de ce sommeil
long et pesant qui suit un bal, il n'eut rien de plus pressé que
de récapituler en lui-même les événements de sa nuit à l'Opéra.
Les suites de son duel sous les lanternes de la rue du Lycée
l'embarrassaient beaucoup moins que ce contrat que l'organiste et Blanche semblaient avoir tant à cœur de lui voir
signer le soir même ; il restait surpris, par-dessus tout, du
silence de madame Lescombat à son égard.

— Un billet, un mot lui aurait si peu coûté ! Comment n'a-t-
elle pas trouvé le temps en rentrant hier au soir ?...

Et il avait interrogé Gervais sur la santé de ses hôtes. Le
vieux serviteur, étonné de ne pas voir paraître l'architecte et sa
femme, n'avait pas manqué de répondre que la fatigue du bal
pouvait seule les retenir encore au lit.

— Il n'est que dix heures, monsieur, avait-il dit à Mongeot :
ce matin, ma foi, vous avez l'humeur d'un jeune pinson. Où
courez-vous donc avec ces deux lettres ployées comme des billets de mariage ?

Ce dernier mot avait fait tressaillir le jeune-homme. Il se
remit bientôt et reprit :

— Je vais à l'Ecole militaire, mon bon Gervais. Ces lettres
sont pour deux amis que j'ai recrutés hier au bal de l'Opéra et
que j'ai invités à venir partager le dîner de la pension...
Comme il se pourrait faire qu'ils oublient...

— Miséricorde ! deux officiers ! Et c'est vous qui régalez,
monsieur Mongeot ?

— Oui, mon cher Gervais, une façon de me faire bien venir
à mon corps. Tu diras à mademoiselle Brulart, notre cuisi-
nière, de se surpasser. Ce sont deux gaillards affamés comme
des vampires...

— Soyez donc tranquille, monsieur Mongeot, on vous aura
du soigné et du pas trop cher. Vers quelle heure reviendrez-
vous ?

— Pas avant quatre heures, puisque tu me dis qu'à ce moment-là madame Lescombat sera levée. Personne ne l'accompagnait hier en rentrant ? demanda Mongeot, à voix basse, au
domestique.

— Personne, monsieur, si ce n'est M. Lescombat. Le pauvre
cher homme ! l'envie m'a pris de le regarder tout à l'heure par
le trou de la serrure, il est pâle, mais pâle... Après cela, on
dit que le bal de l'Opéra vous fait rentrer les jambes dans le
corps... Je n'y suis jamais allé, et c'est seulement par ouï
dire...

— C'est bien, dispose tout en conséquence ; à ce soir !

Et il avait gagné rapidement l'Ecole militaire, par un froid
qui rendait sa marche plus pressée. En arrivant, il trouva sur
l'esplanade ses deux témoins de la nuit précédente, qui ne se
faisaient faute de raconter en ce moment son coup d'épée. Dès
qu'ils l'aperçurent, ils le présentèrent à leurs camarades en lui
serrant la main fraternellement. Mongeot avait mis leur nom,
tant bien que mal, sur leurs lettres ; ils en plaisantèrent en lui
disant que c'était tout simple qu'il estropiât le nom des gens,
lui qui les tuait si proprement.

— Cet homme serait-il mort ? demanda Mongeot, j'espérais
l'avoir seulement blessé.

— Autant que j'ai pu voir, reprit le chevalier du Boscq, si cet
oiseau de nuit n'a pas une vie de rechange à son service, il
doit être bien mort à présent. Vous faites bien les choses, mon
jeune ami.

— Et votre maître d'armes doit être fier, continua M. de Gontran, le second témoin de Mongeot. Ah çà ! vous dites donc
que nous dînons aujourd'hui ensemble ? Malépeste ! rue Garancière, cela n'est guère près de l'Ecole ; aussi, tenez, nous
vous gardons jusqu'à quatre heures !

Il aurait été difficile à Mongeot de se soustraire aux prévenances de ses nouveaux camarades ; il lui fallut subir à la fois
l'examen complet de l'Ecole et les reproches de M. de Croismare, le directeur, qui le blâma sévèrement de son imprudence :

— Je ne soupçonnais guère, en apprenant de ces messieurs

ce beau fait d'escrime, que vous en étiez l'auteur. Heureusement que c'était à l'Opéra! Qui dirait qu'avec cette figure de demoiselle vous puissiez être duelliste!

Pendant que Mongeot prenait des mesures avec MM. du Boscq
et de Gontran pour amortir l'éclat dangereux d'une telle
affaire, il ne pouvait s'empêcher de songer qu'il eût mieux valu
peut-être pour lui recevoir un bon coup d'épée que de n'avoir
aucune objection valable à faire au brave organiste pour la signature de ce contrat. L'excuse naturelle d'une blessure reçue
eût peut-être reculé pour lui l'instant fatal ; mais cette comédie
de roué trouvait dans sa conscience un écho de réprobation.
Il lui vint en idée à plusieurs reprises d'aller trouver d'Aquin
ou d'écrire à Blanche ; mais madame Lescombat ne lui avait-elle
pas fait une loi de tromper son mari jusqu'à la fin, et ce mariage ainsi arrêté ne devait-il pas écarter de lui toute défiance ? Inquiet, embarrassé pendant sa promenade à l'Ecole
militaire, le jeune homme avait besoin de songer à son amour,
pour y puiser des forces contre la lâcheté d'un tel rôle... Mais,
nous l'avons dit, il était sous l'obsession de sa croyance,
l'image de cette femme planait entre lui et sa pensée comme
celle d'un mauvais ange. Les orages qui bouleversent l'âme
ont cela d'affreux, que l'on n'entend que leur voix.

Ce même matin cependant, l'organiste, paré d'un de ses plus
beaux habits, s'était rendu vainement à la chambre du jeune
homme... Il voulait sans doute sonder son cœur une dernière
fois, lui qui en connaissait les blessures, lui qui, en habile
médecin, voulait le sauver par un remède brusque, et trancher
le mal dans sa racine. Le vieillard redescendit morne et triste
les marches de l'escalier qui l'avaient conduit chez Mongeot ; il
était trois heures, et il frappa vivement à la porte du cabinet de
Lescombat...

— J'ai précédé Blanche, lui dit-il après avoir attendu quelques minutes que l'architecte vînt lui ouvrir. Mais, Dieu me
pardonne!... j'ai cru que Gervais m'allait faire faire antichambre! Comme te voilà pâle; continua l'organiste après avoir
considéré son ami.

— Ce n'est rien, la fatigue du bal... je suis rentré tard cette nuit, reprit Lescombat.

— A qui le dis-tu ? j'ai de tes nouvelles.

— Comment ?

— Tu vas ouvrir de grands yeux, mais je puis bien te le dire à toi, mon ami depuis vingt ans. J'étais hier au bal de l'Opéra...

— Au bal ! et tu m'y as vu ?

— Non, mais j'ai vu quelqu'un qui t'y cherchait... Ce pauvre Mongeot... mon Dieu oui... il était désespéré de t'avoir perdu, le pauvre garçon ! Ah çà ! j'espère que tu vas me lire la teneur du contrat ; tu sais que moi je ne me pique pas d'être homme d'affaires, procureur, clerc d'avoué... tandis que toi, qui par état es appelé à traiter avec les seigneurs... et leurs intendants !... J'ai fait prévenir maître Robertot pour huit heures ; nous signerons à l'issue du dîner... Mais qu'as-tu donc ? tu as l'air de ne pas écouter... serais-tu souffrant ?

— Moi ! pas le moins du monde... tu peux lire si tu le veux .

— Tes pattes de mouches, merci ! je ne me charge pas de déchiffrer tes brouillons...

— Ne m'avais-tu pas demandé une minute de l'acte ?... je n'ai pas eu le temps de recopier, je vais te la lire...

— Pour peu que cela te gêne, remettons cela à demain. Tu m'effraies... tu as l'air vraiment d'être malade... Demain, si tu es mieux...

— Non, pas demain, je veux que ce soit aujourd'hui même, reprit Lescombat d'une voix brève et avec un regard dont la fixité surprit l'organiste. Et il se mit à lire à d'Aquin l'acte projeté. A mesure qu'il parlait, sa voix se séchait dans son gosier, sa respiration devenait plus lente et plus pénible. Quand il arriva au nom de Mongeot, il s'arrêta tout d'un coup comme malgré lui, ses bras se raidirent, la sueur couvrit son front. L'organiste eut peur et courut au cordon de la sonnette.

— N'appelle pas, d'Aquin, n'appelle pas, murmura l'architecte d'une voix éteinte, ce n'est rien, non, rien... poursuivit-il en essayant de se remettre.

— Saurait-il quelque chose? pensa le vieillard. Mongeot aurait-il fait quelque imprudence à ce bal?

Et d'Aquin examina Lescombat avec l'effroi d'un coupable qui, lui-même, va se voir bientôt forcé de répondre devant son juge... La physionomie de l'architecte avait reconquis son immobilité habituelle, ses mains venaient de ramasser le papier, et il le considérait d'un air profondément attentif. Tout d'un coup des éclats de voix bruyants partirent de la pièce d'entrée : c'était Vera-Crux arrivant d'un côté avec un de ses amis ; de l'autre, Mongeot suivi de MM. du Boscq et de Gontran. Ils échangeaient entre eux une foule de politesses narquoises de garnison, avec lesquelles s'abordent les nouveau-venus. Mongeot avait couru tout d'un trait à la chambre de madame Lescombat. Elle n'y était plus, elle se promenait déjà parée dans le jardin, car Gervais avait reçu l'ordre de lui ouvrir avant l'arrivée de l'organiste. Dès que le jeune homme l'eut aperçue à travers les carreaux de la fenêtre, il fit quelques pas pour la rejoindre, mais elle le prévint en entrant elle-même précipitamment dans la salle à manger. Presque en même temps une autre porte s'ouvrait, c'était celle du cabinet de Lescombat. La présence de l'architecte, derrière lequel d'Aquin se tenait timidement, sembla glacer toutes ces figures ; il essaya de sourire, comme de coutume, à Mongeot, et salua les nouveaux invités qu'il lui présentait.

Si jamais réunion de personnages offrit au crayon du romancier une série d'études qui semblerait exiger plus de dimensions que celles d'une nouvelle, c'était à coup sûr celle que le hasard amenait ce jour-là chez madame Lescombat. Pas un des convives n'était agité, en effet, dès mêmes sentiments. Chez l'architecte, c'était une rage active, concentrée comme la matière qui bout, un ressentiment profond, plâtré des dehors polis, ordinaires aux maîtres de maison; chez sa femme, c'était la peur, la peur qui sourit, la peur qui cherche à emprunter le masque d'une hardiesse tranquille. Pour d'Aquin, placé à côté de Lescombat, il le voyait encore pâle et renversé sur sa chaise le moment d'avant, sous le poids d'une révélation où

d'une découverte terrible... En vain cherchait-il à se persuader
à lui-même que l'état de son ami pouvait être le résultat de la
contrariété ou de la fatigue ; une voix secrète lui disait que ce
corps, trop soudainement ébranlé, devait avoir subi un contre-
coup fatal, électrique... Pour Vera-Crux, il ne savait que trop
à quoi s'en tenir sur les événements de la nuit précédente ; il
se rassurait en pensant à l'identité complète de son déguisement de la veille avec celui de Mongeot. A l'égard de l'ami
qu'il avait amené avec lui, et qu'il avait présenté sous le nom
de comte d'Alcazar, nul, en vérité, n'eût pu le reconnaître à
cette table où il ne se faisait remarquer que par un profond silence. Habillé assez richement à la française, il semblait si
pâle, qu'on eût dit vraiment qu'il relevait de maladie.

A la seule inspection de ces visages, Mongeot éprouva d'a-
bord cette anxiété d'amoureux qui tremble de voir l'objet de
sa passion aux prises avec les adorations banales ; il craignait
un rival dans chaque nouveau-venu. Un coup d'œil de madame
Lescombat le rassura ; il lui parut si tendre, si inquiet, qu'a-
près tout il s'accusa, dans le fond du cœur, d'être toujours
soupçonneux et injuste vis-à-vis d'elle. Etait-ce donc sa faute
s'ils avaient été séparés, dès son entrée dans le bal, par une
querelle inattendue ? La tranquillité affectée de sa maîtresse,
l'air de confiance ordinaire de l'architecte, la gaîté de Vera-
Crux, qu'il croyait plus que jamais ancré dans les bonnes grâces de madame de Godrecourt, tout, jusqu'aux propos animés
de ses deux amis pendant le repas, contribua à l'empêcher
presque de penser. Blanche n'était pas là, et ce n'était que devant elle qu'il éprouvait de la gêne. En homme jaloux de faire
les honneurs de la pension à ses deux parrains de l'Ecole militaire, il se laissa donc aller à l'entrain de la conversation.
Lescombat, le regard baissé à demi sur son assiette, ne perdait pas une seule de ses paroles, et d'Aquin l'écoutait avec le
tremblement intérieur d'un homme qui craint de voir perdre
pied à un nageur.

— Savez-vous, chevalier, disait Mongeot au Portugais, que
madame de Godrecourt était hier furieusement inquiète de

vous à ce bal? Elle vous demandait à tous les échos, et moi-
même, malgré ma bonne volonté pour elle... je n'ai pu lui
dire...

— Vous étiez donc au bal de l'Opéra, reprit Vera-Crux, et
dans quel costume?

— Un domino cerise et un ruban blanc. Et vous?

— Moi, répondit-il en jouant l'indifférence, j'avais un *per-*
roquet (1) avec des rubans couleur de pêche.

Lescombat ne put réprimer un mouvement. Madame Lescombat devint aussi pâle qu'un linge. L'homme qui se trouvait à
côté de Vera-Crux réprima un malin sourire.

— Puisque vous étiez à ce bal, monsieur le chevalier, reprit
M. de Gontran, pourriez-vous me dire ce que c'était qu'un fat
en habit de polichinelle, qui a trouvé plaisant de chercher querelle à un de mes amis, au risque de se faire crever sa bosse?

— Je l'ignore, ma foi!... répondit le chevalier, quelque
drôle en pointe de vin, sans doute... Comte d'Alcazar, continua-t-il en s'adressant à son ami qui rongeait un os de poulet,
avez-vous ouï parler de cette affaire?

L'ami du chevalier, fidèle à son système de mutisme, se contenta de lever les épaules d'un air dédaigneux. M. de Gontran
poursuivit :

— J'étais fort jeune, chevalier, lorsque j'ai visité vos colonies portugaises dans l'Inde. A Goa, j'ai vu fouetter et marquer
en plein marché...

— Oui, cela se fait, balbutia Vera-Crux d'un air décontenancé, cela se fait, je crois, sur la place de la Fontaine d'Or...

— Précisément, sur la place de la Fontaine d'Or... C'était un
joueur trop heureux dont je ne me rappelle plus le nom...
Quant à son visage, il avait obtenu de rabattre sur lui le bonnet vert qu'on met aux banqueroutiers et aux escrocs... Cette
exécution m'a frappé; c'est, ma foi, tout ce que je me rappelle
de Goa!

A l'étrange rougeur qui avait couvert un moment le front

(1) Domino de plusieurs nuances.

de Vera-Crux succéda un nuage de pâleur dont personne ne
s'aperçut, à l'exception de l'ami du chevalier... Mongeot se
réservait de raconter son duel en détail à madame Lescombat;
l'indiscrétion des autres pensionnaires de la maison l'effrayait.
Satisfait d'avoir puni l'insolence de son adversaire, il ne tenait
pas à faire parade de son courage; il demeura seulement
embarrassé devant les questions de l'architecte sur le motif
de son absence à l'Opéra.

— Ne se perd-on pas au bal? reprit M. de Gontran qui lui
vint en aide, en échangeant avec lui un regard d'intelligence.
Cette nuit, il y avait une foule...

— C'est précisément mon affaire, reprit Vera-Crux en riant
sous cape, cette foule-là m'a fait perdre la trace de la baronne...
Excellente femme; elle doit être bien fatiguée!

Et le chevalier jetait un coup d'œil rapide sur madame Lescombat en prononçant ces paroles, quand l'arrivée d'un nouveau personnage interrompit la conversation. C'était maître
Robertot, le notaire, à qui M. Lescombat voulut ouvrir tout
d'abord la porte de son cabinet; mais l'homme de loi prétendit
que, puisqu'on était à table, il attendrait bien la fin du repas
pour la lecture de cet acte, que la main tremblante de Lescombat avait recopié avant le coup de cloche du dîner...

— Un notaire! s'écria Vera-Crux, un notaire, pour qui?
serait-ce pour M. Mongeot? je m'en doutais. Me permettra-t-il
de joindre mes félicitations à celles de ces messieurs?

Le jeune homme ne répondit pas, car en ce moment même
Blanche d'Aquin venait d'entrer... L'épée du spadassin que
Mongeot avait vue briller la nuit précédente sur sa poitrine
l'avait moins effrayé que la vue de cette enfant. Transi d'angoisse, éperdu, il la regardait comme une de ces vierges des
ballades allemandes, pâles ombres qui viennent jeter leur
anneau sur la table de leur fiancé, même après que la mort a
glacé leurs lèvres. La douce immobilité des traits de Blanche,
son silence et son regard baissé vers la terre lui donnaient
alors, en effet, quelque ressemblance avec ces filles du Nord
que Burger et Kosegarten chantèrent tant de fois dans leurs

b.

légendes. Habillée de blanc de la tête aux pieds, effeuillant
entre ses doigts quelques roses pâles cueillies au jardin, elle
sourit tristement à madame Lescombat, et vint s'asséoir où
plutôt vint se réfugier près de son oncle. Un récent orage semblait avoir brisé ce pauvre lis sur sa tige; au gonflement
bleuâtre étendu sous sa paupière, on voyait que Blanche avait
pleuré.

— Mais tu as la fièvre, toi aussi! murmura l'organiste en
prenant ses petites mains dans les siennes. Passons dans votre
cabinet, mon cher Lescombat, pendant que ces messieurs
prendront le café au pavillon du jardin... N'est-ce pas en ce
lieu que j'ai vu Gervais le porter?

— Serait-ce vrai? reprit l'architecte en jetant sur Gervais
un regard sévère. Vous savez que nul excepté moi...

— Si je n'en avais pas trouvé la porte ouverte ce matin,
reprit Gervais, je ne me serais pas permis... Mais c'est
M. Mongeot qui régale... et j'avais pensé... reprit le vieux serviteur.

— C'est chose inutile, nous prendrons le café ici... On ne
demande au futur, reprit l'architecte en regardant fixement
Mongeot, que de faire tout bas lecture de l'acte et d'y apposer
sa signature. C'est l'affaire d'une seconde...

Il se fit un moment de silence solennel; Lescombat venait de
passer l'acte à Mongeot... Le jeune homme reçut le papier,
l'ouvrit d'une main dont chaque fibre était émue, et lut à peine
ce qu'il contenait. Tous les regards se trouvaient tournés vers
lui, chacun s'étonnait seulement de sa pâleur. L'architecte,
dont tout le masque semblait s'être décomposé en une seconde,
concentrait sur lui ses yeux perçants; il le guettait comme le
vautour guette l'oiseau. Sereine, impassible, ainsi qu'une divinité de marbre, madame Lescombat, par l'impérieuse froideur
de son attention, semblait prescrire à Mongeot ce qu'il allait
faire pour elle; Blanche seule tenait sa paupière mouillée de
larmes inclinée vers le parquet.

Le jeune homme venait de comprendre qu'il s'agissait pour
lui du moment le plus décisif de sa vie, celui de la destinée

de deux femmes entre lesquelles la voix austère de la conscience traçait elle-même une ligne de démarcation. Placé
vis-à-vis de ce redoutable choix, Mongeot promena une dernière fois son regard inquiet sur la nièce de d'Aquin, il s'arrêta devant ce sacrilège résolu qu'il allait commettre. Jurer à
la face du ciel et des hommes une fidélité impossible à cette
enfant, lui parut une infamie monstrueuse. Comme l'aigle qui
se débat vainement sous les mailles de plomb qui l'enchaînent,
il fut prêt à succomber un instant sous l'égoïste pouvoir de sa
maîtresse ; mais Blanche était là, Blanche souffrait ; Mongeot
referma le papier et le rendit à d'Aquin.

— Je ne signerai pas, dit-il d'une voix étouffée.

Un chuchotement étrange parcourut le banc des convives à
cette réponse. Madame Lescombat contint un cri de surprise,
Blanche se jeta dans le sein de l'organiste. Impassible en apparence au milieu de ces physionomies déconcertées, l'architecte se leva, et s'adressant au jeune homme :

— Je m'attendais à votre réponse, monsieur, reprit-il avec
un accent d'incomparable dignité. Que diriez-vous, messieurs,
continua-t-il en se tournant vers les nouveaux amis de Mongeot, d'un homme assez aveugle pour avoir été lui-même au
devant de son ennemi, d'un homme qui aurait amené chez lui,
sous son propre toit, l'auteur de sa honte et de sa ruine ? Que
cet homme est fou, ridicule, que c'est un niais dont chacun
doit se moquer, qu'il y a toujours des signes certains auxquels
on reconnaît la fraude, que l'indulgence dans ce cas est une
faiblesse, une infirmité d'esprit ! Voilà, messieurs, ce que vous
diriez de cet homme... Mais si l'on ajoutait que son ennemi,
reçu tous les jours à sa table, a non-seulement trompé son
hôte, déshonoré la foi conjugale, mais qu'il s'est fait de plus
un lâche plaisir d'abuser au jour le jour une pauvre enfant qui
l'aimait de toutes les forces de son âme, une jeune fille de
laquelle il s'était fait un rempart contre le soupçon, lui, le séducteur, le traître, l'homme qui venait chaque jour tendre la
main au mari, et le soir mêler son nom à des rires injurieux
avec sa femme... Qu'en diriez-vous, messieurs, si ce n'est que

c'est lui-même un monstre? Eh bien! dites aussi qu'il y a des lignes certaines, des indices que Dieu prend soin lui-même de graver sur le front de ces coupables. Le mari, c'est moi; le séducteur, c'est monsieur!

Et d'un doigt encore agité par la colère, l'architecte montrait le jeune homme atterré à ses convives. Vera-Crux triomphait; d'Aquin consterné, couvrait Blanche de ses deux bras. Madame Lescombat, pâle d'effroi, n'opposait aucune dénégation aux paroles de son mari, tant la contenance assurée de l'architecte lui imposait... Un brouillard épais se répandit bientôt devant ses yeux, et elle se laissa tomber défaillante entre les bras de messieurs Dubosq et de Gontran.

Pour Mongeot, la foudre qui l'eût touché n'eût pas produit un effet plus simultané... Quelle révélation fatale avait donc pu donner à la voix de Lescombat cette autorité puissante? qui avait pu le rendre possesseur d'un tel secret? Le malheureux jeune homme cherchait encore vainement à se rendre compte de ce mystère, quand la voix tonnante de l'architecte retentit de nouveau au milieu de ce silence glacé.

— Sortez d'ici, monsieur, s'écria Lescombat outré du silence de Mongeot, sortez de ma maison, vil suborneur! Je vous donne une heure pour n'y jamais remettre le pied!

Et, s'adressant alors à d'Aquin qui le suppliait:

— C'est toi, reprit-il, qui l'as amené le premier dans cette maison, ce lâche à qui je dois mon déshonneur! Tu es libre maintenant de le marier à ta nièce! Messieurs, continua-t-il en se tournant vers les spectateurs de cette scène, vous pouvez allez dire à tout le monde l'exemple de justice dont vous avez été les témoins; ceux qui me connaissent vous croiront. J'use de mon droit, messieurs, et si les maris du jour se taisent, moi, je ne crains pas de parler haut. A dater de ce jour, rien de commun n'existera entre la coupable et moi. Point de tribunaux, de duel; je fais mes affaires moi-même. Monsieur, reprit-il en désignant Mongeot, était mon pensionnaire, je le chasse!...

Il s'avança d'un pas rapide vers la porte, et l'ouvrit lui-même pour donner un libre passage au jeune homme...

— Mais les preuves ! les preuves ! murmura Mongeot d'une voix affaiblie par l'humiliation et la rage.

— Nie donc celle-ci ! reprit Lescombat en lui présentant un portefeuille.

Mongeot allait répondre, quand madame Lescombat, que ces dernières paroles de l'architecte venaient d'arracher à son évanouissement, se leva, pâle, agitée. Une fois peut-être la voix de son devoir venait de la rappeler à elle-même, car elle s'écria dans l'égarement de la peur :

— Non, mille fois non, monsieur, il n'est point coupable ! oh ! non, je le jure.

Et elle s'attachait aux bras de son mari avec des cris de douleur et de désespoir.

Rejeté dans un nouveau monde de pensées, Mongeot ne pouvait trouver une parole. L'architecte fixa sur sa femme un regard clair et profond, et l'étreignant avec force.

— Malheureuse ! dit-il, niera-t-il avec toi ces lettres coupables ?...

Le jeune homme pâlit ainsi que sa complice, ils venaient de reconnaître tous deux la correspondance fatale. Vera-Crux regardait ce dénoûment de l'air d'un auteur qui applaudit lui-même au succès de sa pièce. Mongeot ne pouvait comprendre comment une pareille arme pouvait se trouver aux mains de Lescombat ; il fut tiré bientôt de son doute par les éclats de rire de l'ami du chevalier... Ouvrant en effet la bouche pour la première fois pendant le repas, d'Aubignac, — car c'était lui, — jeta à son adversaire ces mots d'amère raillerie :

— Une autre fois, monsieur, prenez garde à votre portefeuille quand vous vous battrez... On les imite dans la perfection à l'heure qu'il est, et l'on peut en substituer un autre à celui que vous alliez remettre en poche ! Quant à votre coup d'épée, je ne vous en veux pas, il a porté en plein dans cette vessie...

Confondu de surprise quelques minutes à la vue de ce singulier fantôme, le jeune homme passa la main sur son fron comme s'il eût douté de la présence de d'Aubignac, que M. de

Gontran et du Boscq prirent à partie... Pour Mongeot, sous le poids de cette trahison fatale, il ne lui restait qu'un parti à prendre : celui de tuer ce misérable et son complice...

— Monsieur de Vera-Crux, vous me répondrez pour *votre ami*, dit-il au chevalier en s'avançant vers lui avec un geste d'assurance et de mépris. Quant à vous, monsieur, reprit-il en se tournant vers Lescombat, si vous me jugez digne de vous rendre satisfaction...

— Hors d'ici, misérable, cria l'architecte outré du calme de ce défi, hors de ma maison ! Va chercher ailleurs un ami à déshonorer, un nom à flétrir, un rôle d'ignominie à jouer devant tes pareils ! Hors d'ici, car dès demain cette porte je la fermerai moi-même, dès demain je pars, je m'exile. Mais je ne te laisserai pas jouir en paix de ton crime, j'emmène avec moi cette femme qui fut la mienne. Oui, vous me suivrez, madame, continua-t-il avec un geste impérieux, vous me suivrez !

— Par pitié, reprit le jeune homme, oh ! ne faites pas peser sur elle une faute qui m'appartient ! Je vous ai sauvé, monsieur, de la fureur de quelques misérables, il doit vous en souvenir. Eh bien ! sauvez vous-même cette femme de votre colère. Oui, je fus coupable, oui, je ne devais pas porter le trouble et le déshonneur dans votre maison. Restez-y, monsieur ; ce sera moi qui m'exilerai, moi seul je dois quitter cette ville ; mais avant je laverai dans le sang d'un lâche votre malheur et le mien. Adieu, je dois céder à votre courroux, reprit le jeune homme, cachant mal une larme, je dois m'incliner devant votre volonté, je vous laisse !

Et, franchissant le seuil de cette porte, en jetant sur madame Lescombat un sombre et triste regard, le jeune homme partit au milieu du désordre qui régnait encore dans la salle. Dès qu'il eut mis le pied dans la rue, il se retourna par un mouvement instinctif pour voir si personne ne le suivait. La nuit était profonde, et il distingua une forme blanche sous le renfoncement profond de la porte cochère...

— Blanche ! s'écria-t-il avec un mouvement indicible de surprise...

— Oui, Blanche! reprit-elle, Blanche, qui vous remontre le
seul chemin que jamais vous n'eussiez dû quitter!

Et elle lui prit le bras résolûment; tous deux, éclairés par
le falot de l'organiste qui survint, eurent bientôt gagné la rue
de la Harpe et dépassé le pont Saint-Michel. L'ombre était
épaisse, le froid des plus vifs, et nulle étoile ne brillait au
ciel...

IX

UN MARI

La longueur de ce chemin semblait avoir épuisé les forces
du jeune homme. Par un hasard qui n'est que trop commun à
certains jours, ils n'avaient pu rencontrer aucune voiture de
place. Ils marchaient tous trois silencieusement, Blanche appuyée au bras de Mongeot, l'organiste les précédant avec sa
lanterne qui jetait des lueurs douteuses sur le pavé. Le vent
soufflait avec violence, et quand ils furent arrivés sur la place
de Grève, le falot que portait d'Aquin s'éteignit.

Cette place, où brillaient à peine quelques maigres lumières
aux vitres des cabarets et des boutiques assez sales formant sa
ceinture, n'apportait alors d'autre bruit à l'oreille que les pas
des sentinelles placées à l'angle du guichet par lequel l'organiste comptait regagner son domicile de la rue Saint-Antoine.
En passant sous cette voûte, l'épée de Mongeot s'engagea dans
l'un des anneaux de fer qui s'y trouvaient, et qui servaient
jadis à y tendre des chaînes aux jours d'émeute. En se sentant
arrêté de la sorte, le jeune homme ne put réprimer un léger
cri...

— En vérité, dit-il, si je croyais aux présages!... Et il se
contenta de retirer son épée, puis il reprit le bras de la jeune
fille. Elle tremblait alors comme la feuille, et n'eut pas la force
de prononcer une parole jusqu'à sa porte.

Entre les numéros 67 et 69 s'élevait alors le Petit-Saint-Antoine dont d'Aquin était organiste. Remplacée à cette heure

par un passage, cette maison de chanoines dont l'établisse-
ment date de 1361, s'était vue complétement rebâtie en 1689 (1),
elle avait à sa devanture une grille surmontée à son milieu
d'une croix de fer. La demeure de l'organiste était située
presque en face.

Arrivé à la porte, d'Aquin déposa son falot et se mit en devoir de tourner la clef dans la serrure... A l'instant même un
joyeux jappement se fit entendre : c'était Babiole, la petite
chienne de Blanche ; elle passait déjà son museau entre l'inters-
tice de la porte et du pavé.

— Pauvre Babiole ! elle va être bien heureuse ! murmura
timidement la jeune fille ; il y a si longtemps qu'elle ne vous a
vu ! continua-t-elle en regardant le jeune homme.

Il n'écoutait pas, il ressemblait à l'un de ces voyageurs fatigués
qui suivent leur guide. Si la nuit eût été moins sombre, Blanche aurait pu croire, à l'égarement de ses traits, qu'il n'avait
plus sa raison. Il la suivit cependant à travers l'escalier humble et propret qui conduisait à son ancien gîte. Blanche alluma
un flambeau et l'y introduisit avec un soupir.

Aucun meuble n'avait été dérangé dans cette chambre, qui
portait encore les traces d'un départ furtif ; il y avait un livre
ouvert sur la cheminée, c'était un volume dépareillé des lettres
de Voltaire ; du reste, aucun aspect de renfermé, l'endroit
avait dû se voir aéré plus d'une fois, car dans un vieux vase,
un peu ébréché, du Japon, on voyait encore un reste de fleurs.
Les tiroirs de la commode en bois de rose qui occupaient le
milieu d'un panneau n'avaient pas même été refermés, et les
rideaux du lit grimaçaient au fond de l'alcôve...

Seulement, et dès l'entrée de l'appartement, Babiole courut
lécher les mains et les pieds du jeune homme ; elle bondit,
fureta et revint à lui avec des caresses charmantes : c'était bien
l'ami de sa maîtresse, c'était bien son ancien hôte qui revenait.

_____

(1) Elle a été détruite en 1792. Quand d'Aquin touchait l'orgue à
la fête de Saint-Paul, les carrosses tenaient toute la rue Saint-Antoine
jusqu'aux Célestins.

Pour Mongeot, il s'était assis sur une chaise de paille, en promenant sur tous ces objets un regard appesanti; il semblait
éprouver un amer chagrin à revoir ces lieux; l'aspect d'une
prison lui eût peut-être moins serré le cœur... Blanche le de-
vina sans qu'il eût parlé, et lui tendant une main où plus
d'une larme avait roulé pendant le cruel silence du jeune
homme :

— Vous le voyez, dit-elle, nous avons le culte des souvenirs,
mon oncle et moi!

Elle n'en put dire plus, les sanglots vinrent lui couper la
parole. La triste enfant n'avait que trop bien compris le désespoir profond de Mongeot, elle voyait se dresser entre elle
et lui dans cette chambre une autre image plus réelle que ce
fantôme dont l'obsession l'avait troublée. En se regardant à la
glace dans tout l'attrait virginal de sa parure, les pleurs lui
venaient aux yeux, le poids de ce sacrifice l'écrasait.

— Ami, lui dit-elle en jetant sur lui un regard d'ange,
maintenant me plaindrez-vous ?

— Hélas! répondit-il avec ce sentiment égoïste de ceux qui
souffrent, je vous plains de connaître le plus malheureux des
hommes. Vous venez d'ouvrir votre maison à bien des tristes-
ses : la honte et la douleur en ont franchi le seuil avec moi.
Chassé, Blanche, chassé, mis à la porte comme un misérable!
C'est ma faute aussi, j'aurais dû brûler ces lettres fatales,
j'aurais dû tuer ces misérables qui m'ont volé!

Et il se promenait à grands pas, il ne voyait plus Blanche;
sa pensée était ailleurs. Sa bouche se crispait par intervalles;
il était en proie à cette crise violente de nerfs qui finit par la
faiblesse. Blanche en eut pitié; elle essuya son front baigné de
sueur, elle lui prit les mains, et trouva pour lui dans un tel
moment des paroles d'une ingénieuse tendresse.

— Vous devez avoir besoin de repos, lui dit-elle, je vous
laisse; mais songez, Henri, que nous sommes frère et sœur. Un
frère, dites-moi, doit-il avoir rien de caché, une sœur ne peut-
elle aimer son frère? Mon Dieu, vous le savez, reprit-elle en
élevant au ciel son regard rempli d'une résignation paisible,

vous savez si j'ai prié pour lui bien des fois dans cette chambre;
vous savez si le nom d'Henri que balbutiaient mes lèvres était
écrit au plus avant de mon cœur! Sauvez-le, mon Dieu, sauvez-le des autres et de lui-même! Il est si jeune, si brave, que
vous ne devez pas l'abandonner!

Doucement illuminée par le seul flambeau qui brûlait, la
figure de Blanche offrait alors un tel charme de grâce et de
candeur, que Mongeot ne put s'empêcher de s'y mirer longue-
ment, comme dans le cristal d'une source pure; il s'agenouilla
devant la jeune fille avec une émotion inaccoutumée... La présence de l'organiste put seule l'arracher à cette muette contemplation. En l'admirant ainsi dans un recueillement pieux,
Mongeot semblait unir sa prière à celle de Blanche. La voix de
cette enfant avait eu le pouvoir d'endormir un instant ses dou-
leurs; l'aspect de d'Aquin les réveilla. Le vieillard n'était-il
pas dépositaire de ses secrets? ne lui avait-il pas prédit vingt
fois cette issue fatale à son amour? L'organiste était devenu
pour lui une sorte de remords accolé à ses moindres pas, un
spectre visible, menaçant. Que lui restait-il à lui apprendre?
qu'allait-il lui conseiller à lui mourant, épuisé? Cependant, et
même après le départ de Blanche, il l'écouta parler comme les
néophytes écoutaient parler l'apôtre, et la violence de son désespoir tomba peu à peu. En présence de cet homme, il re-
trouva même un certain courage; les reproches de d'Aquin
n'avaient rien de dur, d'outré: c'était la sollicitude intelligente
d'un père pour son enfant. Au moment de s'endormir, il lui
sembla apercevoir auprès de son lit cette tête vénérable, et à
son chevet l'image de Blanche étendant sur lui ses ailes d'ange
gardien. Affaissé par la douleur, brisé sous le poids de sa
lutte, il ne tarda pas à voir bientôt flotter ses sens agités entre
mille rêves confus. Au matin seulement il trouva quelque repos.
Quand il en vint à s'interroger lui-même à son réveil sur le
parti qu'il prendrait, il trouva qu'il ne lui en restait que deux,
fuir ou se tuer. En effet, qu'allait devenir sa vie entre une jeune
fille qu'il avait trompée indignement, et une femme que son
mari entourerait à l'avenir d'infranchissables barrières? La

veille encore, l'architecte n'avait-il pas signifié clairement à madame Lescombat qu'elle le suivrait; dans quel pays l'entraînait il, grand Dieu? Et dùt-il rester à Paris, dans quelle obscure solitude enfouirait-il son trésor? La première pensée à laquelle Mongeot s'arrêta fut celle d'une fuite précipitée; son absence, il l'espérait, parviendrait peut-être à amortir l'éclat du scandale; au bout de cinq mois, il viendrait chercher en cette ville non plus une maîtresse, mais la mère de son enfant. Sur cet unique gage d'un amour profond, inguérissable, reposait à l'avenir tout ce qui lui restait de joie et de bonheur à espérer dans ce monde. L'idée qu'un autre que lui était devenu maître à celte heure d'un pareil secret, le rendait fou; il n'admettait pas qu'on pût lui ravir un droit sacré. En proie à ces réflexions poignantes, il descendit bientôt dans la cour de la maison, et chargea le portier de lui rapporter le peu d'effets qu'il avait laissés à la pension de la rue Garancière. Il n'osait écrire à madame Lescombat, et d'ailleurs une lettre eût-elle suffi à exprimer alors toutes les tortures de son âme? Il achevait à peine de donner ses ordres à cet homme, lorsque deux coups secs retentirent à la porte de l'organiste; Mongeot vit entrer ses deux amis de l'Ecole militaire.

— Eh bien! leur dit-il, quelles nouvelles? Venez-vous m'annoncer que vous avez fait justice du chevalier et de son complice, ou bien m'apportez-vous l'assurance que monsieur Lescombat veut bien accepter les chances d'un duel inégal entre nous deux?

— Ni l'un ni l'autre, mon cher. Vous saurez d'abord que le chevalier de Vera-Crux et son digne ami nous avaient donné tous deux une fausse adresse... En nous présentant ce matin au lieu indiqué par ces braves, nous avons trouvé visage de bois! Par les cinq cents diables! si le Portugais ou l'homme aux vessies nous retombe sous la main, ce ne sera plus l'épée qui sera notre arme, mais le bâton...

— Et lui, lui qui m'a flétri si outrageusement devant vous, lui qui n'a pas craint de m'appeler des noms les plus odieux... j'espérais qu'il avait peut-être consenti...

— Vaine espérance! mon cher Henri; M. Lescombat n'a pas même voulu nous entendre, nous qui venions lui proposer cette seule voie honorable de réparation. Entre nous, vous jouez vraiment de malheur, car il eût été convenable que vous tuiez ce vieux fou, après lui avoir ravi sa femme. C'est dans l'ordre...

— Vous me connaissez mal, reprit le jeune homme blessé du ton léger de ses deux camarades; si j'eusse dû me battre avec M. Lescombat, c'est moi seul qui aurais essuyé son feu !

— Voilà de la générosité. Cependant hier...

Ce mot rappela à Mongeot toute sa honte. Il se cacha le front de ses mains, puis s'arrachant d'un coup à l'accablement de ses pensées : — Mais elle! leur dit-il, mais elle! oh! parlez, l'avez-vous vue?

— Non, mais nous avons vu une maison en tumulte, des meubles et des cartons dispersés, tout ce qui indique un changement de lieu, un départ. M. Lescombat nous a reçus en habit de voyage, il donnait des ordres à Gervais, il nous a dit à peine quelques paroles.

— L'emmènerait-il, pensa Mongeot, quoi, dès aujourd'hui, ce matin même? à tout prix il faut que je sache...

Le portier ne tarda pas à rentrer, il avait sous le bras un paquet de hardes qu'une servante lui avait remis; il ajouta que les maîtres de la maison l'avaient quittée; quant à leur nouveau domicile, on l'ignorait. Ne prévoyant que trop l'horrible contre-coup de cette nouvelle, les deux amis pressèrent Mongeot de les accompagner à l'École militaire, où il ne devait plus reculer le jour de son admission. M. de Croismare, reprirent-ils, vous traitera, nous n'en doutons pas, avec tous les ménagements désirables; nous sommes votre caution, venez... Mieux vaut pour vous, à cette heure, la compagnie que l'isolement; mieux vaut l'étude que le vague de vos pensées. Venez, nous vous avons vu dans l'occasion, et nous serons fiers d'une recrue qui honore le corps entier.

Et en même temps, il l'entraînaient avec un élan de vive sympathie pour sa douleur; mais tout d'un coup le jeune homme les repoussant :

— 'Moi, revêtir le même habit que vous, leur dit-il avec un sombre regard, moi devenir votre égal ! vous n'y songez pas, messieurs! Oh ! oui, continua-t-il en touchant l'uniforme de MM. Duboscq et de Gontran, moi aussi j'avais pensé que c'était là un métier honorable et sûr, une route noble et brillante que la vôtre. C'était surtout pour elle que je comptais m'enrôler dans votre milice, me voir classé dans vos rangs ! Mais avez-vous donc oublié qu'à compter d'hier je ne suis plus rien, rien qu'un misérable que le dernier témoin de cette scène peut couvrir de ses mépris!

Il leur parla de la sorte avec un égarement continu, leur reprochant de vouloir servir de caution à lui qui n'était pas digne de porter l'épée. Sa parole était haletante, il souffrait de son impuissance à se venger, et ce fut un grand étonnement pour ces deux jeunes gentilshommes que ce désespoir affreux, cet amour insensé qui trouvait à chaque instant d'amères moqueries contre lui-même. Ils voulurent le rassurer en lui jurant l'inviolabilité du secret, mais il leur objecta la présence des deux fourbes qui se trouvaient la veille à la table de l'architecte.

— Grâce à ces lâches, dit-il, mon histoire va passer de bouche en bouche. C'est si peu de chose pour eux qu'une femme à perdre, un homme à noircir ! Pourtant, reprit-il après une pause, ce n'est pas de tels ennemis que je crains ; hélas ! faut-il vous l'avouer, c'est moi-même... Oui, puisque votre bras s'obstine à prendre le mien pour me faire franchir le seuil de cette porte, je dois vous dire, amis, ce qui m'empêchera éternellement de vous suivre ; j'aime cette femme, je l'aime !... Si je suis victime d'une machination infâme, si l'on m'a trahi ainsi qu'elle, dois-je donc pour cela l'abandonner ? Croyez-moi. Dites-vous en me quittant : — Nous venons de voir un insensé ; nous laissons un malade qui se meurt d'un mal sans remède. Si nous le retrouvons un jour dans quelque hôpital, ou le front livide et vert des eaux de la Seine où il s'est noyé, nous le reconnaîtrons sans peine, nous saurons pourquoi il a pris le parti de sortir d'un monde dont l'oppression lui était à charge !

En parlant ainsi, son cœur battait avec force, il leur résis-

tait avec les larmes d'un enfant, dans les yeux et dans la voix.
Ils en eurent pitié, et le laissèrent comme un homme agonisant
qu'abandonnent ses médecins. A peine venaient-ils de s'éloigner, qu'un gazouillement agile et frais, pareil à celui de l'a-
louette dans les blés, retentit auprès de Mongeot : c'était une
chanson sur un vieil air bourguignon, dont les paroles étaient
celles-ci :

> Voici la Pentecôte,
> Belle Joli,
> La fraise est à mi-côte
> Du bois joli.
> Déjà roses nouvelles
> Ont refleuri :
> C'est le temps où les belles
> Changent d'ami.
>
> Changerez-vous le vôtre,
> Belle Joli ?
> — Non, je n'en veux pas d'autre
> Que mon ami.
> L'été fane la rose
> La fraise aussi ;
> Il change toute chose.
> Mon cœur nenni !

La voix s'arrêta, le jeune homme reconnut Blanche. Elle lui
demanda des nouvelles de sa nuit, et l'interrogeant timidement
sur la visite qu'il venait de recevoir :

— Ils ne vous ont pas emmené... que je suis heureuse !...
c'est tout ce que je craignais.

— Vous nous avez entendus ?

— Non, mais je vous voyais... D'abord vous m'avez fait
peur, vous étiez pâle et vous marchiez à grands pas dans cette
pièce auprès de laquelle je lisais ; vous étiez trop loin de cette
porte vitrée pour que vos paroles arrivassent jusqu'à moi,
mais, en écartant son rideau légèrement, mon œil s'était frayé
un passage jusqu'à mon frère, et je ne vous ai quitté que pour
placer en ordre dans votre chambre les objets que le portier
vient de me remettre. Mon oncle est parti ce matin pour essayer
un orgue de Cliquot, à Saint-Sulpice : nous voilà les seuls maî-

tres de la maison jusqu'à son retour. Raison de plus, mon
frère, pour que nous déjeunions tout d'abord, car il ne ren-
trera peut-être que fort tard. Il est de plus nommé arbitre
dans une contestation à la Sainte-Chapelle... vous voyez qu'il a
des affaires !

— Je vous remercie, chère Blanche, je n'ai pas la moindre
faim... je vous tiendrai compagnie, et vous demanderai à mon
tour si ce n'est point une erreur de mon imagination, mais il
m'a semblé entendre cette nuit un bruit extraordinaire dans
votre chambre...

— C'est possible; car j'ai fait un rêve étrange.

— Lequel?

— D'abord, croyez-vous aux rêves?

— Quelquefois; mais racontez-moi le vôtre.

— Vous vous souvenez peut-être du premier repas que nous
fîmes ensemble le jour de votre arrivée à Paris. Vous veniez de
descendre du coche, et suivant l'usage admis de temps immémorial pour les nouveaux débarqués, mon oncle crut devoir
vous promener avant le dîner dans trois ou quatre jardins pu-
blics. Nous terminâmes ce soir-là nos excursions par le
Luxembourg...

— C'est vrai.

— Il y a là, vous savez, à main gauche en entrant, le pavillon qui sert de domicile au suisse.

— Eh bien?

— Eh bien! c'est chez ce suisse, figure avinée et pouvant, au
besoin, servir d'écriteau à son bouchon, que je me voyais entrer de nouveau dans ce rêve singulier. Les grilles du jardin
étaient fermées, et depuis longtemps on avait battu la retraite...
Le maître du lieu dormait dans un coin, accoudé sur son comp-
toir, auprès d'une bouteille vide. Il ne m'entendit pas et ne se
réveilla nullement lorsque je me présentai dans le pavillon. Il
y avait là deux couverts mis, et deux verres encore pleins sur
une table que les convives semblaient avoir quittée l'instant
d'avant. Je m'approchai, et alors...

— Alors? reprit-il en l'écoutant avec une singulière attention.

— Alors, je vis du sang, oui, du sang sur cette table. Le suisse cria au meurtre! au secours! Bientôt je ne vis plus rien, et je m'éveillai en me heurtant au bois de mon lit. C'est là sans doute le bruit que vous aurez entendu... Mais vous conviendrez que ce rêve et ce sang avaient de quoi m'effrayer...

— Enfant!

— Vous le voyez, j'ai eu tort de vous le dire, puisque vous me traitez d'enfant; c'est que vous ne croyez point aux rêves. Mais qui vient encore de frapper ici? reprit-elle en se dirigeant vers la porte, serait-ce déjà mon oncle?

Mongeot s'était levé; une sorte de pressentiment l'agitait.

— Monsieur Lescombat! reprit la jeune fille en tressaillant. En effet, c'était l'architecte.

A cette vision inattendue, le jeune homme.sentit se réveiller en lui une foule de mouvements confus. Lescombat fit signe à Blanche d'Aquin de les laisser seuls.

La pâleur excessive de l'architecte avait fait place à ce teint marbré qui accuse l'insomnie; les pommettes de ses joues étaient seules d'un rouge ardent, indice certain de la fièvre. Ses yeux restaient mornes et presque vitrés; il portait, ainsi que MM. du Boscq et de Gontran venaient de le dire à Mongeot, un habit complet de voyage : la lévite à fourrures garnie d'almarges d'argent, les bottes hautes, le manchon. Le rayon de soleil qui éclairait en ce moment cette figure aussi jaune qu'un vieil ivoire en découpait chaque angle avec une merveilleuse précision, et faisait surtout saillir sa maigreur. Lescombat s'assit et se contenta d'abord de plonger avidement son regard dans l'âme de son adversaire; on eût dit qu'il ne s'agissait plus de lui, mais de ce jeune homme. Ce fut, sans doute, avec une cruelle satisfaction qu'il rencontra sur les traits de Mongeot le même abattement et le même ravage. Le silence qui s'établit entre eux pendant quelques secondes leur servit à s'observer mutuellement. Mongeot le rompit le premier, et saluant l'architecte :

— Qu'avez-vous à me dire, monsieur? venez-vous m'offrir le seul moyen de réparer mes torts envers vous, et d'effacer ev même temps la trace des vôtres? Parlez, je suis à vos ordres.

Lescombat jeta un regard défiant autour de lui, comme pour s'assurer que personne ne l'écoutait, et se rapprochant du jeune homme :

— Votre faute, Mongeot, est plus grave que la mienne; je suis venu avant de partir, de m'exiler peut-être pour toujours, en remettre sous vos yeux les redoutables conséquences. Vous avez brisé pour toujours le lien qui existait entre madame Lescombat et moi, et sa correspondance ne me laisse aucun doute sur la réalité d'un pareil affront. Oui, vous n'avez pas craint d'entretenir sous mes yeux un commerce que Dieu et la loi des hommes elle-même repoussent; vous m'avez forcé de recourir, hier, à un éclat dont je me repens aujourd'hui. L'entretien que je vais avoir avec vous, j'eusse dû le provoquer hier, je le sens; il nous eût épargné à tous deux la honte d'un scandale public. Mais on n'enchaîne pas les premiers mouvements de sa colère; un mari ne pèse pas son déshonneur avec le sang-froid d'un juge. Ce matin, cependant, je suis calme; délivré de l'aspect de cette maison, je respire avec plus de liberté. Je sais que le monde blâmerait sans doute ma démarche, mais je tiens à vous convaincre que j'éprouve au fond du cœur un reste de pitié pour vous; en relisant ces lettres, je me suis convaincu des artifices de la coupable; c'est elle qui vous a fait tomber peu à peu dans le piége: c'est à elle que vous devez...

— Arrêtez, monsieur, arrêtez, ne la calomniez pas! ne fût-ce que pour vous-même. L'outrage nous sépare assez tous deux, sans que vous ternissiez du nom d'artifice ce qui ne fut, chez madame Lescombat, qu'un assentiment longtemps différé à mes désirs; je suis, je demeure le seul coupable.

— Vous vous accusez trop, ses lettres sont là. Votre jeunesse, Henri, ne sait pas démêler la vérité de la ruse, l'amour vrai de la déception, la passion noble des fausses caresses. Vous ne savez pas ce qu'était cette femme lorsque je lui ai donné mon nom : un composé de caprices et de prétentions hardies, une beauté impérieuse et facile tout à la fois; il y avait autour d'elle mille voix accusatrices. L'adulation l'avait

perdue, ma résistance à ses volontés fit le reste. Grâce à elle,
cette maison, sanctuaire assidu de mes études, était devenue
une sorte de bazar où l'on venait à certaines heures la contem-
pler; romanesque créature qui ne parlait jamais que de se faire
des ailes pour fuir l'obscurité de cette vie bourgeoise qu'elle me
reprochait de lui laisser traîner à Paris! Quoi que vous puissiez dire, c'est elle qui, la première, façonna vos lèvres au
mensonge; elle qui vous apprit à me tromper, elle qui me hait!...

L'architecte s'arrêta à ce dernier mot, s'attendant peut-être
encore à ce que Mongeot le démentît; mais le jeune homme
était trop absorbé pour lui répondre.

— Elle me hait! reprit-il, j'en ai la preuve dans ses lettres.
N'importe, Mongeot, je veux, je dois accomplir mon sacrifice jusqu'au bout. Un seul obstacle s'oppose à ce que je ne
me sépare point d'elle, et cet obstacle c'est vous-même.

— Que voulez-vous dire?

— Que Dieu m'a livré le seul moyen de me venger de vous,
Henri; madame Lescombat n'est-elle pas grosse? Eh bien!
vous allez voir jusqu'où va ma faiblesse, reprit l'architecte en
fixant le jeune homme avec un regard humide de larmes; con-
sentez à me donner votre parole que vous ne chercherez plus à
revoir celle qui a attiré sur vous et sur moi tant de maux et
tant d'orages; et moi, moi, que vous avez si cruellement trahi,
j'élève votre enfant, j'en fais mon fils! Quand vous le voudrez,
je vous le rends!

La poitrine de Mongeot faillit se dilater de bonheur; un affreux soupçon l'arrêta pourtant, et saisissant soudain le bras
de celui qui lui parlait :

— Vous ne me trompez pas? dit-il ; vous ne vous jouez pas
de ma douleur? Quoi! je pourrais le voir, le recevoir de vos
mains, ce bienfait qui seul m'attacherait encore à la vie! Ah!
je suis coupable, puisque vous devenez généreux; pardonnez-
moi, Lescombat; pardonnez-moi!

Il lui prit les mains de nouveau, versant des larmes abondantes. Lescombat était calme, il semblait avoir accompli une
mission au-dessus des forces humaines. La douleur impitoya-

ble qui brisait Mongeot n'éveillait plus en lui de jaloux ressentiment ; c'était un compagnon de misère qu'il visitait. L'organisation du jeune homme, sa nature modeste, candide, rencontraient dans son cœur de merveilleuses sympathies. Au-dessus de ces lois vulgaires de l'honneur qui entravent dans le monde l'élan des plus belles âmes, il venait lui-même apporter le baume du Samaritain aux blessures saignantes de son ennemi.

— Consentez-vous? dit-il à Mongeot : votre loyauté me suffira. Je devais partir ce soir, mais je doute que ce départ puisse s'accomplir si vite. Votre main, Henri, une parole de vous, et je m'éloigne content.

— Mon sort est entre vos mains, répondit-il ; mais moi aussi je me fie en votre loyauté, monsieur ! Vous qui comprenez si bien la tristesse infinie de mon pauvre cœur, vous ne voudriez pas le briser une seconde fois !

— Fiez-vous à moi, Henri ; je veille maintenant sur un dépôt dont je dois vous rendre compte ainsi qu'à Dieu !

Il sortit, laissant le jeune homme encore étonné de ce qu'il venait d'entendre. Lorsque Blanche revint dans la chambre avec une inquiétude qui ne se peignait que trop sur tous ses traits, elle trouva Mongeot agenouillé devant une image de l'*Enfant Jésus à la crèche*. Un sentiment de pudeur étrange monta au front du jeune homme, quand il se vit surpris par la jeune fille dans cette prière et cette posture.

— Que je sais bon gré à M. Lescombat d'être venu ! dit-elle en le regardant avec amour. Votre front est moins soucieux, votre regard plus tranquille. Que vous a-t-il dit? J'avais si peur, que je n'ai pas osé vous avertir de la mystérieuse arrivée de madame de Godrecourt. Dès qu'elle a su que M. Lescombat était ici, elle a fait rebrousser chemin à son carrosse. Et tenez, reprit-elle en entr'ouvrant la fenêtre, je crois, Dieu me pardonne, qu'elle est entrée au Petit-Saint-Antoine pour y faire ses dévotions.

— Votre oncle y toucherait-il l'orgue aujourd'hui ? demanda Mongeot en se dirigeant vers la porte de la rue.

— Où allez-vous donc? Je m'étais trompée, ce n'est pas la
couleur du carrosse de madame de Godrecourt. Je me rappelle
d'ailleurs qu'elle était singulièrement pressée de rejoindre
madame Lescombat... Elle doit partir ce soir même...

— Ce soir, avez-vous dit? et de quel côté l'emmène-t-il?
Pourquoi ne m'avoir pas prévenu, au risque d'interrompre
notre entretien?

— Parce que, balbutia Blanche... parce que... Elle n'eut pas
la force d'achever, les sanglots la suffoquèrent. En proie à
l'une de ces crises qui ne dénotent que trop une douleur com-
primée, elle se raidit d'abord et se laissa tomber à demi évanouie sur un fauteuil. Jamais, peut-être, elle n'avait été plus
belle, plus touchante que dans cette lutte de quelques secondes,
dans laquelle ses longs cheveux dénoués flottaient en boucles
éparses sur ses épaules. En cherchant à l'accommoder sur son
siége, Mongeot découvrit un billet étroitement serré dans sa
main, elle le laissa échapper dans l'un de ses mouvements...
Il était signé de madame de Godrecourt et lui indiquait l'heure
et le lieu où il devait la rencontrer ce soir-là même. Le jeune
homme le parcourut avec une inexprimable avidité, et le replaça entre les doigts de Blanche d'Aquin, sans qu'elle eût pu
seulement s'apercevoir qu'il l'avait lu.

X

LE MEURTRE

« A sept heures du soir, disait le billet, auprès de la grille
de l'Observatoire, au Luxembourg. »

Mongeot, plus impatient que jamais, se trouvait au rendez-
vous de la baronne avant l'instant indiqué ; il savait avec quelle
personne madame de Godrecourt devait venir, et cette idée
soutenait seule son courage.

— Non, se disait-il, ce ne peut être un piége de Lescombat ;
cet homme s'est fié à ma parole et ne songe qu'aux préparatifs

de son départ. Si je suis parjure au serment que je lui ai fait,
pardonnez-moi, mon Dieu! mais c'est la dernière fois que je
vais la voir; elle part, il me l'enlève!... Ah! n'aurait-il pas dû
me laisser la triste joie d'un adieu!...

Enveloppé d'un épais manteau, il s'assit alors sous ce marbre transporté ailleurs dans la révolution de 93, et qu'on appelait le *Cygne blessé*. C'était un fort bel ouvrage de Coysevox :
le cygne se débattait entre les joncs d'un marais, et tournait
des regards suppliants vers le chasseur. La neige, qui tombait
à flocons, confondait ce marbre avec la teinte du sol. A l'exception de quelques rares bourgeois qui regagnaient leur
quartier, aucune figure n'apparaissait alors dans le jardin, où
la retraite allait sonner.

— Elle aura donc trouvé le moyen de tromper la surveillance, elle aura voulu me faire elle-même ses adieux. Ses
adieux! reprit-il avec un horrible serrement de cœur; qui
m'eût dit, il y a si peu de jours, lorsque je me promenais avec
elle sur cette terrasse... O mon cœur! ne te brise pas; songe
à ce que tu as promis à cet homme, songe surtout à ce que
cet homme t'a promis!... La voici, je l'aperçois, elle tient son
voile que fouette le vent; elle n'hésite pas à poser ses pieds
délicats sur cette neige... Rêveur insensé, qui croyais à l'éter-
nité d'un tel amour! Malheureux enfant, qui écoutais ici même,
longtemps après son départ, sa voix dans les branches émues
de ces arbres!... Elle me fait signe d'avancer, elle veut se
mettre à l'abri sans doute! En effet, ce temps est horrible;
il semble vouloir sympathiser avec le deuil de mon âme.
Nous serons plus tranquilles dans le pavillon du suisse; ce
brave Bourquart me connaît.

Et rejoignant bientôt les deux femmes, en pressant le pas,
Mongeot les introduisit dans une espèce de logette oblongue
où se tenait d'habitude le suisse du Luxembourg; dans cette
logette se trouvait un escalier qui communiquait à un petit
étage supérieur bâti en mansardes. C'était en ce lieu que les
élégants de la cour, les mousquetaires et les gendarmes-dau-
phin faisaient assaut de bouteilles à certains dimanches;

mais alors le cabaret de Bourquart était désert, et, pendant
que la baronne échangeait en bas quelques phrases banales de
conversation avec lui, Mongeot fit monter madame Lescombat dans une pièce simplement meublée au-dessus de la
logette.

Dès qu'ils furent seuls, elle en retira la clef aussitôt, et, s'a-
dressant au jeune homme après avoir écarté son voile :

— Mongeot, lui dit-elle, j'ai voulu vous voir une dernière
fois, non que je consente à partir avec mon tyran, je vous
demande au contraire de me soustraire à sa rage. Dans un
entretien que je viens d'avoir avec lui, je n'ai pas craint de
lui déclarer que je vous aimais, que c'était avec vous seul
que je voulais vivre, que sa présence m'était odieuse, qu'en
un mot, si je devais quitter Paris, c'était avec vous. A la suite
de cette scène, il m'a laissée ; j'ai su qu'il allait chez vous.
Quoi qu'il ait pu vous dire, c'est à vous que j'appartiens, à
vous que je me confie. Les moments sont précieux, il ne faut
pas les perdre en vaines paroles. Vous sentez-vous au cœur
un de ces amours aussi profonds que le mien, qui ne reculent
pas devant la crainte, qui préfèrent aux cruelles lenteurs d'une
agonie de tous les jours un moyen rapide, violent? C'est ce
seul moyen qui peut nous sauver, c'est de vous que dépend désormais ma vie.

— Que voulez-vous dire?

— Que ce matin encore, ne voyant que trop ma passion in-
sensée pour vous, irrité de mes hésitations, et plus encore de
mes refus, mon mari a parlé de Châtelet, d'arrestation. Il
veut, dit-il, m'emmener ou me livrer aux horreurs d'une prison. Enfin vous avouerai-je le projet odieux qu'il a conçu à
votre endroit seul?...

— Qu'allez-vous me dire, Marie? chacune de vos paroles
me jette dans l'étonnement et dans le trouble. Sachez donc que
je viens de voir M. Lescombat, sachez qu'il n'y a pas une heure
cet homme, que vous faites si dur, si altier, si menaçant, pressait ma main dans la sienne avec des larmes. Il a pu se répan-
dre en plaintes amères contre moi ce matin même; mais, de-

puis sa visite chez moi, je puis vous assurer qu'il s'est calmé...
Ne parlons donc que de vous, de vous, qui m'allez quitter...
Je lui ai promis de ne point m'opposer à ce départ.

— Vous le lui avez promis? vous venez en face m'avouer
pareille honte? Je ne le vois que trop, oh! vous lui avez demandé grâce, et votre courage, qui n'était qu'un mot, a faibli
devant le sien! Vous n'avez donc dans le cœur ni souvenir ni
amour; vous avez oublié que cet homme vous avait mis hier à
la porte de sa maison devant tous; vous avez oublié que j'étais
votre maîtresse, et qu'un lien sacré rend notre destinée indis-
soluble?

— Hélas! reprit-il, absorbé dans sa douleur, hélas! non,
Marie, je ne l'ai point oublié; et c'est, au contraire, parce que
je m'en suis souvenu, parce que je vous aime au point de
signer aujourd'hui même mon arrêt de mort par ce départ, que
j'ai promis à cet homme de traîner ici, loin de vous, le peu de
jours qu'il me reste à vivre. Si je lui ai promis cela, Marie, à
cet homme que la loi a fait votre maître, c'est qu'au lieu de
m'aborder avec des mots d'amertume et de vengeance, il est
venu s'accuser, au contraire, d'avoir le premier divulgué sa
honte aux yeux de tous; c'est qu'au lieu de me parler d'oppression, il m'a juré, au contraire, que sa tutelle était désormais acquise à cet être fragile et cher auquel vous ne pensez
plus déjà peut-être, Marie, mais vers lequel se tournent à cette
heure mes vœux et mes espérances, comme vers l'étoile du
voyageur égaré... Oui, sachez que notre enfant...

— Que vas-tu me dire à ton tour, homme faible, amant sans
cœur? Que ce mari, insulté par toi sous ses yeux, fera taire
tout d'un coup pour toi la voix de son ressentiment et de sa
haine; qu'il viendra, calme, indulgent, oublieux de sa honte et
de ta faute, donner son nom au fruit coupable que je porte
dans mon sein, qu'il l'environnera de ses attentions et de ses
caresses, se vengeant ainsi de l'épouse par le fils, du passé par
l'avenir? Sache donc aussi que la vengeance peut mentir, que
l'ironie sanglante peut emprunter l'accent d'une voix douce!
Que dirais-tu de cet homme si je te prouvais qu'il t'a trompé!

que dirais-tu de toi, si je te faisais voir qu'il s'est déjà vengé
de l'aveu de mon amour par des violences et des tortures?

— Que je suis un misérable, Marie, un fou qui me suis laissé
prendre aux mielleuses paroles de cet homme! Oh! mais cela
n'est pas, non, cela ne peut pas être, continua-t-il; ce n'est pas
un fourbe que j'ai vu!

— Qu'il démente donc ceci tout d'abord, répondit-elle en
écartant le linge qui recouvrait ses épaules, d'une admirable
beauté; qu'il nie m'avoir frappée, meurtrie de coups ce matin!
C'est toi qui me forces à te montrer ces hideuses marques,
ajouta-t-elle avec une pose affectée de comédienne et en se hâtant de remettre sa mante sur son cou.

Mongeot poussa un rugissement de lion blessé; il venait de
voir, pour la première fois, sur cette belle chair, les honteux
stigmates de la colère brutale d'un mari; il ne soupçonna pas
que sa maîtresse pût mentir. Les yeux de madame Lescombat
ne démentaient pas sa vive souffrance; ils étaient mornes, abat-
tus : Mongeot crut à une victime.

— Le lâche! s'écria-t-il, faire tomber le poids de sa colère
sur une femme! Oh! je suis venu encore à temps pour vous
sauver, pour vous arracher à des journées de larmes et d'angoisses que je ne partagerais pas avec vous! Mais il m'a donc
trompé, poursuivit-il en se levant dans une sombre attitude; il
n'est donc venu ce matin que pour sonder lui-même l'horrible
profondeur de ma blessure! Quand je songe qu'il ne m'a pas même
parlé de ces atroces représailles! Maintenant vous dites vrai,
maintenant je crains tout, maintenant il est impossible que vous
partiez avec cet homme. Marie, mon bonheur, ma vie! Marie,
pauvre femme qui a recours à moi pour la défendre! Oh! rassure-toi, je te protégerai, je te sauverai d'un pareil monstre!
Mais par quel moyen? Ma tête se perd. Comment as-tu pu fuir,
seulement une heure, ta sombre prison?...

— Il est au palais du Luxembourg, occupé à rendre ses
comptes... A onze heures, une chaise de poste doit venir ici le
prendre avec moi; il veut que nous soupions seuls dans ce pavillon tous deux. « De cette fenêtre, m'a-t-il dit (car il est venu

souvent dans ce lieu), je pourrai voir une dernière fois ce jardin où le hasard me fit vous rencontrer avant notre mariage. Un autre que moi vous y a souvent parlé d'amour, nous lui jetterons comme vengeance notre adieu entre deux baisers! » Au lieu de consentir, j'ai dû opposer à ses paroles un silence résolu; mais il m'a menacée, frappée, et alors, comme une femme en démence, j'ai quitté sa maison dès que je l'ai vu sortir, je vous ai fait écrire par madame de Godrecourt, et je suis venue, Henri. Maintenant vous savez tout; vous savez qu'il va venir ici, vous savez qu'il me faudra suivre mon bourreau.

— Jamais, non, jamais! s'écria-t-il dans l'égarement du désespoir; s'il se présente, je le tue! Avec vous, Marie, je n'aspirais qu'à l'amour; je sens qu'il me faut plus, il me faut une vengeance. Reposez-vous sur moi du soin de provoquer votre époux de façon à rendre impossible un refus ou une hésitation de sa part. Oui, dussé-je lever la main sur lui, comme il n'a pas craint de la lever sur vous ce matin...

— Un duel! reprit-elle d'une voix sourde; avez-vous oublié qu'il ne voudrait pas se mesurer avec vous? Et quelle issue aurait ce combat? La mort de l'un ou de l'autre; car vous ne croiseriez pas le fer contre lui, Mongeot, sans dire : Voilà le seul homme qui se trouve entre elle et moi, voilà l'éternel obstacle à mon bonheur, voilà l'homme qui a juré la mort de celle que j'aime! Et si, par malheur, vous alliez succomber, Henri, ne laisseriez-vous pas à cet homme l'impunité de son crime? Vous le voyez donc bien, le duel est impossible. C'est par une autre voie, plus claire et plus sûre...

— Vous me faites trembler... Que me proposez-vous donc?

—Une chose facile, une vengeance qui ne peut faillir. Ils doit entrer ici pour me trouver; que ce soit vous qu'il rencontre à ma place.

— Ensuite?

— Ensuite, le reste vous regarde. C'est à vous de voir si vous m'aimez... reprit-elle en faisant un mouvement pour sortir.

— Vous partez, dit-il, en la retenant, vous me regardez avec des yeux qui m'épouvantent! Vous aurais-je compris, Marie, et voudriez-vous que je devinsse assassin?

— Et ne l'est-il pas devenu, lui, depuis qu'il m'a signifié, ce matin, que jamais votre enfant ne verrait le jour, qu'il le foulerait aux pieds comme sa mère, qu'il le tuerait!

— Quoi! sa rage aveugle?...

— Lui réserve le même sort, sachez-le. Il étouffera en moi ce germe qui fait notre espoir et votre amour.

— Il a dit cela! murmura le jeune homme avec des yeux où brillait la rage. Oh! ne me trompez pas, il vous l'a dit?

— Aussi vrai qu'à cette heure je place ma main dans la vôtre, Henri, aussi vrai que je dis : Si tu le tues, je t'épouse!...

Un rayon d'espoir indicible éclaira le front assombri de Mongeot; il la regarda quelques secondes comme un homme ivre... Jamais semblable idée ne s'était présentée à son esprit, il l'eût écartée comme un sacrilége ou une chimère. Passer du doute dans le calme, de l'enfer dans les régions du ciel, rattacher à lui cette femme par un lien complet, solennel, voilà ce qu'elle lui offrait. Ce bonheur inouï le fit cependant reculer... il eut peur... il crut voir du sang à ses mains.

— Un meurtre! reprit-il, un meurtre! oh! jamais! Je ne me sens pas ce lâche courage!

— C'est bien, répondit-elle en retirant froidement sa main, tu te sens alors le courage d'abandonner et livrer à la merci de cet homme ceux que tu pourrais sauver! Il suffit, Henri, je sais ce qui me reste à faire. Adieu, tout amour est mort en moi!...

— Tout amour!... reprit-il en se traînant à genoux sur la trace des pas qu'elle venait de faire, ne crois-tu donc plus à mes pleurs, à mon désespoir? Marie, regarde-moi, vois ton esclave qui t'implore. Veux-tu qu'il se dévoue pour toi à la torture, qu'il se laisse fouler sous les pieds de ces chevaux qui vont t'emporter? Veux-tu qu'il te suive comme un mendiant sur les chemins brûlés par le soleil, sur le flot qui te séparera de lui, sur la terre qui te verra passer, et où l'épuisement, la douleur, creuseront sa fosse? Veux-tu que, devant toi, il lève un couteau sur son cœur? qu'il porte à ses lèvres le verre où

dort le poison? qu'il se raye lui-même violemment de ce livre
ouvert à tous, qu'on nomme la vie? Parle, tu es ma maîtresse,
Marie, je t'obéirai... Mais frapper ici cet homme autrement
qu'à armes égales, mais te perdre avec moi, t'envelopper dans
la honte de mon supplice!... As-tu réfléchi à ce que tu dis là,
Marie?

Elle le regarda avec un œil de pitié, comme si elle eût sondé
toute la faiblesse de ce cœur qu'elle allait vaincre.

— Oui, j'ai réfléchi, dit-elle, il doit venir, il viendra. Tu fein-
dras d'avoir appris le lieu de ce rendez-vous ; tu diras ce que
tu voudras, que tu m'as vue, que tu m'as forcée de revenir à
ses pieds, que tu m'attends. La voiture sera là, et moi je guet-
terai, sous les stores fermés de cette voiture, le moment de ta
fuite précipitée. Ce ne sera plus un amant que je recevrai dans
mes bras, ce sera mon maître... mon époux... l'homme à qui
j'aurai donné droit de vie et de mort sur moi; ce sera mon
sauveur, et je le contemplerai avec amour!

Et elle lui déroula avec un horrible sang-froid un plan de
vengeance si tranquillement conçu, que ce n'était plus une
femme qui semblait ainsi poser devant le jeune homme, c'était
un spectre de l'enfer, parlant à ce cœur morne et troublé. A
mesure que sa pensée reculait, elle avait l'art de rendre l'assaut plus terrible; elle ne le quitta qu'après avoir obtenu ce
sanglant aveu...

— Je ferai ce que tu voudras, reprit-il en se couvrant le
visage de ses deux mains. Laisse-moi partir, j'ai seulement à
voir quelqu'un auparavant ; dans quelques instants je suis ici !

Et il la quitta, s'arrachant à cette étreinte qui le brûlait, à
ces caresses dont le souvenir le faisait trembler. Ses yeux er-
raient sans rien voir ; il sortit égaré et marcha bientôt dans la
direction de la rue Saint-Antoine, sans que le vent glacé qui
soufflait alors pût calmer son agitation et son délire. Mille voix
confuses bourdonnaient à ses oreilles, mille pensées nouvelles
s'emparaient de son cerveau ; il arriva énervé à la porte de l'organiste.

— Où donc avez-vous été, soupira Blanche, pour être si

pâle? d'où venez-vous pour que mon cœur se serre, rien qu'à vous voir? Serait-ce que vous êtes arrivé trop tard pour voir cette femme? ou bien vous êtes-vous battu, votre épée a-t-elle du sang?

En prononçant ces mots, la douce voix de Blanche semblait invoquer l'appui de Dieu par ses yeux tournés angéliquement vers le ciel. Mongeot la serra contre son cœur avec des larmes; il éprouvait un trouble pareil à celui d'un homme qui va, pour toujours, quitter ce qui lui est cher; il craignait surtout de rencontrer le regard de cette enfant, ce regard limpide et pur. Il ne répondit aux questions de Blanche que par des mots vagues, entrecoupés; il était venu se rapprocher d'elle comme par instinct, comme on cherche le jour au lieu des ténèbres, comme on se réfugie dans le temple aux premiers épouvantements de la foudre. Il était venu voir son ange avant de mourir.

— Elle est donc partie! s'écria-t-elle bientôt avec joie, elle aura hâté l'heure, sans cela seriez-vous ici? Avec quel ravissement je retrouve mon frère! Maintenant on ne viendra plus me l'arracher, on ne trompera plus mon inquiétude et ma vigilance. Toujours avec nous, toujours! Le ciel a pris pitié de moi, il a compté mes soupirs. Vous ne me regardez pas, Henri, est-ce que je vous afflige? N'est-il pas vrai que maintenant vous m'aimez un peu plus que les jours passés? N'est-il pas vrai que dans cet amour vous ne trouvez ni amertume, ni remords? Dieu nous fit tous deux l'un pour l'autre; ami, remercions-le de nous redonner la vie. Car ce sera une vie nouvelle, n'est-ce pas, que ta vie sans cette femme? Ce sera une action de grâce perpétuelle envers la nature et Dieu! Si tu savais comme tu es beau, mon frère, comme tes yeux brillent de tendresse et de douceur, si tu savais combien ta pâleur même ajoute à la noblesse de tes traits! Tu peux arriver à tout, tu peux réaliser tous les rêves ardents de la jeunesse; ton succès est dans tes mains. Que je serai fière un jour de toi! Quel charme de te voir et de t'admirer, mon frère! Oh! va, sois tranquille, tu ne m'entendras plus jamais invoquer devant toi le souvenir de celle qui a si durement pesé sur ta vie; à de pareils abandons il faut la prière. Henri, mon cher Henri, viens donc prier avec moi !

Elle lui prit le bras, il se laissa entraîner machinalement. Tous deux entrèrent à Saint-Paul. Il n'y avait alors cependant personne dans le chœur. Les chapelles latérales étaient drapées de grandes ombres, un silence profond régnait dans la solitaire église. Tout d'un coup il y eut un claquement sec et un écho prolongé au-dessus de leur tête; Blanche fit observer au jeune homme une lumière qui éclairait l'orgue. C'était d'Aquin, ses doigts allaient toucher bientôt le clavier; il essayait là plusieurs morceaux, car le lendemain c'était grande fête et l'on venait de réparer l'instrument. Bientôt les portes de la sacristie s'ouvrirent, et le jeune homme vit apparaître le trésorier de la paroisse qui s'assit au banc des marguilliers comme à l'ordinaire, pour juger, sans doute, l'effet du chant, car tout aussitôt d'Aquin entama l'admirable psaume *Judex crederis*. L'impression vive et profonde de ce morceau était passée peu à peu dans l'âme du jeune homme ; il entendait tonner la voix de Dieu dans la voix enflée de l'orgue; il frissonnait et il allait se frapper la poitrine quand Blanche arrêta sa main.

— Qu'avez-vous ? lui dit-elle, et pourquoi trembler ainsi ?

— N'a-t-il pas parlé de vengeance et de châtiment, ce psaume? murmura-t-il à voix basse, n'a-t-il pas dit que Dieu punissait le meurtrier?

— Vous vous êtes battu ? reprit-elle avec une voix séchée par l'angoisse, et comme frappée d'une idée subite : vous avez tué M. Lescombat!

Il ne répondit rien. L'horloge venait de sonner le quart de dix heures... Serrant alors la main de Blanche qui s'était appuyée, pour ne pas défaillir, contre la grille d'une chapelle, il lui donna sur le front un triste et dernier baiser. Les sons de l'orgue s'éteignaient, mais une terreur vague, mystérieuse, planait dans les profondeurs de cette église.

— Fuyons, dit-il, fuyons ! on n'a pas de courage ici !

Et il franchit le seuil de l'église; mais à peine avait-il mis le pied dans la rue qu'il crut entendre de nouveau mugir la voix

de l'orgue à son oreille ; sa conscience lui reprochait deux cri-
mes : celui qu'il venait de faire en quittant Blanche, et celui
qu'il allait commettre en se rendant au sinistre rendez-vous.
Poursuivi par chacun de ces fantômes, il doubla le pas et fut
très surpris de se retrouver devant la porte de l'organiste. Ému
d'une superstitieuse frayeur, il courut s'enfermer dans sa chambre ; mais le portier monta presque en même temps que lui, et
lui présentant une lettre :

— Voilà ce qu'un homme en livrée de suisse est venu, dit-il,
apporter pour vous, il y a quelques secondes. Avez-vous à
m'ordonner quelque chose ?

— Non, rien, reprit-il après avoir lu, rien que de remettre
ceci de ma part à mademoiselle Blanche d'Aquin. Et il détacha
de son cou une petite croix qu'il avait reçue encore enfant de
sa mère.

— Monsieur reviendra-t-il ce soir ? demanda le concierge en
voyant la flamme sombre qui jaillissait de l'œil égaré du jeune
homme.

— Je ne pense pas, répondit-il.

Et redescendant l'escalier, il relut la lettre que, dans sa fatale impatience, madame Lescombat lui écrivait elle-même :

« Songe, lui disait-elle, songe qu'il nous reste à peine une
heure ! Si tu ne viens pas, si tu crains de frapper, en un mot,
si tu as peur, eh bien ! ce sera moi qui le frapperai : je
suis là ! »

L'idée qu'elle pourrait seule affronter un tel péril, commettre un pareil crime et tremper ses mains dans ce sang, fit courir un froid glacé dans les veines du jeune homme ; il arriva
cependant à temps pour trouver la pâle coupable encore seule,
dévorée de toutes les angoisses de l'inquiétude et de l'effroi.
Elle se tenait debout devant la table où elle attendait l'architecte ; à tout ce que put lui dire Mongeot, son oreille fut de fer
comme son cœur.

— Pas de pitié ! dit-elle, et rappelle-toi que je l'attends ! En
même temps, elle lui indiqua du doigt la grille par laquelle il
devait entrer dans le jardin. Bientôt la noire silhouette d'un

homme en manteau se dessina sur la neige qui jonchait la rue; elle quitta Mongeot en détachant du doigt l'anneau d'alliance qu'elle portait.

— C'est lui! murmura-t-elle d'une voix sourde, éteins la lumière, il va monter.

Et elle se perdit dans les profondeurs du jardin dont un vent glacial faisait crier les branchages morts; elle marchait d'un pas inégal et agité. Quand elle se retourna, elle avait laissé derrière elle un si long espace, que la respiration lui manqua... Elle appuya sa main sur une des bornes de la rue d'Enfer, et, prêtant l'oreille, elle entendit bientôt le claquement de fouet d'un postillon. C'était la chaise qui devait venir la chercher avec M. Lescombat... Consternée, mourante, elle eut encore la force de se traîner quelques pas plus loin; elle se fût peut-être évanouie dans l'horrible anxiété de cette attente, lorsque les cris : *Au meurtre! à l'assassin!* parvinrent jusqu'à elle. En même temps, et comme à travers un brouillard, elle entrevit l'uniforme des soldats du guet, et Mongeot fuyant vers l'endroit où elle marchait... La chaise demeurait attelée devant la grille... Un exempt y fit monter le jeune homme pendant que plusieurs autres relevaient un cadavre sur le pavé. La nuit était profonde, et la voiture prit le chemin du Châtelet.

XI

DEUX VISITES

A l'époque de ce drame, le Châtelet, plus redoutable aux yeux du peuple que la Bastille, parce qu'on n'en passait guère le seuil que pour se voir transféré à la Conciergerie, était devenu une sorte de texte pour les récits populaires; on parlait de ses mystères avec terreur. Sous les trois règnes, ces murailles épaisses, ces sombres cachots, passaient pour recéler des histoires aussi problématiques que celle du *Masque de fer*,

et un frémissement involontaire saisissait le bourgeois parisien
à la vue de la gothique forteresse.

Il est hors de doute, d'après ses registres, qu'au fond de la
terre, dans un trou à mettre les morts, la justice humaine y
logeait des hommes vivants. Ces mornes prisons s'appelaient
alors *les caves*. Au-dessus s'élevait le vieil édifice, monument
du siècle de Dagobert, où le conseil des Seize fit arrêter et pen-
dre Brisson, Larché, Pardif et tant d'autres. La salle de la Question, cette dernière trace de la barbarie légale, qu'abolit
Louis XVI, était située dans la tour regardant l'extrémité mé-
ridionale du Petit-Pont, et les bateliers des coches d'eau qui
descendaient chaque nuit la Seine pouvaient entendre parfois
sous ces murs les gémissements étouffés de leurs victimes.

Une semaine après l'assassinat commis chez le suisse du
Luxembourg, un guichetier, vêtu d'une veste de camelot rouge,
descendait paisiblement vers midi les marches verdâtres de l'un
de ces escaliers qui menaient alors aux caves. Il parut hésiter
avant de tourner sa clef dans la serrure de l'un des cachots;
on eût dit que la mission qu'il avait à remplir près du prisonnier l'effrayait.

— Est-ce vous, Richard? demanda une voix faible qui semblait partir de la profondeur d'une tombe.

— Oui, reprit le guichetier, je venais vous apporter votre
déjeuner ordinaire, du pain et une cruche d'eau. Si vous n'y
touchez pas plus qu'hier...

Une toux sèche, fiévreuse, fut la seule réponse qu'obtint
Richard; il se mit alors à considérer de l'air d'un médecin
qui examine son malade. La figure de Mongeot était aussi pâle
que la muraille fraîchement recrépie du souterrain; il était
couché sur un misérable grabat, le corps à demi roulé dans
son manteau.

— Vous avez pourtant besoin de prendre des forces, mon
jeune ami, car c'est demain que doit avoir lieu votre second
interrogatoire dans la tour du Petit-Pont... Vous n'ignorez
pas que là il n'y a que les juges qui interrogent...

— Je le sais. J'ai répondu aux magistrats une première fois;

Dieu me donnera le courage de comparaître devant eux une seconde...

— Oui, mais c'est que le chevalet est un lit cruel, mon jeune ami, et puis vous êtes si faible ! Que ne convenez-vous tout de suite qu'on vous a poussé à commettre le crime? pourquoi persister à nier le nom de vos complices ? Il est impossible qu'à votre âge... un si doux jeune homme ! continua Richard en le regardant avec intérêt et en déposant à terre sa cruche d'eau.

— Je vous le répète, Richard, c'est moi seul qui ai commis le meurtre, moi seul j'appartiens à la justice des hommes. Tout ce que je demande, c'est qu'on n'éloigne pas désormais de mon cachot les personnes qui voudraient me voir; M. le prévôt du Châtelet m'a promis de révoquer cet ordre.

— Et vous allez avoir la preuve que je ne cherche pas à augmenter le poids de votre captivité; il y a là dans la cour ce vieillard qui est déjà venu à plusieurs reprises pour vous visiter. Je l'ai laissé avec le secrétaire de la prison; il demande, je crois, votre translation dans la partie haute du Châtelet. Je doute qu'on la lui accorde, reprit tristement Richard en hochant la tête. La famille de M. Lescombat s'est portée partie contre vous avec un tel acharnement... Mais voici votre visiteur, je vais lui ouvrir, il vous dira sans doute mieux que moi...

La porte du cachot tourna, en effet, sur ses gonds, et donna passage à d'Aquin, dont le visage portait l'empreinte de l'abattement, car l'espoir de l'organiste venait d'être déçu. Il se jeta au cou de Mongeot et le serra quelque temps contre son cœur dans une sombre et morne étreinte.

— Enfin ! murmura-t-il, enfin il m'est permis de vous voir ! Après ces huit jours mortels !...

Le guichetier venait de partir, d'Aquin jeta les yeux sur la cage souterraine dont aucun rayon de soleil ne dorait alors les barreaux.

— Et voilà comme ils vous traitent, reprit-il, malgré mes lettres et mes supplications de tout à l'heure. Pauvre enfant! que vous avez dû souffrir !

Mongeot leva les yeux vers un petit crucifix que Richard

avait placé au pied de son lit. Un air humide et froid glissait par les vitres mal jointes du soupirail, les murailles suintaient depuis la voûte jusqu'aux planches à demi pourries du sol.

— Il est impossible qu'on vous laisse en ce lieu, reprit d'A-quin; j'irai voir en sortant M. le lieutenant-criminel; mais avant ce juge, il faut que je vous interroge, Mongeot : est-il vrai que vous vous soyez rendu coupable de ce meurtre ?

Le jeune homme baissa la tête.

— Vous, un assassin! murmura l'organiste terrifié. Oh! mon Dieu, mon Dieu, vous l'aviez donc ainsi décidé dans votre justice! Et vous leur avez fait l'aveu du crime, continua-t-il, vous avez subi déjà un premier interrogatoire...

— Je l'ai subi seul, reprit Mongeot en regardant de nouveau le crucifix.

— Seul, avez-vous dit, vous aviez donc un complice ?

Mongeot ne répondit pas.

— Et quel était-il? parlez. Le silence du prêtre qui franchit le degré de ces cachots n'est pas plus sûr que le mien. Oh! je savais bien que mon enfant bien-aimé, mon fils, celui que j'ai toujours connu noble et généreux malgré sa faiblesse, n'avait pu concevoir le plan de cette lâche attaque; il faut que le démon vous ait lui-même conseillé.

— Écoutez, mon père, ce n'est pas à vous que je mentirais le pied dans la tombe; non, ce n'est pas moi qui ai pu imaginer ce crime, c'est moi seul qui ai dû l'exécuter.

— Pourquoi ?

— Parce que cet homme allait me ravir ce que j'avais de plus cher, parce qu'il avait parlé lui-même de me tuer dans mon enfant! Voilà pourquoi j'ai dû le tuer, voilà pourquoi je ne me repens pas de l'avoir fait !

— Malheureux! et si je vous disais que ce complice dont vous me parlez, et dont à tout prix il faut que je sache le nom, vous a indignement abusé; si je vous disais que mieux que tout autre je puis vous répondre de Lescombat la main haute, la confiance au cœur, la vérité sur les lèvres?

— Vous?

— Oui, moi, le dépositaire de ses suprêmes volontés.

— Il ne serait pas mort, il vivrait! s'écria-t-il dans un fré-
nétique transport; ah! parlez à votre tour, dites-moi si l'on
me trompe?

— On ne vous a pas trompé, Mongeot; en retrouvant Lescombat, je n'ai retrouvé qu'un froid cadavre. Mais sur ce cadavre il y avait un papier, et c'est ce testament adressé à moi
seul et dont la justice m'a permis de prendre copie, que je
viens vous lire... Oui, sachez qu'en abandonnant la France
pour ne jamais la revoir peut-être, il avait songé au seul
homme qu'il eût dû oublier, à vous, dont par cet écrit il prétendait assurer le sort! La voilà cette page où, en cas de mort,
il vous léguait ainsi qu'à votre enfant une partie de sa fortune; lisez ces lignes, lisez-les, c'est le châtiment le plus terrible que pût vous réserver Dieu dans sa justice!

Et, comme le jeune homme repoussait douloureusement le
papier, le vieillard le lut en s'arrêtant lui-même à la fin de
chaque phrase. Jamais douleur plus aiguë n'était entrée dans
l'âme d'un coupable, jamais lueur plus cruelle ne s'était fait
jour dans l'esprit d'un meurtrier. Mongeot crut entendre Lescombat lui-même; il se leva en se débattant contre cette fatale
apparition.

— Pitié! s'écria le jeune homme les bras étendus, pitié!

Il semblait vraiment qu'il parlât alors à une ombre. Secouant
enfin le poids de sa stupeur, il retomba sur sa chaise de paille
avec des sanglots; son front était perlé de cette sueur lente
et cruelle qui abonde au front des morts.

— Et j'ai pu le tuer, trancher ses jours d'un seul coup! Je
ne lui ai pas même donné le temps de se reconnaître, le temps
de m'apprendre qu'il me pardonnait et me laissait un pareil
bienfait pour adieu! Honte sur moi, mon père, honte sur l'infâme qui m'a poussé à ce meurtre! Oh! mon Dieu, mon Dieu!
que vous avais-je fait pour devenir aussi coupable, aussi
lâche!

Il frappait comme un insensé les murailles de sa prison:
cette révélation réveillait en lui la fureur et le remords. L'or-

ganiste était le seul homme dont il ne pût suspecter la bonne
foi ; d'ailleurs, il tenait en main la copie de cette lettre dépo-
sée, disait-il, au greffe du Châtelet. L'image de sa victime
n'apparaissait plus sous le même jour à Mongeot ; il eût voulu
mourir pour racheter cet odieux attentat.

— Et c'est elle, c'est elle qui a pu m'arracher cet exécrable
serment, reprit-il dans le bouleversement de ses pensées, c'est
elle ; oh ! qu'elle soit maudite !

Le vieillard à son tour parut foudroyé quelques secondes ;
un rayon inattendu venait de percer pour lui les profondeurs
de ce cachot ; il se suspendit aux lèvres du coupable avec une
attention pleine d'angoisse... Mongeot lui raconta ce qu'avait
exigé de lui sa maîtresse, il lui avoua tout, tout jusqu'à cet
hymen dont le sang était le prix, il lui montra son anneau.

—Parjure et meurtrier ! voilà ce qu'elle a fait de lui ! murmura à voix basse l'organiste : oh ! que dira Blanche ? ajouta-
t-il en se couvrant le front de ses mains. Mais vous l'avez donc
crue cette femme, vous l'avez donc crue ? demanda-t-il au
jeune homme.

— Je l'aimais et je l'ai crue, répondit-il. Oh ! malheur sur
moi, qui me suis laissé égarer ! Mais aussi, mon père, ne m'a-
vait-elle pas écrit que, si le courage me manquait pour accomplir cette œuvre coupable, elle ne craindrait pas de prendre
elle-même ma place ? Cette lettre, la voici... Vous y reconnaissez
sa main, n'est-ce pas ? Avec cette arme terrible, je pourrais l'a-
mener moi-même ici, je pourrais... Mais plutôt mourir que de
l'accuser, mon père ; oui, seul, j'expierai le crime, que seul je
n'ai point commis !

— Quoi ! vous hésiteriez encore à remettre entre les mains
de la justice cette preuve écrasante qui vous sauvera peut-
être ?...

— Assez d'un coupable, mon père, il faut qu'elle vive, il faut
qu'elle ne lègue pas la honte au fruit qui naîtra de ses entrailles.
Cette lettre, que j'ai pu soustraire aux recherches, et que dans
ma prison il m'est impossible de détruire, prenez-la, mais ju-
rez-moi...

Il parlait encore lorsque le guichetier rentra.

— L'heure de votre permission est expirée, dit-il à l'organiste, veuillez me suivre par cette porte de sortie. D'ailleurs, une autre visite attend monsieur.

— Laquelle? demanda Mongeot d'un air d'inquiétude et de crainte. Richard se pencha à l'oreille du prisonnier et lui parla à voix basse...

— Je compte sur votre parole, mon père, dit alors le jeune homme à l'organiste; vous n'oublierez pas ce que je vous ai demandé, ce que vous m'avez promis.

D'Aquin baissa la tête en serrant la main du jeune homme... Le guichetier de la prison reparut bientôt, précédant une femme dont un voile noir cachait les traits. Elle ne l'écarta que lorsqu'elle se fut assurée du départ de d'Aquin. Mongeot reconnut alors madame Lescombat.

— Vous ici! murmura le pâle captif.

— Que voulait cet homme? demanda-t-elle en montrant la porte par laquelle l'organiste était sorti.

— C'est mon confesseur, mon père, reprit le jeune homme. Marie, je lui ai tout dit.

— Tout? murmura-t-elle avec une anxiété inexprimable.

Mongeot pencha la tête en signe d'assentiment.

— C'est bien, reprit-elle après un intervalle de silence où son regard perçant examina la contenance du prisonnier, vous n'en comprendrez alors que mieux ma démarche...

— Laquelle?

— Celle que me prescrit une impérieuse nécessité. Henri, rendez-moi ma lettre.

Il la regarda avec un affreux étonnement; cette parole froide et terne venait de retentir au fond de son âme comme un son de cloche funèbre.

— N'avez-vous pas autre chose à me dire? murmura-t-il en la toisant d'un œil égaré.

Elle était habillée coquettement, bien qu'elle fût en deuil; une ample baigneuse couvrait son cou. Pour cacher sa pâleur, elle avait cru sans doute devoir mettre du rouge. Une agitation

fébrile semblait toutefois se faire jour sous cette assurance
d'emprunt, et l'on devinait qu'elle avait peur.

Lui cependant, il la parcourait des yeux dans un douloureux
silence ; le moment approchait où, trop longtemps gonflé par
l'orage, son cœur allait déborder.

—Est-ce bien vous, Marie? dit-il avec une singulière amertume, est-ce bien vous qui avez pénétré dans ce cachot, pour
me prouver seulement que vous aviez peur?

A ce reproche, prononcé plutôt avec le ton de l'accablement
qu'avec celui du courroux, elle releva le front.

— Je ne tremble point pour moi, lui dit-elle, c'est pour vous
seul, Mongeot ; il est important qu'on ne vous croie avec moi
aucune connivence. Vous avez dit, dans votre premier interrogatoire, ne pas m'avoir vue depuis la scène terrible de votre
renvoi, cette lettre ruinerait votre système de défense. Vous
avez reçu de moi la promesse sacrée d'une épouse, que de-
mandez-vous de plus? Pouvais-je pénétrer ici, me l'a-t-on permis,
malgré mes supplications et mes larmes? Oh ! oui, continua-t-
elle en jetant un regard sur les murs du cachot souterrain ; oui,
c'est un horrible lieu que celui-ci ; mais ces verrous ne peu-
vent-ils donc tomber, ne peux-tu devenir libre?

— Libre! comment ?

— Oui, ne saurais-tu te défendre autrement que tu ne l'as
fait, ne peux-tu soutenir que tu fus contraint de te protéger
toi-même contre le fer d'un jaloux, dans un affreux guet-apens?
Cette épée trouvée à côté de lui...

— Assez, assez, madame, ce que je viens d'apprendre m'in-
terdit un mensonge... Oui, vous m'avez indignement abusé, et
cet acte trouvé sur M. Lescombat dans cette nuit fatale...

— Cet acte? que voulez-vous dire?

— Lisez vous-même, lisez, dit-il en lui montrant la copie
que d'Aquin lui avait laissée. Vous le voyez, c'est un ami,
c'est un bienfaiteur que j'ai tué!... Et vous voudriez que je le
flétrisse, aux yeux de mes juges, du nom d'agresseur? On ne
me croirait pas, madame; oh ! je ne me rendrai pas coupable
de cette nouvelle lâcheté. Quant à votre lettre... rassurez-vous :

me défiant de moi-même et des aveux que pourrait m'arracher bientôt la torture, je viens de la remettre à ce vieillard, à qui j'ai fait jurer de la détruire.

Madame Lescombat ne put contenir un cri de bonheur, elle respira.

— Henri, reprit-elle en se précipitant alors aux pieds du jeune homme dans une exaltation difficile à rendre, car elle ne doutait pas de ses paroles, ce n'est pas pour moi que je suis venue, c'est pour l'enfant que je porte dans mon sein! Mais tu ne mourras pas, tu ne peux mourir; nous trouverons plutôt un moyen de t'arracher aux horreurs de cette prison. Rassure-toi à ton tour, reprends courage... si tu as fait tomber, en t'accusant toi-même dans ce premier interrogatoire, les charges qui s'élevaient contre moi, moi, de mon côté, je n'ai point parlé, mon silence t'a défendu devant tes juges. Je serai muette comme la tombe, Henri, je garderai ce secret de mort! Oh! merci mille fois, c'est à toi que je dois de ne pas languir dans un cachot, c'est à toi que cet ange devra la vie! Comment m'acquitter jamais?...

— En me promettant, Marie, de partir ce soir même, sous la garde de d'Aquin, de dérober notre enfant aux périls que tu peux courir... Oui, si l'on devait de nouveau t'interroger...

— La fuite! y songes-tu? mais ce serait m'accuser aux yeux de tous! Tu sais que l'on ne m'a accordé la liberté qu'à une seule condition, celle de me représenter quand la cour l'exigerait. Dois-je, par mon absence, donner gain de cause à nos ennemis? Ce matin, j'ai obtenu du lieutenant-criminel la permission de te visiter; on voulait se servir de moi pour t'arracher des aveux... Encore une fois, nul ne me croit ta complice; mon mari avait pris soin de brûler la correspondance qui nous accusait tous deux: aucune preuve ne pourrait donc déposer contre moi, aucune, si ce n'est cette lettre que d'Aquin vient de recevoir et qu'il t'a juré d'anéantir. Pourquoi fuirais-je, Henri? pourquoi m'enlever la consolation de venir ici chaque jour t'apporter des paroles et des caresses qui consolent? Ne

sommes-nous pas époux? reprit-elle en lui montrant la bague
d'alliance qu'il portait.

— Oui, nous sommes unis par le sang, répondit-il d'une voix
sourde, et c'est toi qui l'as voulu. J'étais un amoureux, un insensé, tu as fait de moi un assassin! Nous sommes mariés,
dis-tu? oh! oui, mais ce sera le bourreau qui fera ma toilette
le jour des noces. Je ne mourrai pas même ta main dans la
mienne, Marie, je mourrai livré en spectacle aux yeux effrontés
de la multitude. Et toi, pendant ce temps, où seras-tu, te verrai-je? C'est là une idée plus épouvantable pour moi que la
hache qui tue, que la barre qui brise les os! N'avoir commis
ce crime que pour te posséder, te suivre, et me trouver rejeté
dans un abîme sans fond! et pas même l'avenir, l'avenir pour
nous retrouver! Unis par l'enfer, nous reverrons-nous dans
le ciel?...

En parlant ainsi, ses regards demeuraient cloués sur le sol
de la prison; on eût dit vraiment que la vie l'avait quitté! Ce
sombre caveau, dans lequel l'oreille ne surprenait le son d'aucun pas extérieur, glaçait d'horreur madame Lescombat; le but
de sa visite une fois rempli, l'astucieuse coupable eût voulu se
faire des ailes pour en sortir. Mongeot la contemplait en silence comme une de ces filles des noirs abîmes, contre lesquelles
les anachorètes se fortifiaient par les prières; jamais, peut-être,
elle ne lui avait paru plus belle que dans cet horrible lieu. L'in-
fortuné jeune homme ne pouvait détacher ses yeux de ce visage
adoré, masque impénétrable qui cachait le crime; il regardait
cette créature dépravée avec amour. Pour elle, jalouse de jouer
son rôle jusqu'au bout, elle ne craignait pas de l'accabler des
protestations les plus tendres.

— Je pars, dit-elle enfin en feignant de s'arracher avec effort
à ses caresses, je pars, Henri, mais je reviendrai bientôt. Demain, ce soir, peut-être, j'espère obtenir ta translation dans une
autre partie de la prison. Adieu, tout ce que j'aime, tout ce
que je regrette au monde! En te quittant, je retourne au pied
des autels; là peut-être, en invoquant le ciel, en m'offrant à ta
place comme une victime d'expiation, je l'intéresserai à ta dé-

livrance. Encore une fois, espoir et courage! N'es-tu pas sûr
à jamais de ce cœur, et n'en connais-tu pas chaque pensée?

Il l'écoutait ainsi, doutant de lui-même et de sa raison, quand
l'horloge de la prison sonna cinq heures. Madame Lescombat
tressaillit comme si le timbre du cadran eût éveillé en elle un
empressement furtif, elle se hâta de quitter le prisonnier. Mongeot la vit partir avec un amer brisement de cœur : avec cette
femme s'en allait tout son courage. Elle partie, il fit la visite
de son cachot ou plutôt de sa tombe, pour recueillir les parfums qu'elle lui semblait avoir semés. Grâce à lui, elle était
enfin hors de l'atteinte de ses juges ; grâce à lui, cette existence
précieuse était à l'abri. Quand Richard revint, il trouva le jeune
homme agenouillé au pied de son lit, il adressait au ciel une de
ces prières ferventes, dont les anges eux-mêmes portent le cri
jusqu'à Dieu.

— Ne vous effarouchez pas, mon jeune ami, dit le guichetier,
si je vous dérange. Je venais voir si vous n'aviez besoin de
rien, après la visite de cette belle dame. A ce qu'il me paraît,
on va décoiffer, en son honneur, quelques bouteilles là-haut,
car je viens de rencontrer Hubert, le geôlier de la tour de
l'Est, avec un panier de vin et quelques menus plats de pâtis-
serie. Vous n'étiez peut-être pas assez riche pour lui donner
collation ; et d'ailleurs l'appartement est incommode, continua
Richard en regardant le souterrain, tandis que là-haut chez ce
jeune gentilhomme...

— Malheureux! s'écria Mongeot en prenant avec force le
bras de Richard, qu'as-tu dit?

— Je dis que cette dame vient de monter ici au-dessus, au
rez-de-chaussée, après vous avoir quitté.

— Tu vas payer de tes jours cet abominable mensonge!

— Un mensonge! Oh que non! j'ai bien vu votre belle entrer
dans la prison du susdit. Ecoutez donc, c'est tout simple, si
elle a une permission.

— Quel est cet homme? réponds, et songe que chacune de
tes paroles retombera sur toi si tu me trompes!

— Dame! mon cher monsieur, c'est un gentilhomme de

bonne maison, un étranger, je crois, voilà tout ce que j'en sais
Il se parfume, se lave, s'agite du matin au soir dans sa chambre; il n'y a pas pour lui de linge assez riche, de vin assez
excellent. Pour son crime, je l'ignore, mais ce qu'il y a de sûr,
c'est qu'il ne prend pas le Châtelet en homme désespéré.

— Tu ne me trompes pas, Richard? s'écria Mongeot en passant sa main sur ses yeux comme s'il eût craint d'être le jouet
d'un mauvais rêve; eh bien! alors il faut que je pénètre dans
la prison de cet homme, il faut que je le voie et que je lui parle
à l'instant même...

— Impossible; c'est Hubert qui est son gardien; je n'ai rien
à faire avec les cachots supérieurs.

— Ne peux-tu donc persuader à cet Hubert que ce n'est pas
une évasion que je cherche, c'est une entrevue de laquelle dépend mon sort. Oui, par tous les serments du ciel et de l'enfer,
je m'engage à rester auprès de toi, pendant que, l'oreille col-
lée contre la porte de ce prisonnier...

— Diable! mon jeune ami, il paraît que la dame vous tient
au cœur; mais y a-t-il donc tant de mal à ce qu'elle vienne
prendre la collation chez un autre? Savez-vous bien que cela
est laid d'être jaloux? Reposez tranquillement, vous devriez
être occupé de choses plus graves...

— Richard, reprit le jeune homme en se suspendant au cou
du guichetier et le conjurant avec l'expression déchirante du
désespoir, Richard, si tu as jamais connu le tourment d'être
trompé par ce que tu avais de plus cher, si tu as aimé dans ta
vie une femme qui ne t'aimait pas, une femme dont tu doutais
malgré tout ce que tu avais pu faire pour elle, fraie-moi vite un
passage jusqu'à ce cachot. Voici deux pièces d'or, prends-les;
demain le vieillard qui est venu me visiter t'en donnera le double, je te le promets. Je ferai ce que je t'ai dit, je resterai
calme, impassible à côté de cette porte, à côté d'Hubert ou de
toi. Si tu me refuses, je me brise cette nuit le front contre ces
barreaux, et demain en entrant ici tu ne trouveras que mon
cadavre!

Il s'était relevé fier et menaçant, ne rougissant pas même au fond de son cœur d'avoir dévoilé à cet homme cet amour emporté, cette jalousie convulsive. Pour Richard, il avait vu jusque-là bien des prisonniers et des amants, mais jamais, dans ce séjour marqué par le deuil et par la tombe, il n'avait rencontré un homme dont les paroles éveillassent en lui une plus superstitieuse terreur. L'idée de le voir suspendu le lendemain à sa fenêtre, ou de le relever mort sur le plancher, produisit en son âme un tel effroi, que, repoussant les pièces d'or du jeune homme :

— Par la Vierge! dit-il, je ne vous demande qu'une chose, c'est de me payer chopine ainsi qu'à Hubert. La porte du prisonnier est bien close et vous n'avez pas d'armes; nous vous laisserons écouter à votre aise ce dialogue amoureux.

Il sortit alors pour se concerter avec Hubert, et revint bientôt chercher le jeune homme qu'il installa sur un banc de bois dans un cachot vide, près de celui du prisonnier.

XII

LE LIEUTENANT CRIMINEL.

A côté de ce cachot vide se trouvait celui du gentilhomme dont le guichetier avait parlé à Mongeot. Celui-ci, dès qu'il eut vu partir Richard, examina le lieu où il se trouvait avec une inexprimable anxiété.

Il était alors dans une complète obscurité, Richard ayant jugé à propos de ne lui laisser aucune lumière. Il tâtonna les murs qui le séparaient de l'autre cachot; ils étaient d'une épaisseur telle, que sans la porte intermédiaire qui existait, on n'eût pu entendre le moins du monde ce qui se passait chez le prisonnier. Cette porte offrait quelques maigres fissures, à travers lesquelles Mongeot entrevit confusément tout d'abord un lit et quelques meubles assez propres. Un personnage en robe de chambre usée et tenant une guitare lui tournait le dos; il paraissait attendre à une table déjà servie une femme qui s'agitait devant un morceau de glace pendu à l'espagnolette de la fenêtre. Lorsqu'elle se retourna, Mongeot reconnut madame Lescombat.

Elle avait écarté de ses épaules la baigneuse d'étoffe blanche qui les recouvrait auparavant; sur son cou, éclairé alors par le feu de deux bougies, resplendissait un magnifique collier ; ses mains dégantées étalaient des bagues nombreuses. On eût dit vraiment qu'elle arrivait parée pour quelque souper de Trianon ou de Versailles. Une coquetterie libertine semblait avoir présidé à sa toilette. Ce n'était plus cet air languissant et désespéré, cette femme éperdue qui s'était roulée aux pieds du jeune homme l'instant d'avant, avec des mots d'angoisse et de sombre volupté : c'était une métamorphose horrible et soudaine, une apparition de courtisane effrontée. Elle s'assit bientôt et tendit la main à son convive. Mongeot frissonna en entendant la voix du chevalier de Vera-Crux.

— Dîner de prison, ma chère, que voulez-vous? nous ne sommes plus là au *Galant-Dauphin,* où je vous ai régalée tant de fois, à Chantilly... Que dites-vous pourtant de cette tourte d'ananas ?

— Excellente, chevalier; mais il faut que nous nous concertions tous deux...

Il reprit après une pause :

— Vous l'avez donc vu? Il doit être accablé le pauvre jeune homme. On dit que ces caves du Châtelet sont horribles; parlez-moi du moins d'une chambre comme la mienne, à la bonne heure! Mais aussi pourquoi a-t-il fait la sottise de se laisser prendre ? A propos, vous n'avez pas manqué de lui demander la lettre?

— Il l'a remise à d'Aquin, qui doit la détruire. Nul doute que le vieillard n'accomplisse cette promesse. Je respire, je suis tranquille, chevalier; il ne nous reste plus qu'à effectuer notre projet.

— Reposez-vous sur moi, mon travail avance ; et si je parviens à l'achever...

Soulevant un coffre assez lourd, il lui fit voir alors plusieurs carreaux du parquet fort habilement détachés ; ces carreaux recouvraient une issue assez profonde.

— D'après la topographie exacte du Châtelet que je sais par cœur, et pour raison, cette issue, dit-il, doit me conduire jusqu'à ce qu'on nomme la grille d'eau : c'est une geôle à treillage qui aboutit à la Seine, et dans laquelle on liait autrefois le prisonnier jusqu'à ce que l'eau l'étouffât en lui montant jusqu'au cou.

— Quelle horreur !

— Vous avez raison : la justice d'aujourd'hui est plus humaine, quoi qu'on en dise ; elle a fait combler le trou ; mais le plâtras qui recouvre la grille d'eau une fois détaché... je gagne la Seine et suis homme à trouver place sur le premier coche d'eau qui passera... De là, ma chère, je vous rejoins au premier bourg, et nous partons.

— Et combien croyez-vous qu'il faille encore de jours ?

— Quatre au plus, juste le temps de tromper mes guichetiers par un air d'insouciance. Je suis au fait de ces ruses-là.

— Vous ne m'avez pas dit encore, chevalier, par quel revers de fortune je vous retrouvai en ce lieu ; serait-ce la baronne ?...

— Pas le moins du monde, ma toute belle, c'est un tour de ce gueux d'Aubignac ! Vous ignorez peut-être d'où vient le collier que vous portez ? Il appartient, ma chère, à l'une de nos plus célèbres comédiennes, à la Dumesnil, que le diable emporte ! ajouta Vera-Crux en se versant une rasade de pomard.

— Ce collier ? reprit madame Lescombat ; c'est de la baronne que je le tiens.

— Et cela était nécessaire, ma reine, puisque je vous avais donné la première fois celui de la baronne. Elle en fut d'une colère !...

— Que m'apprenez-vous ? quelle indignité !

— Je ne sache pas que vous ayez perdu au change. Le collier de la Dumesnil vaut le double de celui de la baronne, reprit froidement Vera-Crux. Il vous va fort bien ; mais ce qui ne m'a pas été le moins du monde, c'est que ce fourbe de d'Aubignac

m'a accusé devant tous de l'avoir volé, tandis que lui seul avait
fait le coup. Nous étions en froid depuis quelque temps, et il
aura saisi cette occasion de se venger. Comme il avait soupé,
je crois vous l'avoir dit, avec Hermione, sous mon nom, et que
la Dumesnil avait porté plainte contre le chevalier de Vera-
Crux, il a eu peur d'être reconnu par elle, et a fait retomber
sur moi le poids de l'accusation. Malheureusement j'avais d'autres démêlés avec la justice ; elle m'a trouvé des griefs plus sérieux que celui du collier, et m'a logé ici poliment au Châtelet :
tout cela à cause de vous. Voyez si je suis galant : je ne reprends
pas mes cadeaux. En sortant, toutefois, je vous conseille de
remettre votre baigneuse.

Soit que le chevalier dit vrai, soit qu'il crût plutôt devoir
colorer sa captivité de ce prétexte, madame Lescombat s'empressa de détacher le collier caché jusque-là par sa baigneuse,
et de le faire glisser dans son cou. Le chevalier de Vera-Crux
lui fit les honneurs de cette table avec une grâce exquise : le vin
qu'il lui versait, les discours qu'il lui tenait, les instants de
bonheur qu'ils semblaient se rappeler ensemble, cette union
étroite, irrécusable, de deux cœurs flétris, dépravés, tout cela
était bien fait, à coup sûr, pour enflammer le sang de Mongeot.
Vingt fois il se contint pour ne point frapper à la porte, vingt
fois il chercha dans l'obscurité de ce cachot le fer qui manquait
à son côté. L'impudence de cette femme l'effraya ; il se croyait
dupe de quelque horrible hallucination. Tout d'un coup, son
nom, prononcé par Vera-Crux, retentit à son oreille au bruit de
deux verres qui semblaient s'entre-choquer ; il colla de nouveau
son front humide de sueur contre la porte...

— Savez-vous, disait le chevalier, que vous ne choisissez
pas mal vos amoureux, ma toute belle ? Soumis et dévoués
jusqu'à la mort. Vous auriez beau jeu dans le Portugal, qui
est mon pays.

Elle ne répondit rien.

— Vous êtes distraite, préoccupée, ce Mongeot vous tient
au cœur. Entre nous, pourtant, ce n'était pas là ce qui vous

convenait. Aucun nom, aucun état, un joli visage et de l'amour : voilà tout ce qu'il avait à vous offrir.

— Il m'aimait... reprit-elle avec un soupir de regret, il m'aime encore...

— Laissez donc ! Un maladroit ! Ah ! si vous m'aviez chargé du coup ! mais vous avez craint de m'exposer, je vous en veux. Quant à vous obéir jusqu'à ce jour-là, il me semble que je ne m'y suis pas épargné. La façon adroite dont j'ai fait escamoter par d'Aubignac le portefeuille où se trouvait votre correspondance... Il est vrai que l'honneur du succès vous revient un peu, vous m'aviez décrit si minutieusement ce portefeuille, vous m'aviez si bien donné l'empreinte de la serrure...

— Oh ! ne me parlez pas de cela... reprit-elle en regardant autour de la chambre avec un sentiment indéfinissable de frayeur... Si quelqu'un nous entendait !

— Je n'en parle que pour vous prouver le soin que j'ai mis à mériter vos bonnes grâces. Un bravo de Venise ne vous eût pas mieux servie. Quoi de plus simple après tout ? Ce jeune homme vous aimait, vous en étiez lasse et vous vouliez trouver un moyen ingénieux de reprendre vos lettres. J'avais réussi ; mais la présence de votre mari, dans ce damné pavillon, a tout gâté... Le portefeuille est, ma foi, tombé dans ses mains...

Il y eut, derrière la porte, un gémissement étouffé, un bruit pareil à celui d'un homme qui s'affaisse sur lui-même. Vera-Crux prit une des bougies et l'approcha de la serrure ; mais un vent glacé l'éteignit tout aussitôt.

— C'est singulier ! reprit-il, j'avais cru entendre... Il tira sa montre et vit qu'il était huit heures.

— Dans une heure, vous le savez, expire la permission de tout visiteur au Châtelet ; employons donc bien le temps qui nous reste. Je ne dois pas vous cacher que la Godrecourt me relance jusqu'ici. C'est sur mon malheur que spécule la chère baronne. Elle pense que, comme on a le temps de réfléchir dans cette agréable solitude, je réfléchirai. Je lui parais, ma chère, un parti fort convenable. Pour ne rien vous cacher, j'ai quelques raisons de ménager cette ancienne amie ; mais, en vérité, cela ne va pas jusqu'à allumer pour elle les flambeaux de l'hymen dans ma prison. Vous êtes belle, Marie, vous m'avez plu; seulement, ce qui me blesse, c'est que vous avez voulu mettre une condition à cet amour. Vous avez le pas sur la baronne; mais pourquoi me demander la même chose?

— Parce que vous seul, Vera-Crux, pouvez me donner une nouvelle patrie, un nom nouveau, parce qu'il faut que je quitte ces lieux où tout me rappelle à moi-même, parce que vous-même enfin vous ne voulez pas me perdre... Il ne faut pas que vous paraissiez m'avoir enlevée; c'est de mon plein assentiment que je dois vous suivre. Engagez-vous donc ici formellement à m'épouser, donnez-moi votre parole: que vous ne serez pas seulement mon guide et mon défenseur dans ma fuite, mais que vous serez mon époux!...

Elle s'était levée en fixant le Portugais dans une sombre inquiétude. Sa pose, son regard, sa voix, tout était chez elle prestige et fascination; mais Vera-Crux, s'enveloppant de sa robe de chambre fanée, d'un air de tragédien de province:

— Par ma foi, ma chère, je suis désolé de ne pouvoir vous satisfaire; mais, entre nous, le sang des Vera-Crux ne peut s'allier à aucune famille sans le consentement exprès de Sa Majesté Jean V, le roi actuel du Portugal. Et puis, vous le savez, il y a une autre raison qui s'oppose à ce délicieux projet... Vous portez en votre sein le fruit de votre liaison clandestine avec un autre; vous comprendrez que les honneurs de cette paternité me touchent peu. Jusqu'ici vous m'avez traité en véritable écolier qui sort de pages, vous m'avez fait escamoter adroitement des colliers et des portefeuilles à votre usage; vous m'avez tenu, comme disent vos bourgeoises, la dragée haute. Ceci, belle fée, ne fait pas mon compte. Vous ne voulez pas d'un amant, vous voulez d'un époux; à chacun ses rôles, je me retire. Allez, partez, ma belle, je ne crains pas que vous divulguiez à mes juges mon projet d'évasion, car vous-même vous avez besoin de vous sauver. Ce jeune Oreste peut parler, et il serait cruel qu'on vous meublât une chambre au Châtelet!

Cet air de persiflage et surtout l'assurance déhontée de Vera-

Crux produisirent l'effet que le chevalier attendait : la rage d'avoir échoué, l'humiliation, la honte, bouleversèrent l'esprit de madame Lescombat. Le rire de cet homme était devenu pour elle aussi aigu, aussi froid que la lame d'un poignard ; c'était la première fois qu'il jetait le masque devant elle. Furieuse, égarée, elle s'approcha de lui si impérieusement qu'il recula.

— Crois-tu donc, lui dit-elle, qu'il m'en coûterait de commettre un nouveau crime ? Le premier pas est fait, chevalier de Vera-Crux, la route est frayée, je ne reculerai pas. Oui, si l'homme pour lequel j'ai joué ma vie, mon avenir, ma fortune, ose me refuser en m'objectant cet obstacle, eh bien ! après tout, cet obstacle est facile à rompre, et cet enfant dont tu parles...

— N'achevez pas, infâme ! interrompit une voix brève et sourde qui se fit jour dans le cachot de Vera-Crux. Et en même temps la porte fut brisée violemment sur ses gonds ; Mongeot apparut aux deux interlocuteurs, les cheveux en désordre, le doigt menaçant, l'œil égaré.

Madame Lescombat recula jusqu'au fond de la chambre, et le chevalier crut voir un spectre...

— Misérable ! s'écria le jeune homme en se précipitant sur sa maîtresse, avant que tu souilles tes mains d'un pareil crime, reçois ici la juste punition du tien !

Et prenant un des couteaux de la table, il en faisait déjà briller l'acier sur le sein de sa maîtresse, lorsque Vera-Crux parvint à le désarmer.

— Qu'allais-je faire ! murmura Mongeot dans un morne épuisement. Quoi ! n'ai-je donc pas tué ? Et il laissa tomber le couteau sur le parquet.

Aux cris poussés par la Lescombat, Hubert et Richard venaient d'accourir ; ils s'emparèrent de Mongeot, dont ils serrèrent fortement les mains avec des cordes.

— Qu'on appelle le lieutenant-criminel, reprit froidement le jeune homme, j'ai à lui faire ma déclaration ! Oui, s'écria-t-il quand le magistrat fut arrivé, je rétracte tous mes aveux ; et dût-on

4**

me faire subir la torture, je jure ici devant Dieu que cette femme est ma complice; c'est elle qui m'a fait assassiner son mari!

Il y eut un moment d'horrible stupeur, et le lieutenant-criminel regarda le prévôt du Châtelet dans un silence glacé. Deux greffiers de la prison l'accompagnaient.

— Tu mens, reprit-elle, tu mens! ou plutôt, messieurs, ce misérable n'a plus sa raison! Vous avez trouvé le coupable, il est odieux qu'il ose m'accuser.

— Que l'on me dégage de mes liens, dit le jeune homme, et je le jure sur le Christ.

— Que vas-tu jurer? reprit-elle ironiquement. Avoue donc plutôt que, ne pouvant rien obtenir de moi, tu as cru la mort de mon mari nécessaire pour arriver à ton but. N'ai-je pas repoussé ton indigne amour? ne t'ai-je pas laissé bannir de chez moi par le courroux de celui qui se croyait outragé? Et tu voudrais persuader à tes juges que c'est moi qui t'ai commandé le meurtre! Mais on n'accuse pas sans avoir les preuves; où sont les tiennes? réponds.

Et elle promenait sur lui un regard où brillait toute l'assurance du triomphe. Le jeune homme attéré gardait le silence, il était retombé dans un épuisement profond. Une pâleur mortelle avait succédé à l'animation de ses joues; cette interrogation qui ressemblait à un défi avait fait retomber sa tête sur sa poitrine.

— Vous le voyez, reprit-elle, il n'a pas de preuves!

— Qu'on fasse monter l'homme qui est venu se constituer ici prisonnier, il n'y a pas une heure, dit alors le lieutenant-criminel d'une voix grave. Son témoignage nous servira peut-être à démêler la vérité.

Un rayon d'espoir illumina le front de Mongeot; les deux porte-clefs sortirent et revinrent avec un homme qui avait monté péniblement les degrés. Madame Lescombat retenait son souffle, une invincible terreur se lisait sur son visage. Le jeune homme poussa un cri, il venait de reconnaître d'Aquin.

A peine entré, le vieillard examina d'abord chacun des ac-

teurs de cette scène d'un air calme et lent, puis s adressant à
Mongeot :

— Mon fils, lui dit-il, je vous avais juré de détruire la lettre
que vous m'avez donnée ce matin, mais vous me l'aviez lue, et
mon amour pour vous et mon horreur pour celle qui a fait de
vous un assassin l'ont emporté sur mon serment. Cette fois,
Mongeot, le parjure était un devoir, un tel écrit n'appartient
ni à vous ni à moi, il est à la justice... le voici !

Et tirant la lettre de son sein, l'organiste la remit au lieutenant-criminel... Madame Lescombat sentit ses forces défaillir
pendant que le juge parcourait de ses yeux ces lignes accablan-
tes.

— Et maintenant, s'écria Mongeot, maintenant nous avons le
même sort ! le même supplice nous attend, Marie ! songe à te
parer pour ce jour-là des diamants volés par ton chevalier, tu
n'en seras que plus belle ! A bientôt, dit-il en redescendant avec
lenteur les marches de l'escalier qui devait le reconduire à son
cachot, je suis vengé !

XIII

DEUX RIVAUX.

Le dénouement d'une pareille scène avait brisé les forces de
Mongeot, cette longue attente à la porte du cachot de Vera-
Crux avait valu pour lui la plus cruelle des tortures. Entendre
cette femme, qui s'était fait un jeu de sa perte, prodiguer à un
autre les serments et les caresses, la voir oublier si vite l'infer-
nal service qu'elle avait exigé de lui, trouver l'infamie au lieu
de l'amour, la courtisane au lieu de la maîtresse ; tout cela n'é-
tait-il pas tant pour replonger cette âme dans toutes les horreurs
de sa nuit? L'indignation, la rage avaient enfin délié la langue du
jeune homme, il avait parlé, et le ciel avait entendu sa voix :
la coupable appartenait à la justice.

Rentré dans sa prison souterraine, après avoir été de nouveau conduit au greffe, il trouva ce même jour le vieillard plus ému peut-être que lui, plus accablé.

— Épargnez-moi vos reproches, reprit d'Aquin, mais je ne pouvais vous laisser sacrifier ainsi à cette misérable. Oui, ce que j'ai fait, j'ai dû le faire, il tardait sans doute à la veuve de Lescombat que la tombe lui répondit de votre silence ; mais vous eûtes assez longtemps la générosité de vous taire, Dieu vous a relevé ainsi que moi de votre serment !

— Oh ! reprit Mongeot alors dans une attitude calme et sévère et en élevant vers le ciel ses beaux cils mouillés de larmes, Dieu m'est témoin, mon père, que j'ai souffert aujourd'hui plus que je ne souffrirai demain, si demain je dois mourir ! J'ai supporté le froid aigu de chacune de ces blessures comme un martyr résigné qu'on attache à un poteau ; mais lorsque cette femme a parlé à cet homme de mon enfant comme d'un obstacle, lorsqu'elle a osé lui dire, pour l'ébranler, qu'un second crime lui coûterait peu... alors, voyez-vous, je ne sais quel vertige passé sur mes yeux et sur mon cœur, je ne sais quelle force s'est trouvée en moi pour renverser cette porte, et dire à cette infâme : —Tu vas mourir avec moi !

— Maintenant, Henri, maintenant que l'œil de la justice n'a plus le même besoin d'approfondir sa perfidie et son crime, maintenant que son supplice n'est plus douteux, ô mon fils ! oubliez-la !

— Et le puis-je, répondit-il avec un sourire amer, le puis-je, quand toute ma vie se résume, hélas ! dans cette femme ? Ma jeunesse, mon cœur, je lui avais tout donné, elle m'a légué l'échafaud ! Faut-il d'ailleurs vous le dire, mon père ? je tremble que maintenant, après la terrible dénonciation que je viens de faire, elle ne réalise l'odieux projet dont elle osait parler à cet homme : oui, je crains que ses mains devenues bientôt parricides...

— N'ayez aucune alarme ; les magistrats viennent de l'assujettir dans sa prison à la plus active surveillance ; elle a eu grand soin de déclarer sa grossesse, et de réclamer un sursis. Ce sursis est ordinairement de quatre mois et demi, pendant lesquels la condamnée a auprès d'elle deux femmes qui ne la quittent ni

jour ni nuit. Si, comme je l'espère, nous parvenons à obtenir
pour vous des lettres de grâce... On ne vous a pas transféré
à la Conciergerie, et vos juges dont vous venez d'éclairer la
religion...

—Mes juges! mon père? oh! je n'en veux plus d'autres que
Dieu! celui-là seul comprend chaque battement du cœur, celui-
là dans sa balance pèse les moindres soupirs. Je n'étais pas né
pour le crime, vous le savez, ô vous que j'ai cependant affligé si
cruellement. Blanche! Blanche! ma sœur, comment se fait-il
que je ne l'aie pas encore vue?

—Parce que la fièvre l'a terrassée sur son lit, le soir même
de votre départ, parce que moi-même je la fais garder à vue par
Couperin, mon ami d'enfance et mon élève... Vous devez comprendre que j'ai mis tous mes soins à lui cacher l'horrible nouvelle; quand elle m'interroge, je me contente de détourner la
tête avec des larmes, en disant : Il est parti! Il n'y a que les
sons de l'orgue qui puissent agir sur elle et la calmer; hier, tenez,
elle s'est fait mener le soir, par Couperin, à Saint-Paul, et elle
lui disait : Le voyez-vous! — Pourtant elle était seule avec Couperin dans l'église... Mais vous êtes là, devant elle, toujours là...
Quand elle vous sourit, j'éprouve un affreux serrement de cœur,
je crains que la pauvre enfant ne devienne folle... Si elle dé-
couvrait la vérité, si elle vous savait enseveli dans les profondeurs de ce cachot!...

—Elle m'y viendrait chercher, oh! oui, j'en suis sûr, mon
père. Mais épargnez-lui cette affreuse vue, épargnez-moi de rougir devant le seul être dont le nom descendra sur mes lèvres
comme une prière quand le bourreau étendra la main sur mon
corps. Généreuse enfant! qu'elle ignore toute ma honte, et vous,
mon père, vous, promettez-moi de venir demain; ne m'abandonnez plus dans cette horrible agonie que je commence! Vous
êtes pour moi le prêtre qui délie, le consolateur qui soutient.
Vous seul, ô mon père, savez ma vie! vous seul, vous savez si
j'ai souffert!

Et des larmes abondantes roulaient de ses yeux, il semblait
prendre le vieillard à témoin de son amour, cet amour insensé

4***

pour lequel il allait mourir. Il y avait un si amer désespoir dans le son pénétrant de sa voix, un désillusionnement si cruel dans son regard, qu'on voyait qu'il ne gardait plus d'espoir. C'était l'homme qui va quitter la vie comme un fardeau, le convive fatigué après s'être assis au même banquet. D'Aquin ne pouvait se résigner à prendre congé de lui ; il regrettait de ne pas avoir la robe du prêtre, le pouvoir du confesseur. L'organiste aimait Mongeot comme le poëte chérit la fleur, et plus il la voit inclinée sous le souffle furieux des orages, prête à se voir coupée dans sa tige, plus son regard humide s'attache sur elle avec terreur. En lui parlant de clémence et de pardon, le vieillard avait le cœur si profondément brisé qu'il y entrait à peine une lueur d'espérance. La voix de Richard le guichetier retentit bientôt dans ces sombres corridors ! il venait prévenir d'Aquin qu'il était attendu dans la chambre du lieutenant-criminel qui se chargeait de le faire reconduire chez lui dans son carrosse.

—Le tribunal siégera cette nuit même, ajouta Richard à l'oreille d'Aquin ; le lieutenant général de robe courte du Châtelet vient de recevoir l'ordre de se tenir prêt au petit jour avec une troupe d'archers qui remplaceront les gardes françaises pour accompagner madame Lescombat à la tour de la Conciergerie. Il est important que vous donniez de nouveaux éclaircissements aux juges ; peut-être est-il encore temps de sauver ce jeune homme...

—Je vous quitte, Mongeot, reprit l'organiste avec effort, il s'agit de votre grâce... Dès que je pourrai revenir... En attendant, mon ami, songez à Dieu, priez-le pour vous, pour le coupable...

—Pour Blanche, mon père, pour Blanche et mon enfant. Vous reverrai-je seulement ?... reprit-il avec un horrible serrement de cœur.

D'Aquin chercha les yeux du guichetier comme pour deviner le sort qu'on réservait au captif, mais Richard pressait le pas en le précédant. Un vent glacial, un vent d'hiver, gémissait sous ces voûtes peuplées de tombes, et qui cependant ne laissaient échapper aucun son de leurs profondeurs. Bientôt le jeune homme se vit seul, seul à côté de la misérable lampe

qui éclairait ordinairement son cachot. Agité de milles pensées, en proie à ces terreurs qui ne manquent jamais d'assaillir
l'esprit, à cette heure de silence où chaque souvenir se dresse
devant vous comme un fantôme, il repassait en lui les terribles scènes de la journée, quand un coup sourd frappé au-
dessus de sa tête le tira de sa torpeur léthargique. Le bruit
continua ; il ressemblait à des pelletées de terre que pousse
devant elle la bêche du fossoyeur. Mongeot, le cou tendu,
écoutait encore avec une avidité inquiète, lorsqu'un des plâ-
tres qui formaient la voûte du cachot s'affaissa soudain sous le
poids d'un homme, qui roula à terre avec un gémissement
étouffé.

— Vera-Crux! s'écria Mongeot en courant au chevalier encore
froissé de sa chute.

— Moi-même, mon cher..... Je ne m'attendais guère à
vous rencontrer sur ma route. Pardonnez-moi de vous rendre
ma visite sans m'être fait annoncer. Puisque vous voilà, vous
allez m'aider.

Mongeot jeta sur lui un regard où se peignaient à la fois la
rage et la stupeur. Le chevalier était sans habit, il portait une
cravate roulée en guise de corde autour de son cou ; le ciseaux
qu'il tenait, les traces de poussière et de sang qui souillaient ses
mains, témoignaient assez des efforts qu'il avait dû faire en
perçant la voute superposée pour arriver à ce cachot ou plutôt
à cette cave qui aboutissait alors à la *geôle d'eau*. En voyant
son rival dévaller ainsi jusqu'à lui, Mongeot ne fut pas maître
d'un tressaillement de joie.

— Ah! vous songiez à fuir, chevalier, dit-il en le regardant
se relever avec effort. Le ciel est juste, il remet votre sort
entre mes mains.

— Que voulez-vous dire?

— Avec un seul cri, je puis vous perdre; mais, rassurez-
vous, je ne le pousserai pas ce cri; partez, chevalier, fuyez,
c'est ainsi que je me venge!

— Grand merci, mon cher, je reconnais là votre générosité!
mais il me vient une idée. Vous avez joué plus gros jeu que

moi ; pour peu que le cœur vous en dise, mon parti est pris et je resterai à votre place. Cette issue aboutit à un passage certain vers la rivière. Je ne vous dis pas que dans ce tuyau de pierre où j'allais entrer la position soit commode, mais on n'a pas le droit au Châtelet de se montrer difficile. La nuit est venue ; tapi dans cet endroit, vous pourrez attendre le passage d'un coche d'eau, vous pourrez en vous cramponnant avec adresse aux aspérités du mur...

— Je ne fuirai point, répondit résolûment Mongeot, je ne profiterai point de l'offre d'un ennemi.

—Mais cet ennemi vous a fait assez de mal pour expier ainsi ses torts. S'il demeure à votre place, c'est que, plus coupable que vous, il méritait votre sort. Croyez-moi, je viens de voir entrer ici un certain mulâtre nommé *La Blancheur* ; il ne passe guère le guichet que pour cause... Votre arrêt d'ailleurs sera prononcé cette nuit même...

— Cette nuit ?

— C'est du moins ce que m'a dit Hubert en me souhaitant le bonsoir comme d'habitude... Vous êtes jeune, Mongeot, vous avez peut-être une mère, une famille, fuyez. Moi, je ne dépends que de moi seul, je n'ai point commis de meurtre, je puis rester.

— Rester ! dites-vous ? Oh ! oui ! rester avec elle pour la voir encore, lui parler, l'arracher à la mort peut-être ? Moi parti, vous iriez vous rouler aux pieds de l'infâme, vous prononceriez tous deux mon nom avec un rire étouffé. Vous voulez rester maintenant, je le conçois. Quatre mois et demi de sursis. Oh ! vous aurez le temps d'implorer encore les juges en faveur de cette femme qui fonde sans doute un extravagant espoir sur sa beauté ; vous adoucirez sa captivité et ferez taire ses remords. N'est-ce donc pas vous qui avez fait entrer le premier dans mon âme les tourments du doute et du soupçon ? n'est-ce pas vous qui avez vendu le premier par un larcin le secret de notre amour à son mari ? n'est-ce pas vous enfin sur qui tout à l'heure encore j'eusse dû lever la pointe de ce couteau dont je voulais percer le sein de la perfide ? Chevalier de Vera-Crux.

ah! vous étiez digne de la femme que vous aimez; mais pourquoi la fuir? La mort ne vous menace pas comme moi; restez
près d'elle, restez!

Au ton d'ironie amère qui se faisait jour dans les dernières
paroles de Mongeot, Vera-Crux leva le front.

— Je n'aime point cette femme, répondit-il d'une voix brève,
je la méprise. Plus expert que vous à sonder ce cœur, je n'ai
point remis follement la clef du mien à madame Lescombat.
Nous autre roués, mon cher, nous savons évaluer à son taux
une belle personne, mais nous présumons toujours si mal de
sa vertu que rien ne peut nous surprendre après. Je tiens celle-
là pour supérieure à la Dumesnil, elle vous a fait tuer Pyrrhus,
et vous traite après comme Hermione traite Oreste. Vous avez
vingt ans, voilà l'unique cause de tout ceci. Moi aussi, lorsque
j'avais cet âge et que le soleil de l'Inde brûlait mon front, je
croyais étancher la même soif aux mêmes fontaines, je croyais
que l'amour était la seule passion dont on ne trahit pas l'enjeu.
Parce que le paysage que je voyais était beau, parce que les
tamarins environnaient ma prairie, que le fleuve roulait son
sable d'or et que les nuits des tropiques ne m'apportaient que
de chauds parfums, je ne songeais pas que, sous cette herbe
émaillée comme un écrin par les colibris, se glissaient dans
l'ombre d'odieux reptiles; devant un ciel éthéré, je ne rêvais
pas l'orage. Mon histoire est courte; je fus d'abord amoureux
et conséquemment dupé, puis joueur, puis ruiné, puis corri-
geant le hasard comme tant d'autres. J'étais de flamme, je de-
vins de pierre. J'eus soin de renfoncer dans mon cœur les
moindres étonnements de la conscience, ma pensée ne rêva
plus que le mal, j'en avais besoin pour me mettre au niveau
de ceux que je fréquentais. Je me fis une morale et un code à
part pour moi, mais ce que je me promis surtout, ce fut de rire
de tout, même de la Grève, si je devais un jour m'y faire natu-
raliser Français. Grâce à ces principes, j'ai mené bonne vie,
je puis mourir, le plomb des sentinelles peut me percer le cœur
au sortir de ce passage, mais du moins je n'ai pas perdu mon
temps comme vous, et c'est quelque chose. Pour votre maîtresse.

5

croyez-moi, n'en parlons pas. Grâce à elle, me voilà compromis plus que jamais, et pour vous, il me semble que vous devez la haïr avec de meilleures raisons que moi. Donc, puisque vous ne voulez pas que je reste, partagez mon sort, fuyons! S'il prenait envie à ce diable d'Hubert de s'assurer par ses yeux si je dors là-haut et qu'il ne me trouvât pas!...

Cette phrase du chevalier fut interrompue par un grincement soudain dans la serrure du cachot. Véra-Crux pâlit, puis se glissant avec une merveilleuse agilité sous le lit du prisonnier :

— Ne me trahissez pas, dit-il, je compte sur vous.

La porte à lourdes serrures s'ouvrit, Richard rentra le visage plus pâle que de coutume, les traits mornes, décomposés. En apercevant le jeune homme la tête appuyée sur le bois de sa couchette, il murmura quelques paroles à voix basse...

— Si jeune! dit-il... ah! ils n'ont pas de pitié!

Et s'approchant du prisonnier qui tourna sur lui des yeux pleins d'une sereine douceur :

— Je venais vous apporter des dés, camarades. Si vous le voulez, je vous tiendrai tête jusqu'au jour.

— Pourquoi ne pas me laisser dormir, Richard ?

— Parce qu'il faut que vous soyez prêt de bonne heure. Vous allez changer de logement dans une heure.

— Elargi! oh! cela est impossible, dit le jeune homme en secouant la tête d'un air de doute.

— Voici un homme qui a le droit d'entrer ici, reprit Richard en ouvrant la porte à un personnage qu'il regarda par la grille à claire-voie de la prison. Simple formalité, rassurez-vous.

Mongeot ne put dissimuler un geste de répugnance à l'aspect du nouveau-venu; c'était un mulâtre obèse, dont la peau avait la couleur demi-bronzée que les peintres donnent au diable; il avait cinquante-cinq ans, c'était le premier aide de Samson l'exécuteur. Il s'en vint tout droit poser sa lourde main noire sur l'épaule du jeune homme. Mongeot poussa un cri faible et voulut le repousser.

— De la politesse, mon cher, cela sera bientôt fait, lui dit le

mulâtre. Et tirant une ficelle de la poche de sa veste, La Blancheur la développa et prit mesure du captif dans un silence effrayant. Ses yeux, d'un jaune mat, semblaient attachés sur
ceux de Mongeot comme les yeux d'un chat-tigre. Il sortit,
après avoir jeté sur Richard un coup d'œil significatif. Le guichetier l'éclairait déjà avec sa lanterne, quand La Blancheur,
levant les yeux au plafond, fit sortir de sa vaste poitrine un
immense éclat de rire.

— Voyez donc, voyez! dit-il au guichetier stupéfait.

Et il lui montrait du doigt la voûte entr'ouverte, la voûte
par laquelle le chevalier venait de se frayer un passage.

— Miséricorde! s'écria Richard, que veut dire ceci? Vous
avez dû voir le fugitif? continua-t-il en s'adressant à Mongeot.

Le jeune homme répondit à cette demande par son silence.

— Le renard n'est pas loin, reprit La Blancheur, je vais lui
donner la chasse. Et il s'en fut droit au lit, d'où son bras de
fer tira sans égard le chevalier.

— Eh! pardine, dit-il, voilà un homme bien fait! il a des
boucles d'argent et des bas à coin d'or, comme un marquis!

— Appelez-le seulement chevalier, monsieur La Blancheur,
reprit le guichetier en chef qui survint avec Hubert, dont l'inquiétude et le dépit ne se lisaient que trop sur tous ses traits.
Monsieur le chevalier, rassurez-vous, nous savions votre projet; vous vouliez aller sur le coche : on vous fera suivre le fil
de l'eau, on vous envoie aux galères.

— Aux galères! s'écria Véra-Crux en reculant. Et pourquoi?

— Parce que le roi de Portugal a demandé votre extradition.
Vous vous êtes échappé pour trop longtemps des galères de
Sa Majesté Très-Fidèle, et pourtant l'oubli est un peu fort, vous
portez son estampille sur l'épaule, chevalier de Vera-Crux!

Et le guichetier en chef fit signe au mulâtre d'arracher la
manche de chemise de Vera-Crux. La Blancheur, à ce nom
seul, poussa un rugissement pareil à celui d'un lion qui étend
son ongle sur sa proie, il montra la marque avec orgueil en
disant :

— La superbe marque! c'est moi qui l'ai faite à Goa!

Le chevalier fut prêt à tomber en défaillance... Mongeot le regardait avec un dédain mêlé de pitié, il ne lui échappa qu'un mot devant, une aussi horrible révélation.

— Et voilà, dit-il, l'homme qu'elle aimait, l'homme qu'elle eût épousé !

Vera-Crux, en le quittant, jeta sur lui un triste et dernier regard; sa pensée rapide avait sondé la distance infranchissable qui le séparait de Mongeot. Ce jeune homme avait tué par amour, et lui qu'était-il ? un coquin de bas étage, un chevalier de coupe-gorges et de dés pipés. Il y avait, entre ce pâle criminel et lui, la différence d'un tragédien à un bouffon.

— Adieu, lui dit-il d'une voix étouffée; et se laissant mettre les menottes sans résistance, il suivit La Blancheur et Hubert, en levant les épaules. Pour Richard, il s'approcha de Mongeot quand le chevalier fut parti, et s'adressant à son prisonnier :

— Vous ne m'appartenez plus, jeune homme, lui dit-il, vous êtes à messieurs de la Conciergerie, ils vous attendent ! Vous n'avez pas eu du moins à vous plaindre de moi !

Et conduisant Mongeot à l'aide de sa torche par les détours de ce labyrinthe souterrain, il en fit la remise, suivant l'usage, à deux officiers de la maréchaussée, dans la cour des Pailleux (1). Ils l'escortèrent bientôt, le sabre au poing, jusqu'à la tour de la Conciergerie.

XIV.

BLANCHE.

Roulé dans son manteau jusqu'aux yeux, le jeune homme sentit bientôt le froid de la rivière rafraîchir ses tempes; il

_____

(1) C'était l'endroit où l'on mettait ceux des détenus pour dettes qui n'avaient pas le moyen de payer les chambres à pistoles. Ils couchaient dans de petites cabanes infectes, garnies de paille.

traversa rapidement le pont qui le séparait du Palais-de-Jus-
tice, et passa bientôt sous le guichet de la tour. Un soupir
profond s'échappa de sa poitrine en voyant la partie du bâti-
ment où l'on retenait les femmes à la Conciergerie ; il ne détacha son regard de cet endroit qu'en se heurtant lui-même
dans le brouillard avec un homme qui portait une pièce de bois
sur son dos.

— C'est la croix de Saint-André, dit l'un des deux officiers
à son camarade, voyez donc comme l'on fait bien les choses ;
les entailles en sont plus profondes que de coutume, et le char-
pentier les a espacées convenablement. Le patient doit être là-
dessus à portée de ne pas souffrir.

Mongeot tressaillit, il venait de reconnaître le mulâtre. La
Caboche (1) et le Petit Matelot, deux autres sous-aides de Samson, l'accompagnaient. En passant près du criminel, ils le toi-
sèrent des yeux et regardèrent ensuite la croix, puis la barre
que La Blancheur portait en main. Les yeux du jeune homme
se voilèrent devant cette horrible vision, il n'en franchit pas
moins avec courage les quinze à vingt degrés qui conduisaient
à *la rotonde d'attente*, pièce humide dans laquelle on avait
coutume d'enfermer les condamnés à mort. Cette sorte de loge
conservait une foule de noms tracés dans le mur, soit avec le
couteau, soit avec l'ongle des prisonniers, Mongeot les parcourut avec une horrible avidité. Plusieurs de ces noms étaient
devenus presque historiques dans la mémoire du Parisien. Le
jeune homme n'en reconnut aucun qui eût assassiné par amour
et pour obéir au caprice sanglant de sa maîtresse. L'endroit
où il se trouvait ne lui révélait que trop son malheur ; il monta,

(1) Cabuchet, dit la *Caboche*, parce qu'il n'avait aucune intelligence, disent les Mémoires de Samson, était un gros lourdeau
de Franc-Comtois, que des friponneries avaient fait renvoyer de
la gabelle. Il était, à proprement parler, le goujat des deux
autres aides *La Blancheur* le mulâtre, et le *Petit Matelot*, ainsi
nommé, sans doute, parce qu'il avait ramé autrefois sur les
galères royales.

rêveur, sur un banc placé au-dessous de la fenêtre à treillis de
fer, qui laissait apercevoir les toits de la ville.

— Tout ce qui respire dans cette sentine de vices va bientôt,
pensa-t-il, me jeter mon nom comme un opprobre au visage.
Oh! ne pas traverser cette populace avec celle qui m'a perdu,
monter seul sur ce fatal tombereau! Que fait-elle maintenant?
Elle continue peut-être de nier, la misérable! Peut-être que le
chevalet et les tortures...

Il s'arrêta glacé devant cette horrible idée... A travers les
triples murailles de cette chambre, quel bruit eût pu arriver
jusqu'à son oreille?

— Une si belle tête entre les mains du bourreau! Ces bras
admirables serrés par les coins de la torture! Le marteau sur
elle, le marteau!... Il se voila le front de ses deux mains, son
œil lançait l'éclair, sa poitrine se soulevait.

— Ils ne la feront pas mourir! s'écria-t-il enfin. Oh! je
mourrai seul, elle est trop belle! Je crois avoir entendu dire
que la Brinvilliers ne l'était pas moins, et cependant, malgré sa
peau blanche et douce, on lui fit subir la question de l'*enton-
noir* ! Il me semble vraiment que j'entends ici craquer des os...
il me semble que cette voix, si douce autrefois à mon oreille,
n'est plus que gémissement et blasphème contre Dieu! C'est
l'enfer! l'enfer qui me brûle! Oh! je suis un lâche, j'ai livré
une femme à la torture!...

Et il se jeta à genoux, le front contre terre en se tordant les
bras de désespoir; il s'accusait d'avoir dit la vérité.

— Insensé! reprit-il bientôt avec un ressouvenir amer, insensé que je suis, ne leur a-t-elle pas dit qu'elle était grosse!

Cette pensée le conduisit bientôt à celle-ci : Que deviendra
mon enfant?

— Mon enfant! reprit-il bondissant tout d'un coup, mais ce
n'est plus à elle, c'est à la loi seule qu'il appartient! Oui, je
ne le prévois que trop, s'il doit se trouver un jour quelque
bouche façonnée de bonne heure à me maudire, ce sera la
sienne; si mon nom doit être redit par quelqu'un comme un
synonyme de sang et de honte, ce sera par lui! Mon-Dieu!

veillez sur lui, veillez sur l'orphelin qui naîtra marqué de cette tache de sang! Oh! si je savais, dans cette ville, une mère à qui je pusse confier un tel trésor! si Dieu m'envoyait un ange!

— Me voici, dit Blanche en se précipitant dans ses bras; Henri, je sais tout, mon oncle ou plutôt ton père, m'a tout dit... Il t'attend à la chapelle avec l'aumônier de la prison. Le serment que cette femme t'avait promis de tenir, Henri, ce sera moi, pauvre ami, qui le tiendrai; oui, j'élèverai ce fils qui eût dû être le mien, je le chérirai plus que ma vie, si le ciel me permet de vivre longtemps encore après toi... pour lui... pour lui seul!

— Quoi! tu me pardonnerais! reprit-il avec transport, tu prendrais soin de lui, tu ne lui apprendrais pas à me maudire?...

— Je me vengerai de toi, Henri, en lui faisant répéter ton nom et le mien; ces noms qui ne seront point unis devant les hommes, mais que ta mort unira bientôt, hélas! devant Dieu. Oh! va... ne crains pas que je lui parle jamais de sa mère!...

L'entourant alors de ses deux bras avec amour, la jeune fille étancha la sueur glacée qui ruisselait de son front. Mongeot croyait rêver, il avait oublié jusqu'à cet instant solennel de séparation; il échangea longtemps de douces paroles avec elle... Le jour était venu et de larges bandes d'un ton rougeâtre environnaient l'horizon. Il la suivit bientôt, escorté de deux portes-clés du Palais, jusqu'à la chapelle. Là, en présence de l'aumônier, il prit le ciel à témoin qu'il mourrait heureux si Dieu donnait assez de force à Blanche pour vivre après lui; il institua d'Aquin le tuteur de son enfant, devant le prêtre. L'organiste venait d'entraîner Blanche au moment de la toilette du condamné, et après l'acte de jugement lu par le greffier, quand on entendit au dehors les cris furieux de la foule:

— Votre bénédiction après celle du prêtre, mon père, dit Mongeot au pâle vieillard. Je meurs en pardonnant à celle qui me fait mourir!

. . . .

Le reste de cet épisode appartient à l'histoire. Ce qu'on

ignore seulement, peut-être, c'est que le tombereau qui transportait le patient à la *Croix-Rouge*, pour s'y voir rompu vif, fut une heure et demie à descendre le pont Saint-Michel, la rue Saint-André-des-Arcs, la rue de Bussy et celle du Four-Saint-Germain. Ce fut La Blancheur qui, en l'absence de l'exécuteur des hautes-œuvres, son maître, retenu chez lui par suite d'une grave foulure au bras, étendit sous la roue l'amant de la Lescombat. Par un hasard cruel, et qui fit murmurer le peuple, les cordes qu'on lui avait passées aux pieds et aux mains pour l'attacher aux solives de la croix, étaient trop courtes; il fallut aller jusqu'à Saint-Germain-des-Prés en chercher d'autres. Le cadavre demeura deux jours ainsi plié sur la roue, exposé aux yeux de la multitude, jusqu'à ce que la neige qui vint à tomber forçât de le retirer avant l'expiration du troisième jour. Les cabaretiers qui conservent encore aujourd'hui, à l'angle de cette place, l'enseigne de la *Croix-Rouge* au-dessus de leur boutique, vendirent ce jour-là du vin si frelaté qu'il en fut dressé procès.

Deux mois après ceci, la Lescombat, n'ayant plus de prétexte pour retarder l'heure de son supplice, fut exécutée, par arrêt du parlement, mais non à cette place, car elle fut pendue en Grève, après avoir subi la question ordinaire et extraordinaire. Le soir même, il se distribua dans Paris un petit imprimé portant : *Oraison funèbre de très-haute et très-puissante dame Marie-Catherine Taperet, douairière de Louis-Alexandre Lescombat.* L'imprimé avait vingt pages, et l'on soupçonna Morande de l'avoir écrit à sa louange. Il était emphatique et mal écrit. Après le supplice de Mongeot, on aura peine à croire, malgré l'attestation de certains Mémoires, qu'elle ait dit, en traversant la place de la Croix-Rouge avec les archers qui la reconduisaient dans sa prison, et à la vue du corps plié en deux : *Ils lui ont mis la tête à ses pieds !* et qu'elle ait fait jouer froidement son éventail.

Ce qu'il y a de moins douteux, c'est qu'un an s'était à peine écoulé depuis ce double supplice, lorsque le carrosse de Dijon amena dans cette ville une jeune fille avec un enfant qu'elle portait. L'homme qui l'accompagnait frappa, rue de l'Écu, à la porte d'une maison de maigre apparence ; il en sortit une vieille femme aussi ridée que la mère du Titien, dans son admirable tableau. La vieille femme regarda avec stupeur la jeune fille.

— Vous pleurez votre enfant, dit Blanche, votre enfant que la justice des hommes vous a ravi ; voici le sien ! Henri m'avait légué ce cher trésor ; j'ai voulu qu'avant de mourir vous bénissiez l'enfant de Henri !

La vieille baisa l'enfant sur le front avec un sourire d'amertume et de tendresse ; elle le considéra longtemps, il avait les traits de Mongeot, seulement ses petites mains tremblaient d'un frisson continu... Il était du reste admirablement beau, et plus tard Augustin en fit le portrait, à la prière de l'organiste. Cette miniature fut trouvée, après la mort d'Aquin, dans un des tiroirs de sa chambre : il y avait ce nom écrit au-dessous : *Henry ;* et cette date : 1755. Blanche d'Aquin ne s'était pas mariée ; elle mourut avant son oncle, en lui confiant l'orphelin qui lui survécut de bien peu. Il n'y eut que le lieutenant-criminel instruit à fond de l'histoire. On répandit le bruit, dans le peuple, que le fils dont la Lescombat était accouchée dans sa prison avait été clandestinement embarqué sur un vaisseau faisant voile pour les Antilles.

LETTRES DE LA LESCOMBAT.

PREMIÈRE LETTRE.

« Songe, mon cher ami, à ce que tu m'as promis. Tu m'as juré, par tout ce qu'il y a de plus sacré, de me défaire de mon époux. Je me repose sur toi du soin de ma vengeance... Ciel ! je vais donc être bientôt libre... je vais donc être vengée... J'aspire à cet instant plein de charmes pour moi. Prends bien ton temps. Songe qu'il y va de ta vie et de la mienne. Vois jus-

qu'où va ma fureur... Si tu ne te sens pas assez de fermeté pour
me servir, avoue-le-moi ; il est d'autres moyens que je mettrai
en usage pour me délivrer d'un barbare toujours occupé à
augmenter mes malheurs... Je ne suis que rage. L'enfer est
dans mon cœur. Rien n'est sacré pour moi... Ah! si tu connaissais le cœur d'une femme outragée, persécutée, désespérée,
tu exécuterais bien promptement l'ordre dont je t'ai chargé...
Que j'apprendrai avec plaisir la mort de mon époux ! avec
quelle joie je verrai son meurtrier ! jamais tu n'auras paru si
aimable à mes yeux ; mais, hélas ! les craintes que tu m'as
déjà fait voir m'en annoncent de nouvelles...

« Non, tu n'auras pas le cœur de me satisfaire. Tu appré-
hendes de perdre le peu d'instants qui forment le cours
de notre vie : voilà ce qui te retient... Tu ne m'as jamais ai-
mée... Tu n'as jamais senti pour moi ces saillies impétueuses
que l'amour inspire... Je n'ai jamais lu dans tes yeux cette ardeur que l'on ne peut cacher, et qui annonce combien le cœur
est enflammé... Que je suis malheureuse de t'avoir connu !... Tu
m'as séduite. Je coulais mes jours dans l'indifférence. Tu es
venu me tirer de la léthargie dans laquelle j'étais plongée. Tu
as su, par tes discours flatteurs et par mille soins prévenants,
gagner mon cœur. Tu m'as forcée de t'avouer ma défaite. Tu as
triomphé de mes caprices, de ma résistance, de mon devoir...
Si je m'étais abandonnée à tout autre qu'à toi, mon époux ne
serait déjà plus... Crois-tu donc m'intimider par tes vaines cla-
meurs ? Tu me fais une image horrible des tourments que subissent les criminels. Tu me dépeints avec force toutes les horreurs qui accompagnent les derniers moments de ces malheureux. Tu veux que je me transporte en idée dans une place publi-
que, et que je t'y voie expirer sur l'échafaud. Tu me menaces
même de cette mort. Tu m'apprends que tu n'aurais pas le courage de résister aux tourments qu'on te ferait endurer ; que tu
m'avouerais ta complice... N'importe, poursuis, ne t'embarrasse
point du soin de mes jours ; ils me seront odieux, si mon époux
vit ; j'en fais volontiers le sacrifice, pourvu que je sois rassa-
siée du sang barbare que je déteste... C'est assez t'en dire...

Que ne vas-tu, malheureux, dès à présent, me dénoncer à la justice ?... je te crois capable de tout... Cependant... si tu veux
remplir mes vœux, si tu secondes mes desseins, si je te vois
couvert du sang de mon époux, attends tout de moi. Je donnerai mille vies pour toi ; tu seras toujours le dieu de mon
cœur : on n'aura jamais tant aimé que je t'aimerai. »

DEUXIÈME LETTRE.

« C'en est fait, monsieur, je vais me réconcilier avec mon
mari. Je vais me jeter à ses genoux, et lui avouer tous les horribles desseins que mon cœur renfermait. Je veux l'aimer autant qu'il doit me détester.

« J'avais compté sur vous. Je vous aurais cru capable de
tout entreprendre pour moi; vous m'aviez tant de fois juré que
je pouvais disposer de vous. J'avais été crédule pour ajouter
foi à vos dehors trompeurs : faut-il que j'aie aimé un homme
tel que vous ? j'en rougis, et c'est une faute que je ne me par-
donnerai jamais. Je vous ai préféré à tous vos rivaux, qui n'é-
taient pas en petit nombre... J'ai tout méprisé, tout rejeté pour
toi, perfide... J'ai cherché toutes les occasions de te prouver
de mille façons mon attachement extrême... Que n'ai-je pas
souffert par rapport à toi ?... N'est-ce pas pour toi que j'ai
rompu avec mon mari ?... N'est-ce pas pour toi que j'ai renoncé à
tout ce que le monde m'offrait de plus séduisant ?... Je t'ai fait
le sacrifice de mon repos, de mon honneur, de mes charmes...
Si j'avais possédé une couronne, aurait-elle été pour un autre
que pour toi ?... Par quelle fatalité as-tu donc pu me subju-
guer, moi, qui n'ai fait aucun cas des conquêtes les plus bril-
lantes ?...

Croira-t-on jamais qu'un homme qui régnait sur mon âme,
et qui m'assurait que je régnais sur la sienne, ait refusé de me délivrer de mon plus cruel ennemi ? Tu as causé tous mes malheurs, tu m'as conduite pas à pas dans l'abîme ; et lorsqu'il
faut un coup d'éclat pour m'en retirer tu recules...

« Au reste, c'est toujours beaucoup pour moi de connaître le fond de ton cœur !... qu'il est méprisable !... que je vais haïr les hommes !... Ne viens pas t'offrir davantage à mes regards ; ne viens pas me proposer le secours de ton bras : je serais déshonorée à mes yeux, si j'acceptais tes offres... Tu n'es qu'un monstre, qu'un barbare... Quel bonheur pour moi, si je peux oublier que j'ai répondu à tes soupirs, que je t'ai rendu tendresse pour tendresse; que je me suis livrée à toi sans aucune réserve... Cette idée seule me tue... Autant nous avons été amis, autant nous devons être ennemis... Fatal pouvoir de mes attraits, sur quel objet indigne as-tu agi ?... Je t'écris pour la dernière fois. Puissent tous les malheurs t'accabler ensemble ! tu ne peux souffrir autant que tu le mérites. Que je suis glorieuse d'avoir su me détacher de toi, de t'avoir rendu justice et de t'abhorrer pour toujours !... mon mari vivra donc !... Ah ! pensée qui m'anéantit... je serai donc obligée de voir toujours celui que j'ai trahi tant de fois... et pour qui ! pour toi, traître, pour toi qui devrais te faire un devoir, une gloire de l'immoler... Ah ciel, quel funeste sort m'attend ! que je vais traîner une vie affreuse !... Mon plus grand tourment sera de songer à toi, de penser que j'ai été assez faible pour te donner mon cœur... Hélas ! tu le possèdes encore ; je ne le sens que trop aux mouvements confus qui m'agitent... Rends-toi donc digne de sa possession. Cours... vole, vole assassiner mon mari ; ne va pas combattre avec lui. Le sort des armes est incertain. Qu'il meure, c'est tout ce que j'exige...

« Je ne suis qu'une femme, et j'ai cent fois plus de courage que toi. »

FIN.

LE MOULIN D'HEILLY

I

A quelques portées de fusil du château d'Heilly, en Picardie, s'élevait encore en 93 le plus beau moulin qu'eût voulu
choisir alors Cicéri ou Degotti, son maître, pour une décoration villageoise, tant il dominait le paysage avec aisance,
tant ses vastes ailes, déchiquetées çà et là par le temps ou
l'ouragan, offraient au peintre une silhouette peu vulgaire.

D'abord il était assis sur une rotonde de briques rouges,
entourée d'une galerie en bois vert, comme celles que l'on
peut voir encore aux moulins d'Harlem ou de Dordrecht, en
Hollande, et cette galerie, artistement évasée, festonnée de
plantes grimpantes pendant l'été, composait pour lui une
sorte de corbeille odorifère; puis, pour sa toiture, elle était
en belle ardoise, soutenue aux quatre angles par le plomb et
par le zinc, tandis que sa cage de couleur bitume ressortait
sur la teinte azurée du ciel avec une merveilleuse vigueur;
placé sur un monticule dominant une large étendue d'eau,

il pouvait de plus s'y mirer à l'aise avec l'écharpe de hautes
futaies dont l'horizon semblait prendre plaisir à l'entourer.

Véritable vedette du magnifique château d'Heilly, il le regardait en face, non de l'air humble du vassal qui regarde
son maître, mais comme s'il eût été lui-même le frère ou
l'ami de ce magnifique manoir qui appartint longtemps à une
noble famille [1].

A côté du moulin brillait d'un éclat propret l'habitation
du meunier, construite en belles pierres de taille.

Ce jour-là, vers les quatre heures de l'après-midi, tout reposait, par une chaleur accablante, dans la plaine et le manoir; la plaine n'entendait même plus le bruit du moulin, et
dans le manoir le châtelain faisait sans doute la sieste. En ce
moment de quiétude si complète, retentit sur la grande route
d'Amiens le bruit d'une chaise de poste; le châtelain, tiré à
regret de son pacifique sommeil par la voix de son intendant
qui écrivait près de lui sur une table de salon, ouvrit la fenêtre et se montra dans toute la splendeur d'un frac de dimanche, qui le faisait ressembler à un marguillier de paroisse.

— Qui peut donc venir avec un tel fracas, maître Barbeau?
dit-il avec un dépit mal déguisé. Grâce au ciel, je n'attends
aucun parent, et mon dîner n'est commandé que pour trois:
pour moi d'abord, pour ma femme ensuite, et pour vous, enfin, maître Barbeau. Que veulent dire ces deux superbes
chiens danois et ce coureur en livrée aurore qui précèdent
cette voiture? Maître Barbeau, ajouta-t-il en se tournant vers

---

[1] Le fond de cette histoire étant parfaitement historique, l'auteur,
malgré la destruction du château d'Heilly, destruction complète à cette
heure, grâce à la bande noire, a cru devoir, par un motif de réserve
dont nos lecteurs lui sauront gré, sans doute, changer les noms des
acteurs de ce petit drame.

l'intendant; serait-ce qu'on voudrait me jouer un tour? Qu'on
y prenne garde au moins! le marquis de Villeblanche!...

— Par la sambleu! c'est toi, te voilà, mon cher marquis!
s'écria le nouveau visiteur; es-tu devenu gras, méconnais-
sable, cher Rodolphe, toi que j'ai vu si fluet! Que je te baise
et rebaise, comme il y a dix ans, à l'Œil-de-bœuf! Tu n'as
pas oublié, je pense, le chevalier d'Antignac?

— Là, là, vous m'étouffez, mon cher monsieur de...
Comment diable avez-vous dit? d'Armagnac, d'Almanach ou
d'Estignac? reprit le châtelain essoufflé de l'embrassade.

— D'Antignac, parbleu! Marquis, vous avez la mémoire
courte. Ne vous souvient-il plus de ce joli petit coup d'épée
que je reçus autrefois pour vous, sous un réverbère de l'Opéra,
il y a de cela quelque huit ans? Vous étiez trop jeune alors
pour vous battre, et vous aviez affaire à la plus forte lame de
la Boissière... Il s'agissait de la petite Louison Rey, première
coryphée de l'Opéra! Dame! voilà ce que c'est que de défendre l'honneur des danseuses!...

Et le chevalier pirouetta sur la jambe gauche, avec la
grâce et le moelleux de Vestris.

— Que me voulez-vous? qui vous amène? Vous alliez à la
terre du baron de Luxeuil, notre voisin, avec ce bel équipage
et ces deux fusils que je vois dans votre chaise?

— Pas le moins du monde, mon cher; j'avais, il est vrai,
le choix entre le marquis de Villeblanche ou le baron de
Luxeuil; mais je me suis déterminé pour le plus noble. Le
baron de Luxeuil ne doit son titre qu'à la protection de la
Dubarry, tandis que vous, mon cher, une noblesse qui date
des croisades! J'en sais quelque chose, moi qui ai dû étudier
vos titres! Ne vous souvient-il plus que votre famille m'avait
chargé dans le temps de compulser vos archives? Il y eut un
Villeblanche qui mourut de la peste à Tunis, en l'an de
grâce... Aidez-moi donc! dites-moi l'année?

— Il importe peu... répondit le marquis. C'est donc chez moi que vous descendez? Pourquoi ne m'avoir pas prévenu, du moins? pourquoi n'avoir point écrit? Je vis dans ce lieu comme un hibou, et vous n'y trouverez rien de votre Versailles.

— Allons donc! je vous connais, ne vous en dédites pas, vous faites grandement les choses... Ce souper que vous nous donnâtes à la Croix-Rouge, le soir de votre pari... ce fameux pari, enfin; vous savez?

— Oui, certainement, reprit le marquis embarrassé. Ah çà, vous me direz au moins le motif de ce départ précipité et surtout du choix que vous avez fait de mon château... Paris serait-il donc encore menacé par une foule de mendiants déguenillés, à qui je ferais volontiers ouvrir les oubliettes de ce château, de *mon* château?... ajouta le marquis en se rengorgeant d'un air de prince...

— Ruiné, mon cher, ruiné! voilà mon premier motif; le plaisir de votre compagnie, c'est le second. Mon excellent Villeblanche, il ne me reste plus que cette chaise de poste enlevée par moi à mon oncle le commandeur, ces deux danois que je garde, et ce coureur en livrée aurore que je ne suis pas fâché de vous donner; un gaillard qui a couru pour M. le comte d'Artois et M. de Lauraguais; des jambes de cerf et un appétit d'enfer. Baptiste, continua le chevalier en s'adressant au coureur, va à l'office, mon garçon, et dis que l'on nous prépare le dîner.

— Mais, monsieur le chevalier... reprit le marquis.

— Par la sambleu, tu m'as dit: *Monsieur*, je crois!... Ah çà, mon cher Villeblanche, tu as des absences, c'est sûr; ne te rappelles-tu plus nos parties de paume, nos concerts et nos soupers? Je te trouve l'air épais et volumineux d'un bailli. C'est étonnant, ma parole d'honneur, comme la vie de château engraisse! moi je suis aussi mince que la batte d'Arlequin!

— Ainsi, chevalier, vous venez... c'est-à-dire tu viens...
t'établir chez moi, pour la belle saison, sans doute. J'en suis
fâché, monsieur... c'est-à-dire mon cher, mais je ne puis
garder un hôte comme vous jusqu'à demain.

— De l'ingratitude! Par ma foi! marquis, je ne t'en croyais
pas capable. Puisque tu le prends sur ce ton, ce billet que tu
vas reconnaître, car il porte ta signature, et tu me le fis il y
a dix ans...

— Ce billet? Voyons, murmura le marquis avec un trouble
égal pour le moins à sa surprise.

— Le voilà, cruel ami, puisque tu me forces à te rappeler
mes bienfaits; tiens, prends et lis toi-même... Tu refuses!

— C'est que... reprit en balbutiant le marquis, ce sont des
pattes de mouche, une écriture...

— Que tu connaissais bien autrefois quand je te faisais tes
lettres pour la Guimard... Mais je lirai bien moi-même...
Écoute.

« Pour avoir passé deux mois à composer, peindre, écrire
et détailler dans toutes ses parties et ses branches l'arbre
généalogique, héraldique et nobiliaire de la très-haute et
très-illustre maison de Villeblanche, » — Hein! qu'en dis-tu?
— « et avoir employé à ce travail quatre rédacteurs, un des-
sinateur et deux copistes, j'assure, à dater du présent jour,
à M. le chevalier d'Antignac, originaire de Gascogne, et mon
ami, » — c'est moi — « la somme de deux mille livres, paya-
ble à vue sur ma cassette ou celle de mon intendant Jolibois, ce qui, joint aux cinq mille livres que je lui dois pour
le phaéton qu'il m'a vendu, porte la somme due à sept mille
livres. »

— Sept mille livres! interrompit le marquis en tombant
sur un fauteuil, sept mille livres! et j'ai pu signer!...

— Exact, cher ami, parfaitement en règle... Tu comprends que, grâce à ma négligence ou plutôt à la fortune qui me comblait alors de ses faveurs, je n'avais pas songé à ce chiffon de papier; mais les temps sont durs, j'ai perdu ma charge à la cour, et avec l'horizon nuageux qui se prépare... Enfin, voilà ma créance, tu vois qu'elle est bien en règle. Je ne voulais pas t'en parler à brûle-pourpoint, mais tu as des façons de recevoir ton monde...

— Pardon, mille pardons, chevalier, je ferai honneur à cet engagement. Vous avez là, je l'espère, sur vous, cet arbre généalogique?

— L'arbre est dans ma poche, reprit le chevalier en tirant de sa basque un ample parchemin qu'il déploya aux yeux éblouis de son interlocuteur. Celui-ci semblait en suivre les lignes avec une prodigieuse avidité.

— Nous causerons de cela au dessert en sablant le sillery, continua d'Antignac. Tu vas le faire frapper de glace, n'est-ce pas? Je vois les deux seaux d'acajou doublés de plomb avec des armes superbes... Eh mais, fit le chevalier en s'approchant, ils viennent de la table de M. de Richelieu à la vente de son hôtel de la rue Charlot!

— C'est possible... Oui... je crois me rappeler, reprit le marquis d'un air tout à fait décontenancé. — Mais voici ma femme qui pourra mieux que moi...

— Marié! toi, Villeblanche! Eh bien, tu es le premier qui m'en donnes la nouvelle. Comment se fait-il que tout Paris n'ait pas reçu ta lettre de faire part? Quelque amourette, peut-être, mauvais sujet! une bergère de seize ans, une rosière picarde! Par la sambleu! tu as toujours eu bon goût. Mais raison de plus pour m'esquiver; indique-moi ma chambre; il faut que je fasse un peu de toilette... Madame la marquise vaut bien cela, n'est-ce pas?

— Voici la clef de la chambre n° 3, reprit le marquis en

détachant avec un soupir une clef de son trousseau; c'est à gauche sur l'escalier.

— Parfait, je vois d'ici... Je reviens dans la minute.

Et le chevalier laissa le marquis encore tout ébouriffé de ce qu'il venait d'entendre.

— Voilà ce que je craignais, dit-il en voyant venir du plus loin la marquise en simple déshabillé de jardin. Je vous donne en cent, madame ma femme, le nom du convive qui vient s'asseoir ou plutôt se cramponner à notre table. Catigué! Javotte, reprit-il en défaisant quelques boutons de sa veste trop étroite pour son abdomen, nous voilà dans de beaux draps! C'est toi qui l'auras voulu! Au lieu de me laisser meunier comme ci-devant, quand j'avais déjà amassé, par mon savoir-faire, plus de soixante mille livres papier sur table! On avait beau m'appeler dans le pays maître Pillegrain, pargoi! je n'avais pas besoin de me faire pour cela un vrai *monseigneur*. Que diable! il faut être élevé pour ces choses-là. Et quand je m'en fus trouver M. le marquis, notre jeune maître, d'un air piteux, pour lui apprendre sa déconfiture, c'était bien assez d'être plus riche que lui et de lui prendre son château sans lui prendre encore son nom! Sarpedié! sans tes conseils...

— Plaignez-vous, monsieur mon mari, un agioteur n'allait-il pas devenir le maître de ce domaine! autant valait que ce fût nous que lui, et voilà pourquoi je vous ai conseillé l'achat de la terre. Que vous manque-t-il? Chacun ne vous ôte-t-il pas son chapeau dans le village? N'avez-vous pas le premier banc de la paroisse, et n'y rendîtes-vous pas l'autre dimanche le pain bénit? Sans parler de notre carrosse à livrée et à *ormoiries*; comment est-ce qu'ils disent? Et parce qu'il a plu à cet entêté de marquis de se faire lui-même votre meunier après sa ruine et de jouer ainsi aux barres avec vous...

— Pas un mot de cela, femme, pas un mot de cela! interrompit rudement le marquis de Villeblanche en frappant la table de son poing fermé, comme s'il eût été encore au moulin. J'ai promis, ainsi que vous, le secret au fils de notre ancien maître, et quoique entre nous j'aie tourné la meule de son père avec le bonheur d'un maltôtier, jarniguoi ! il y a des instants où les larmes me viennent aux yeux rien qu'en voyant M. Rodolphe ainsi à ma place et moi à la sienne ! Mais il l'a voulu, ajouta Pillegrain, il l'a voulu, et comme il est écrit là-haut qu'on obéit à sa femme, vois-tu, lui aussi, il a cédé par amour pour la sienne. Ah ! que n'est-il à cette heure dans ce bon fauteuil, et moi dans la farine et le pétrin jusqu'au cou !

— Que les maris bornés sont des animaux tenaces ! s'écria madame la marquise Javotte, l'ex-meunière, en se posant au coin de l'œil une mouche qu'elle tira de sa boîte à glace. En voilà un dont je ne pourrai jamais rien faire ! Voyez un peu cette cravate et ces manchettes, c'est comme si l'on emmarquisait la vache à Colas ! Et ce gilet cerise, il fait, Dieu me pardonne, autant de plis sur votre ventre que le vent sur notre mare !... Quel est donc ce redoutable convive que nous allons recevoir? reprit madame Javotte, non sans un secret sentiment de coquetterie intéressée.

— Est-ce que je sais, moi ! le chevalier de... Gnac... Je sais qu'il y a du gnac dans son nom. C'est l'ami intime de M. le marquis... Il m'a présenté un tas de papiers auxquels je ne connais goutte, puisque je ne sais pas lire... Ce diable d'homme va mettre, de plus, le château sens dessus dessous, et me fera cuire dans notre marquisat comme dans un four ! Le diable emporte la seigneurie si elle ne me rapporte que ce grain-là !

— Est-il jeune, est-il beau ? demanda madame Javotte, en rajustant de son mieux son déshabillé. C'était une jupe blanche

qui faisait ressortir dans tout leur lustre deux énormes pieds
et des bras aussi rouges que les gants d'enseignes dont se
parent les boutiques.

— Eh ! jarnonbille, oui ! il n'est que trop bien fait de sa
personne, ce chevalier de malheur ! Il ressemble presque,
pour la tournure, à feu M. le marquis de Villeblanche qui
venait déjeuner à ton moulin ! Mais ce que tu ne sais pas, ce
que je dois te dire pourtant... c'est qu'il est flanqué d'une
créance...

Ici la cloche du dîner et la présence du chevalier d'Antignac dans le salon interrompirent ce dialogue conjugal. Une
odeur d'iris et de tubéreuse assez prononcée parcourut alors
le salon, elle s'exhalait du merveilleux toupet en escalade que
portait le chevalier. Son étonnement fut profond en ne trouvant dans la marquise de Villeblanche qu'une personne fort
commune assurément... Madame Javotte avait cependant encore des yeux sur lesquels elle semblait compter comme
amorces; par malheur ils étaient déjà escortés de cet inexo-
rable patte d'oie qui ressemble à une date. Le costume champêtre de la marquise fournit cependant au chevalier, pendant
le repas, quelque prétexte à ses madrigaux; il se dédom-
magea sur la cave de son hôte du peu d'attraits de sa femme.
C'était la première fois que la marquise de Villeblanche recevait un hôte de condition; elle ne tarda pas à commettre
une foule de bévues qui divertirent amplement le chevalier.

— Ce pauvre Villeblanche, pensait-il, en savourant à longs
traits son dernier verre de sillery, je ne m'étonne plus qu'il
soit devenu à la fois si gras et si bête avec une ménagère
comme celle-là ! Encore si c'était une Marton, une Lisette
fraîche, étoffée ! Mais madame la marquise a les joues peintes
comme les roues d'un carrosse, et a l'air d'avoir appris le
français dans le fin fond de la rue Mouffetard ! Vive Dieu ! si
ce n'était le vin, qui véritablement est fort bon, puisque feu

le marquis de Villeblanche était un rusé profès de l'ordre des coteaux, je ne ferais pas ici un long séjour ! Mais outre la meute de créanciers qui m'attend, Paris tourne à l'aigre, et ce qui s'y passe depuis six mois...

Le chevalier disait vrai; il quittait ce Paris malade que vous savez, le Paris orageux des états généraux chansonnés par le marquis de Créquy, le vicomte de Ségur, le marquis de Champcenets et vingt autres étourdis. La philanthropie et l'Assemblée constituante lui faisaient peur. On ne dansait plus guère dans les salons et l'on fraternisait avec trop de zèle dans la rue. Durant cet état de choses si propres aux méditations du courtisan, le chevalier d'Antignac, ruiné par suite de ses prodigalités folles, s'était ressouvenu fort à propos du marquis son ami, qu'il appelait autrefois le *petit* Rodolphe de Villeblanche. Enterré dans son manoir de Picardie, héritier d'une belle fortune et d'un beau nom, le marquis se ferait sans doute un plaisir de partager avec lui sa vie de château, et s'ils devaient sauter un jour sur le volcan, du moins sauteraient-ils ensemble en se tenant par la main.

— Je ne l'aurais pas reconnu, se dit le soir d'Antignac, en se coiffant devant la glace de la chambre d'un serre-tête parfumé qu'il tira de sa valise. Comme dix ans vous changent un homme ! Mariez-vous donc après cela !

Et il s'endormit en célibataire béat, en fredonnant quelques vers de M. Dorat, le mousquetaire. Ses deux chiens danois reposaient sur un tapis non loin de son lit, son coureur ronflait et sa chaise était remisée.

— Après tout, se dit-il, j'engraisserai ici à la table de ce Villeblanche ! Bon gîte, bon souper, que faut-il de plus ? Ici du moins on mange tranquillement, et le canon de Paris ne vient pas renverser votre marmite !

II

Aux premières blancheurs de l'aube, il y eut le lendemain
un tel bruit sous les fenêtres du chevalier, que force lui fut
de regarder ce qui se passait. Il vit un tableau digne du pinceau de Lancret ou de Chardin, des ménétriers, des tambours
et des musettes, des paysans avec des fusils rouillés, des pay-
sannes chargées de rubans et de bouquets. C'était le mai
d'honneur qu'on allait planter sur la pelouse devant le château, et tous les vassaux de monseigneur étaient en habit de
fête. Le magister, après avoir vu brûler devant lui toute la
poudre du canton, entonna lui-même d'une voix fêlée le re-
frain voulu :

>   Plantons le mai, chantons le mai,
>   Le mai, le mai du joli mois de mai !

Cette poésie de magister fit moins d'effet sur le chevalier
que l'aspect vraiment pittoresque de cette fête ; il fut surtout

charmé de la jolie figure d'une villageoise qui se tenait un
peu à l'écart avec son mari, non sans jeter sur le cortége pas-
toral un regard passablement ironique. D'Antignac se piquait
d'être galant; il avait de belles dentelles, un brillant au doigt
et trois à quatre tabatières, sans compter quelques menues
bagues qu'il portait toujours sur lui en cas de rencontre fé-
minine. C'était plus qu'il n'en fallait pour se lancer... Il descendit, après trois coups d'œil donnés au miroir, et se mêla
aux groupes qui criaient encore sous les fenêtres du marquis.

Celui-ci, harangué en ce moment par le magister, selon
l'usage, semblait être encore plus mal à l'aise que la veille;
aussi avait-il cédé la parole à madame la marquise. Pierre
Gorju, le fermier, et Eustache Delorme, son fils, commis aux
vivres, venaient aussi de faire un discours, quand l'ex-meunière demeura frappée de mutisme dès l'exorde du sien; elle
fut obligée de recourir à son intendant. Maître Barbeau, bossu
comme Ésope, n'avait pas, il faut le croire, la même faconde
que le fabuliste, car il bredouilla tant et si bien, que les chuchotements commencèrent parmi la foule. Les gros bonnets
et les politiques du village avaient peu de respect pour l'intendant; on le hua si bien qu'il s'arrêta brusquement et se
fâcha; il finit même par des menaces qui fomentèrent la ré-
bellion et les murmures. Barbeau était laid, bossu, ce qui
est d'ordinaire le synonyme de méchant; on l'accusait d'a-
voir ruiné M. de Villeblanche le père, et hâté la fuite de son
fils qu'on croyait parti depuis longtemps pour la guerre d'A-
mérique. L'esprit d'indépendance qui travaillait les hameaux
comme les villes fit donc accueillir fort mal le discours de
maître Barbeau; dans ce discours n'osait-il pas rappeler que
l'on devait une soumission aveugle à M. et à madame de
Villeblanche! La dame du château, détestée depuis son changement de fortune, augmenta l'indisposition générale par ses

grands airs, ses falbalas et ses mouches ; à peine donna-t-elle aux planteurs de mai la permission de se rafraîchir, eux qui les années précédentes recevaient chacun douze bouteilles du cru, pour boire à la santé de monseigneur ! Pour M. le marquis, son époux, il regardait ce spectacle de l'air d'un chien à l'attache ; il se fût jeté de bon cœur sur maître Barbeau. La retraite prudente de l'intendant mit fin fort heureusement à cette scène, qui promettait de devenir tragique, tant la subordination se relâchait de jour en jour dans les communes. Les chiffres du marquis et de la marquise n'en demeurèrent pas moins attachés au mai par des guirlandes ; mais toute cette cohue de paysans se répandit sourdement dans les cabarets du village, au lieu de rester comme jadis dans l'enceinte du parc, qui leur était ouvert ce jour-là, avec tous les jeux qu'il contenait.

Pendant cette solennité champêtre, le chevalier, qui se connaissait en siéges d'Opéra, avait abordé franchement celui de la jolie villageoise. Elle était aussi fraîche, il faut bien le dire, que le plus charmant pastel de Latour ; des yeux d'un bleu velouté et d'une langueur adorable, une bouche aussi parfumée que la fraise, des joues d'un incarnat à faire pâlir la rose. Le chevalier lui trouva même un certain air de finesse et de moquerie indéfinissable qui le ravit. Elle ne répondait qu'avec mesure à ses questions et à ses propos de galanterie, et paraissait vraiment avoir l'esprit aussi bien fait que le corps. Pour son mari, beau jeune homme de vingt-cinq à trente ans, au premier coup d'œil, il paraissait si embarrassé de sa contenance près du chevalier, qu'il eût pu vraiment passer pour une demoiselle. Il avait les mains tellement blanches, que le chevalier crut y remarquer des traces de farine, ce qui l'amena à lui demander s'il n'était pas le meunier de monseigneur.

— Certainement, répondit sa femme, et si le cœur vous en

dit, vous pouvez, monsieur, nous accompagner au moulin ; il vaut la peine d'être vu.

— Moins que la meunière, ajouta le chevalier d'un air galant, en lui passant au doigt une de ses bagues. Gardez ceci en souvenir du chevalier d'Antignac.

La jolie meunière regarda son mari comme pour lui demander une autorisation tacite que celui-ci lui accorda de grand cœur. Le nom de d'Antignac semblait avoir jeté d'abord quelque trouble en son esprit, mais il se remit bientôt et fit même au chevalier une fort bonne mine. Son coureur étant venu le prévenir qu'on l'attendait à table depuis un quart d'heure, d'Antignac dut quitter ce couple charmant, et il regagna la salle à manger de M. de Villeblanche.

— A bientôt, dit-il aux deux époux, en jetant sur Rose (c'était le nom de la meunière) un regard victorieux qui eût fait tressaillir d'aise une cantatrice.

III

Le déjeuner de M. le marquis de Villeblanche fut orageux pour maître Barbeau, qui garda un morne silence. Quant aux châtelains, il semblait, à les voir, qu'ils portassent la peine de leur friponnerie passée, tant l'aigreur de leur conversation était grande. Depuis longtemps madame Javotte traitait son mari comme un valet, et cependant le bonhomme lui avait reconnu dans le contrat d'acquisition des terres et des maisons qui diminuaient fort la valeur de son immeuble.

— Tout cela est votre faute, dit-elle au marquis ; au lieu de fraterniser avec vos paysans, et de trinquer avec eux au cabaret en habit brodé, vous devriez songer à votre rang et à ces portraits de vos aïeux qui tapissent la salle à manger.

— Mes aïeux ! reprit le meunier ; vous avez eu bien soin de les brûler, depuis maître Guillaume, le garçon de ferme, jusqu'à maître Eustache, mon oncle, légumier en chef de feu M. le marquis.

L'entrée du chevalier, qui se confondit en excuses sur son
retard, mit fin à ces reproches envenimés de part et d'autre.
Il mangea de tous les plats avec ferveur et n'eut de préfé-
rence pour aucun. Quand vint le fruit, d'Antignac laissa
échapper une exclamation de surprise, il venait d'apercevoir
le portrait du marquis de Villeblanche, représenté dans tout
l'éclat et la fraîcheur de ses dix-huit ans. Le jeune marquis
portait un frac de velours incarnat, un ceinturon de chasse,
et une massue qui le faisait de loin ressembler à *Hercule.*
Il avait, sous cet accoutrement mythologique, un air de noblesse qui eût ému le cœur de la plus belle dame de Trianon.

— A la bonne heure, au moins, je te retrouve dans ce
portrait, cher marquis. Il fut peint, je crois, par la fameuse
Rosalba. Quelle démarche, et comme ce petit chapeau fait
bien sur cette perruque d'Hercule ! On te reconnaît, ma parole d'honneur !

A cette flatterie intéressée, le vieil intendant Barbeau ne
put réprimer un malin sourire. Le chevalier d'Antignac demeurait les bras croisés devant le tableau, poursuivant en
lui-même une sorte de monologue... En ce moment, la porte
de la salle à manger fut vivement poussée sur ses gonds, et
le meunier du marquis entra d'un air patelin.

— Eh bien ! maître Jean Leblanc, dit madame la marquise;
que nous veux-tu, mon garçon?

— Madame la marquise est bien bonne ; mais c'est à M. le
marquis seul que je dois parler.

— Qu'à cela ne tienne, reprit le châtelain ; passons dans
mon cabinet. Maître Barbeau, vous allez me suivre.

Ils s'enfermèrent bientôt dans une vaste pièce lambrissée
de chêne, dont chaque meuble conservait un air de vétusté
qui indiquait le respect des anciens propriétaires. Le meunier s'assit tranquillement, et développant à l'œil du marquis

une longue liste signée de noms bien connus de lui, il fit passer sur son front une lueur d'effroi.

— Je sors de la *Grand'Pinte*, dit-il au marquis ; voulez-vous savoir ce qui s'y fait ?

— Certainement, reprit le marquis troublé ; il est de votre devoir... maître Leblanc...

— De veiller au grain, n'est-ce pas ? Sachez donc, monsieur le marquis, que tout le village d'Heilly est en rumeur depuis l'arrivée de certain chevalier dans notre commune. Vous n'avez pas oublié que l'année dernière il nous vint un marquis de Ducrest pour accaparer nos grains, et vous n'ignorez pas non plus la réception qu'on lui a faite ?

— Je m'en souviens, reprit le marquis, et il fallut toute ma tête...

— Et le secours de la gendarmerie d'Amiens qui protégea de nuit la fuite de cet émissaire. Eh bien, monseigneur, voilà que les têtes s'échauffent de nouveau, et que l'on prétend dans le cabaret de la *Grand'Pinte* que ce chevalier déguisé n'est autre qu'un agent de MM. les Anglais, qui vient nous ravir nos subsistances. Il est, dit-on, à la tête d'une société de *monopoleurs*.

— Serait-il vrai ? interrompit maître Barbeau. La cupidité la plus aveugle dirigerait-elle le chevalier ? De pareils soupçons...

— Pour mon compte, je n'affirme rien ; mais il est impossible de faire entendre raison aux mécontents. Le pillage des grains leur paraît l'œuvre de la cour, et comme le chevalier sort de Versailles...

— Un tel homme chez moi, reprit le marquis, et qui me demande encore sept mille livres ! Par ma foi, voilà une belle occasion de le renvoyer ; je m'en charge. Attendez-moi ici tous les deux, cela ne sera pas long.

En rentrant dans la salle d'un pas agité, le marquis s'en

fut droit au chevalier d'Antignac, qu'il trouva en conversation réglée avec sa femme. Tout en causant avec elle, le chevalier ne pouvait détacher ses yeux du portrait suspendu à la muraille.

Arrivé devant son hôte, l'embarras du châtelain fut profond. D'Antignac, l'œil allumé comme après un bon repas, jouissait alors de cette quiétude gastronomique que les médecins appellent la digestion. En voyant M. de Villeblanche, le teint allumé, les pommettes en feu, il ne put s'empêcher de lui demander le motif de sa colère.

— Je ne ferai pas de phrases, reprit l'ex-meunier, cela regarde ma femme. J'ai seulement à vous dire, monsieur le chevalier, qu'à compter de cette heure, vous ayez à faire vos paquets, vous, votre coureur et vos deux danois.

— Comment, Villeblanche, tu me chasses, après la conversation que je viens d'avoir avec ta femme! Je me tuais à lui énumérer tes bonnes qualités, ce que tu avais été autrefois, ce que tu es encore aujourd'hui. Serais-tu donc injuste, soupçonneux ! Ta femme est fort bien, cela se voit du premier coup d'œil ; mais tu n'as point affaire à un Lovelace, à un fourbe...

— Fourbe, c'est là le seul mot que je comprenne de votre jargon, monsieur le chevalier ; oui, vous êtes un fourbe, un agent de je ne sais qui ; vous venez accaparer le bien d'autrui.

— Villeblanche, je te jure que ta femme...

— Il ne s'agit pas d'elle, mais de mes grains. Vous êtes un sournois, un imposteur, et vous venez de faire révolter contre vous tout le village.

— Par exemple! quel est ce galimatias?

— Regardez vous-même, dit le marquis en ouvrant la fenêtre de la salle.

Quelques paysans armés de fourches accouraient en effet

dans la direction du château en proférant des cris et des menaces. Le chevalier ne se fit faute de les haranguer d'abord;
mais l'effervescence fut telle, qu'ils ne voulurent rien entendre. Dépouillés de leur moisson par la grêle de 1788, ces furieux voulaient faire payer au pauvre d'Antignac les malheurs
de la récolte.

— A bas l'accapareur! criaient-ils; il est d'accord avec
maître Barbeau ; qu'on nous les livre!

Et plusieurs d'entre eux qui avaient pénétré dans le salon
portaient déjà la main sur d'Antignac, quand le meunier Jean
Leblanc parut tout à coup, et couvrant de son corps le chevalier :

— Mes amis, dit-il, le magister Blaise vous a trompés;
bien loin de venir ici pour vous dépouiller, M. d'Antignac,
que je connais, veut laisser des bienfaits pour traces de son
passage.

Et fouillant lui-même dans les poches du chevalier, muet
de surprise, le meunier en tira plusieurs pièces de monnaie
qu'il fit voler au loin dans les groupes. Pour ne point demeurer en retard de générosité, le chevalier prit à son tour
sur l'office quelques bouteilles choisies de clos-vougeot, qu'il
distribua aux mécontents.

— Vive M. le chevalier! s'écrièrent-ils bientôt, c'est l'ami
de Jean Leblanc, notre frère à tous; qu'on se retire!

Et ils laissèrent bientôt d'Antignac serrant la main de son
nouvel ami Jean Leblanc, pendant que le marquis de Villeblanche regardait d'un air consterné le vide effrayant que la
libéralité du chevalier venait d'opérer dans son office.

IV

Remis des émotions de la journée, le chevalier d'Antignac songea bientôt à son nouvel ami Jean Leblanc, dont l'intervention heureuse l'avait tant servi.

— Ces rustres ont du bon, pensait-il, en voilà un qui ne se contente pas seulement d'avoir une femme charmante, il délivre encore les galants de Paris qui viennent lui faire la cour; car, il n'y a pas à m'en dédire, reprit le chevalier, je lui ai donné une bague, et c'est déjà un commencement. Le mari spéculerait-il sur moi? il tomberait mal, je suis ruiné. N'importe! la petite est charmante, et je me sens en humeur plus que jamais de faire quelque chose pour ce Jean Leblanc: l'ingratitude n'a jamais été mon fait.

En parlant ainsi, le chevalier se versait de temps à autre d'abondantes rasades. Les propriétaires du château venaient de se coucher; M. de Villeblanche n'avait pas manqué de renouveler à table ses doléances du matin, moins par convic-

tion contre la mission du chevalier que contre son appétit.
Ce dernier était en effet un des plus gros mangeurs que possédait alors Versailles, où la charge d'écuyer cavalcadour,
dont il avait été forcé de se démettre par suite de ses dettes,
ne pouvait manquer de l'entretenir dans l'amour du luxe et
de la bonne chère. La salle où il se trouvait représentait,
comme nous l'avons dit, les principaux portraits des Villeblanche ; celui du jeune marquis, que le chevalier avait déjà
examiné le matin, le frappa de nouveau par un air de ressemblance avec le meunier, son défenseur. C'était bien le
même regard et le même ensemble ; seulement, dans l'autre,
la farine avait remplacé la poudre.

— Quelque frère de lait ! quelque petit marquis de la main
gauche ! s'écria-t-il bientôt en rapprochant ces deux ressem-
blances : feu M. le marquis était galant, et s'il faisait des
rosières... C'est égal, deux gouttes de lait ne seraient pas
plus pareilles. J'ai bien un coureur, moi, qui ressemble à
M. de Lauraguais. Allons, il se fait tard, et ce vin des Cana-
ries est lourd en diable. Bast, il n'y a pas loin d'ici au moulin, et je puis encore m'acquitter envers Jean Leblanc. Une
bonne fortune pour le soir de mon arrivée, cela serait piquant. Mais s'il y avait des dangers ?...

Et le chevalier sembla réfléchir en voyant l'obscurité de
la nuit et les gros nuages que roulait alors le ciel. L'aboie-
ment de quelques dogues se faisait entendre au loin dans la
direction du sentier qui menait au moulin de Jean Leblanc.
D'Antignac n'en prit pas moins son épée à la Tonkin et son
manteau couleur de muraille, encore froissé de la pourchasse
du guet dans ses dernières escarmouches du quartier Saint-
Honoré. Il dépassa bientôt la grande avenue de peupliers qui
conduisait à la cour d'honneur, et dans quelques secondes il
atteignit la petite plaine où se trouvait le moulin. Une seule
lumière en échancrait alors les planches, comme l'œil d'un

cyclope ouvert la nuit. Arrivé auprès de la cage, il aperçut Jean Leblanc éclairé par une assez vive lueur, et donnant des ordres à ses garçons d'un air de tranquillité qui le charma.

— Me laisserait-il le champ libre? pensa d'Antignac; la barrière qui conduit à sa maison est tirée, les chiens sont attachés, je ne trouve aucun obstacle. La charmante Rose m'attend sans doute, et je vais de ce pas...

Après avoir traversé la cour du meunier, d'Antignac, à la suite de plusieurs corridors obscurs, trébucha subitement; il poussa un cri auquel répondit bientôt la voix aigre d'une servante, qui se hâta tout d'abord de crier au voleur. La meunière, effrayée, accourut elle-même avec un flambeau. Mais en voyant l'état où se trouvait le chevalier, elle partit d'un violent éclat de rire. Le malheureux venait de s'épater lourdement dans une de ces huches de farine, abîme journalier ouvert à tout visiteur inexpert qui hasarde le pied dans un moulin. Sa figure enfarinée rappelait assez celle de Pierrot; il ne tarda pas à se secouer, en faisant voler autour de lui un nuage à aveugler la meunière.

— Miséricorde! cria-t-elle, monsieur le chevalier, vous dans le pétrin! m'expliquerez-vous comment, à cette heure...

— Pour vous, belle Rose, pour vous seule, répondit le chevalier, aussi blanc que la statue du Commandeur; je venais... je voulais...

— Donnez-vous donc la peine d'entrer dans cette chambre, reprit-elle à demi-voix, c'est ma chambre, chevalier, et ce souper qui attend...

— Deux couverts! fit d'Antignac avec surprise; m'auriez-vous attendu? serait-ce une galanterie? Je viens de voir votre mari donner des ordres au moulin.

— Ce couvert est le sien, chevalier, j'attends Jean Leblanc; mais qu'est-ce que cela lui fait que j'attende? Les

maris, ajouta Rose, avec ce sourire malicieux que le chevalier avait déjà remarqué en elle le matin, se piquent-ils d'être
exacts?

— Faire attendre une nymphe aussi charmante que vous,
dit d'Antignac en l'aidant lui-même à tirer du buffet quelques assiettes. Il ignore donc son bonheur, ce rustre-là?

— Ne m'en parlez pas, chevalier, il est d'une indolence,
et avec cela d'une jalousie !...

— Bravo! voilà qui me va: mais il ne faut pas qu'il me
voie ainsi poudré, il croirait que je me suis introduit dans sa
maison comme un voleur, quoiqu'à vrai dire je suis venu ici
pour voler...

— Vous, monsieur le chevalier! et quoi donc?

— Votre cœur, belle Rose. Vous m'avez, ce matin, fasciné,
assassiné. Ah ! quelle main blanche, potelée, et comme cet
anneau est indigne d'elle ! en vérité, je m'en veux d'avoir
laissé à Paris mon écrin n° 1 !

— Regardez-vous donc, monsieur, fit Rose en lui présentant un miroir, vous ressemblez à un vrai sac de farine. Peu
s'en est fallu, je vous jure, que dans cet équipage je ne vous
prisse pour mon mari.

— Plût à Dieu, charmante! vous m'auriez peut-être con-
solé de ma mésaventure par un baiser. Avec des lèvres si
fraîches... Et le chevalier, se rapprochant de Rose, fit mine
d'essayer de cette sorte de consolation.

Cette pétulance n'était pas le fait de la meunière, car elle
lui dit :

— Vous venez sans doute témoigner votre reconnaissance
à mon mari, après le service qu'il vous a rendu ce matin?

— Et que je suis loin d'avoir oublié. Malpeste! je brûle
ici de m'acquitter.

— Pas tant de reconnaissance, chevalier, surtout devant
Gervaise qui met la nappe. Gervaise, vous placerez un troi-

sième couvert. Monsieur le chevalier nous fera sans doute
l'honneur...

— Mille grâces, ma déesse, votre invitation vient trop tard,
j'ai soupé seul comme un Turc chez le marquis. Il est vrai
que je tiens le vin comme un ange, mais un tête-à-tête conjugal, un repas de ménage ! Ce Jean Leblanc ne vous laisse-
t-il donc jamais seule? Oh! si nous étions à Paris, à la *Croix-
Rouge* ou aux *Barreaux-Verts...*

— Qu'est-ce que cela? reprit Rose d'un petit air étonné.

— Deux endroits charmants, où j'ai fait autrefois des parties avec ce cher Villeblanche; dame, il n'était pas alors
marié, et sans mentir cela lui allait bien mieux.

— Vous trouvez?

— Certainement; d'abord, il ne ressemblait pas à un ton-
neau; une taille de guêpe et un port de gentilhomme! Il n'y
avait guère que le chevalier d'Armagnac et moi qui pouvions
lutter avec lui; aujourd'hui c'est un paysan encroûté qui s'est
affublé de je ne sais quelle femme... Tenez, en vous regardant, je me dis que vous seriez bien mieux dans son salon,
tandis qu'elle vous remplacerait au moulin.

Le pas de Jean Leblanc retentit alors sur l'escalier. Il arrivait joyeux en fredonnant un air d'opéra, dont les paroles
surprirent quelque peu le chevalier.

— Le drôle a de la voix, dit-il à Rose, est-ce qu'il chante
au lutrin? Il aura retenu cet air de quelque ménétrier. Un
mot encore avant qu'il arrive : Pensez-vous, ma chère, que
ces quatre louis...

— N'en faites rien, monsieur le chevalier, nous sommes à
notre aise, et Jean Leblanc est si fier!

— Peste, comme vous le défendez! Je commence à croire,
poursuivit à part le chevalier, que je serai venu ici pour
rien. Mais patience, et voyons d'abord quel est ce M. Jean
Leblanc.

La porte de la chambre s'ouvrit bientôt, et donna passage au meunier, qui, stupéfait d'abord à la vue de d'Autignac, partit bientôt d'un naïf éclat de rire, en voyant ce dernier avec son masque de farine.

— Eh! pardienne, dit-il, vous m'avez tout l'air d'une houppe à poudre, monsieur notre ami; et Rose vous laisse dans cet état-là! Jarnigoi! il ne faudrait avoir aucune pitié...

— Du tout, mon cher, tenue de moulin, c'est original. Je venais, mon cher Leblanc, vous remercier de votre noble conduite; si je n'avais compté que sur le marquis de Ville-blanche pour voir terminer cette conversation à coups de fourche...

— Ah! dame, il est vrai, ce n'est pas là l'état de M. le marquis; un seigneur comme lui ne doit pas se mêler de ces choses-là. Mais, trêve aux compliments, et tenez, mettons-nous là à table tout franchement, vous allez me dire si les crêpes de Gervaise...

— Des crêpes! s'écria le chevalier, mille merci, je sors de table.

— Quand je dis qu'elles sont de Gervaise, c'est pour ne point faire rougir ma femme, qui a mis ce soir la main à la pâte, et elle s'y entend, je m'en vante. Une crêpe, rien qu'une, reprit le meunier, en prenant l'assiette de d'An-tignac.

— Et un coup de ce petit vin du cru, ajouta Rose en rem-plissant jusqu'au bord le verre du chevalier.

— Du moment que c'est vous qui faites les crêpes, belle Rose, je dois y goûter... Je vais étouffer, murmura à part d'Antignac, mais il faut se dévouer.

— Vous connaissez donc le seigneur de ce château? de-manda Leblanc; voilà un bon maître, tandis que madame son épouse...

— Madame de Villeblanche? elle vous déplaît, eh bien,
vous êtes comme moi. Dès le premier abord je me suis dit :
Villeblanche a fait là une sottise. Il s'est encanaillé, encanaillé, c'est le mot.

La meunière sourit en regardant Jean Leblanc à la dérobée ; d'Antignac continua :

— Il n'est donc pas aimé, grâce à elle, dans le village?
Cela est désolant, un homme qui a un nom et une cave vraiment nobles! Serait-ce lui qui vous a mariés tous deux?
reprit d'Antignac.

— Jarnigoi! il n'a eu que faire dans notre contrat, dit le
meunier; je ne suis pas homme à permettre qu'un malotru
pareil mette les doigts dans ma farine!

— Malotru! vous avez dit malotru! c'est un mot de gentilhomme, mon cher Leblanc, topez là!... Avais-je tort de penser qu'il y a du sang de Villeblanche dans les veines de ce
garçon!. pensa d'Antignac. Il vous a un air et des façons...
Ma parole d'honneur, rien n'est à sa place dans ce moulin ni
dans ce château!

La façon dont le chevalier comptait s'*acquitter* vis-à-vis de
son défenseur Jean Leblanc était loin, il faut le croire, d'avoir
échappé à celui-ci, car il surveillait du coin de l'œil ses
moindres mouvements auprès de Rose. D'un autre côté, l'ensemble lutin de la meunière, sa bouche entr'ouverte comme
pour montrer exprès des dents fort blanches, et surtout un
ton de coquetterie réelle pendant ce souper, avaient achevé
de troubler la raison de d'Antignac. Le vin du château qu'il
avait goûté précédemment, mêlé bientôt à celui du moulin,
répandait un tel nuage devant ses yeux qu'il ne tarda pas à
en ressentir les effets, il s'assoupit à la table même de Jean
Leblanc, tout en regardant la jolie Rose. Par l'ordre du meunier, on le transporta bientôt dans une chambre voisine où il
ne tarda pas à ronfler. Mais, à l'agitation de ce sommeil, il

n'était pas difficile de voir l'impression produite par la meunière sur son noble adorateur : il prononçait le nom de Rose Leblanc en l'associant à celui de Sophie Arnould et de la Guimard. Quand il se réveilla, le jour n'était pas encore venu, et il demeura dans une surprise difficile à rendre... Un jeune homme en habit à paillettes était assis sur une chaise auprès de son lit, et le regardait attentivement... En voyant l'étonnement du chevalier, il se mordit les lèvres pour ne point éclater lui-même de rire.

— Villeblanche! s'écria le chevalier en se reculant devant le marquis dans la ruelle, comme il eût fait à l'aspect d'un fantôme.

V

Qu'as-tu donc? demanda le marquis à d'Antignac; eh bien, oui, c'est moi, le marquis de Villeblanche, ton ami... On dirait, mon cher, que je te fais peur !

— Assurément non... répondit le chevalier, mais c'est que depuis hier... Je crois rêver encore, fit-il en se frottant les yeux. C'est donc un de tes parents, ton frère ou ton oncle, qui m'a reçu depuis ces deux jours?...

— Ni mon oncle ni mon frère... répondit le marquis... c'est mon meunier...

— Allons donc! ton meunier est un garçon assez bien tourné, ma foi; je viens de le voir. Il a une femme charmante à laquelle je m'étais mis en tête de conter fleurette, et tu veux que ce châtelain épais et lourd qui m'a reçu à sa table...

— Encore une fois, d'Antignac, c'est le vrai, l'unique propriétaire de ce domaine, maître Pillegrain, mon ancien meunier, devenu marquis de Villeblanche !

— Ah çà! lequel de nous deux est fou, marquis? Ton meunier aurait acquis ta seigneurie à ton nez et à ta barbe? et tu l'aurais laissé faire, toi que le bon Dieu a créé pour rouler en carrosse et recevoir les bénédictions de tes vassaux? Serais-tu d'aventure comme cet extravagant marquis de Brunoy qui faisait mettre des chapes d'or à ses paysans le jour de Pâques? Miséricorde! je quitte un Paris bien malade, mais c'est ici le monde renversé! Ah çà! dis-moi, si ton meunier est seigneur, qui donc fait tourner ici la meule à sa place?

— Moi, cher d'Antignac, moi que tu as connu marquis. Il ne m'en reste que l'habit; aussi l'ai-je mis pour te faire honneur.

— Que me dis-tu là?

— L'exacte vérité! J'ai pensé que mon histoire pouvait t'instruire, je te la raconterai succinctement. Mon père, le marquis de Villeblanche, dont j'étais l'unique héritier, me laissa en mourant, il y a trois ans, ce château et une fortune considérable en apparence. Malgré la vénération que je n'ai jamais cessé de conserver à sa mémoire, je suis contraint d'avouer que ses exemples ne furent pas toujours les meilleurs et les plus sages. D'excessives dépenses l'avaient livré de bonne heure aux mains des intendants et des usuriers; ils ne manquèrent pas d'embrouiller tellement les affaires après son décès, que force me fut de recourir moi-même à des praticiens et à des hommes de loi pour leur tenir tête. La fin prématurée du marquis avait interrompu brusquement pour moi certains projets d'alliance auxquels je tenais encore plus que lui; j'aimais, j'adorais mademoiselle Rose de Beauclerc, ma cousine, élevée en Normandie près de sa tante. Les plus belles places de la cour et de l'armée m'étaient offertes, je les dédaignai toutes pour cet amour libre, indépendant, exalté, qui me rendait odieux le séjour d'Heilly,

livré depuis la mort de mon père au ban et arrière-ban des
procureurs, et, me jetant dans une chaise de poste, je partis
pour Avranches, où Rose était alors bien loin de s'attendre à
l'arrivée de son cousin. Je la revis, chevalier, non plus folle,
joyeuse, animée comme autrefois, mais pâle, chagrine, lan-
guissante ; on eût dit qu'elle regrettait un bonheur rêvé depuis longtemps : mon aspect seul fit renaître en elle la gaieté.
J'offris insensiblement à sa tante, madame de Tourville, de
résider à Heilly pendant la saison ; elle y consentit, et nous
partîmes. A peine arrivé, je fus quelque peu surpris de l'air
effarouché de nos gens, ils m'évitaient presque, et semblaient
embarrassés de leur contenance. L'accueil de mes voisins fut
plein de réserve et de froideur ; à ma seule vue M. Jolibois,
mon intendant, se troubla.

— Qu'y a-t-il donc de nouveau ? lui demandai-je.

— Un procès entre vous et les créanciers de votre père ;
ils ne parlent de rien moins que de faire vendre votre château, la ferme et ses dépendances, et cela dès demain, par
autorité de justice. Votre père a laissé pour deux cent mille
livres de dettes, et si vous voulez voir les comptes, mémoires,
quittances et extraits de baux...

— Je ne veux rien voir, interrompis-je furieux et effrayé à
la fois d'un volumineux dossier que l'intendant, fait à son
métier, ne manqua pas d'étaler à mes regards, afin de me
faire approuver sa gestion pendant ma minorité. Que me
reste-t-il, toutes hypothèques purgées ? lui demandai-je après
un moment de silence.

— Six mille livres de rente, me répondit le Jolibois en
jouant avec ses chaînes de montre. J'hésitai un moment si je
ne le jetterais pas par la fenêtre ; mais je succombai bientôt
à mon abattement, et le soir à dîner je ne pus prendre sur
moi de parler à Rose ou à sa tante d'un tel revers de fortune.
Je n'avais pas trente ans, et j'avoue que je comprenais diffi-

cilement comment à cet âge on pouvait encore se refaire une
fortune. Ma première idée fut de m'embarquer, de partir loin
de Paris, d'aller vivre en Amérique avec ma cousine. Des-
grieux, me disais-je, n'y vécut-il pas avec Manon ? Je me promenais dans l'allée la plus touffue du parc en agitant ainsi
ce débat avec moi-même, quand j'aperçus ma cousine ; avant
qu'elle me parlât, je vis sur sa figure qu'elle avait pleuré.

— Je sais tout, me dit-elle, votre intendant m'a tout appris ; je viens vous dégager de votre parole, mon cher Rodolphe, car, hélas ! dans un tel malheur, je n'ai rien à vous
offrir, ma fortune consiste en une pension médiocre sur la
cassette de la reine ; mon amour serait un fardeau pour vous.
Dès demain, Rodolphe, je me retire au couvent.

— Au couvent, grand Dieu ! m'écriai-je en l'entourant de
mes bras, non, mille fois non ! Si vous me quittez en un tel
moment, que deviendrai-je ? Vous ne m'aimez donc pas, que
vous me fuyez ? Ah ! ce dernier coup manquait à ma ruine !
Révoquez ces paroles d'adieu, révoquez-les ! Elle ne me répondit pas, mais elle continuait à sangloter en me baisant
les mains comme à un frère.

— Rodolphe, reprit-elle, tout n'est peut-être pas perdu
pour nous. Vous avez des amis, des amis puissants, et avec
leur aide...

— Des amis ! repris-je, je ne veux rien leur devoir, je ne
veux pas plus de leur argent que de leur pitié. Puisque les
imprudences de mon père ont anéanti mon patrimoine, je
ne dois plus recourir aux auteurs de sa ruine, car, je m'en
souviens, ma cousine, ce sont eux, ces perfides amis, qui l'ont
perdu. Mon père était gentilhomme, il aimait le luxe, il tenait table ; des fripons, indignes de ma vengeance, n'ont que
trop poussé à sa ruine ! Si j'étais à Paris, grâce à eux, le
pont-levis du For-l'Évêque s'abaisserait devant moi ; ils vien-
draient ensuite compatir ironiquement à ma misère ! Je sau-

rai me résigner, ma bonne Rose, et je ne mendierai pas leur
secours ! Comme j'en étais là, l'esprit agité de mille pensées, je vis accourir vers moi M. Jolibois tout essoufflé. Sa
présence ne m'annonçait qu'un nouveau surcroît de chagrin
et de honte.

— Monsieur le marquis, me dit-il, je ne sais comment
vous apprendre...

— Et que peux-tu avoir à m'apprendre de nouveau ? m'é-
criai-je ; parle donc, bourreau, parleras-tu ?

— Puisque vous l'exigez, monsieur le marquis, je dois
vous dire que dans cette assemblée de vos créanciers réunis
à la *Grand'Pinte* clandestinement...

— Eh bien ?

— Eh bien, monsieur le marquis, il a été décidé...

— Décidé, repris-je avec violence en portant la main sur
mon épée.

— Ne vous emportez pas, monsieur le marquis, ne vous
emportez pas... Ils ont donc décidé n'avoir plus aucun recours contre vous, d'autant qu'un seul d'entre eux, choisi
tout exprès par ces messieurs...

— Ces messieurs, faquin, dis ces rustres, ces fripons !...

— A été chargé, monsieur le marquis, du remboursement
intégral de toutes les créances ; cet homme, c'est votre meunier, maître Pillegrain.

— Joli choix, en vérité !

— Il est, vous le savez, votre principal créancier ; et comme
il a vu qu'on allait saisir votre terre...

— Eh bien ?

— Eh bien, monsieur le marquis, il vous l'achète.

— Par la sambleu ! une pareille honte !...

— Il est là, monsieur le marquis, il est là, reprit humble-
ment Jolibois ; il vous attend au moulin, car il n'a pas le
droit, m'a-t-il ajouté, d'entrer dans le château que monsieur

le marquis ne le lui permette. Il sait trop ce qu'il doit à M. le
marquis de Villeblanche !... En toute autre occasion, j'eusse,
roué de coups le porteur d'une proposition pareille ; la présence de Rose me contint, et, lui serrant la main avec des
larmes dans les yeux, je suivis M. Jolibois. Ce qui se passa
dans cette entrevue, comment te le dirai-je, chevalier ? La
rage et le dépit m'étouffaient ; moi, le marquis de Villeblanche, traiter avec un meunier ! Tout en parlant avec lui,
je considérais le lieu où nous nous trouvions, et que jusque-
là je ne m'étais guère donné la peine d'examiner depuis la
mort de mon père. C'était le matin, les sillons humides de
rosée répandaient dans la plaine une douce odeur, les poules,
à mon aspect, s'envolaient gaiement sur le toit, les chiens du
meunier me regardaient avec de grands yeux tout étonnés,
les canards barbotaient nonchalamment dans la mare. Ma
vue s'étendait au loin sur ces guérets de Picardie dont l'aube
fait ondoyer au souffle du vent les fauves couleurs. Une
propreté charmante brillait dans les moindres détails du
moulin. Chaque arbre avait son feuillage distinct, chaque
buisson son oiseau ; il n'y avait pas jusqu'aux joncs de ce
marais qui ne frémissent alors devant moi avec des plaintes
caressantes. Le ciel était pur, la meule tournait, les ailes du
moulin m'envoyaient un air qui rafraîchissait mon sang.
Dans la petite chambre du fermier, j'aperçus deux portraits :
l'un celui de mon père, le marquis de Villeblanche, occu-
pant la place d'honneur auprès du lit ; l'autre, celui d'un
rustre en habits enfarinés, le père de Pillegrain. La figure du
marquis, dans ce portrait, était sévère et rêveuse ; il semblait chagrin, préoccupé sous ces broderies et ce velours :
c'était quelque temps avant sa mort qu'un célèbre peintre
de Paris avait reproduit ses traits sur cette toile. Chaque ligne de cette belle physionomie accusait le désenchantement,
un ennui profond, intérieur ; tandis que l'autre figure, vive,

alerte, animée, donnait assez l'idée de ces joyeux compa-
gnons que Téniers plaça tant de fois dans ses tableaux de village. En les regardant, chevalier, mon choix fut fait, le château ne m'avait donné que des ennuis, une jeunesse passée
en règlements de baux et d'intendants ; le même chagrin secret que je retrouvais sur le front de ce vieillard nommé
mon père, je le portais empreint sur mon visage, mon visage sur lequel il me semblait que chacun dût lire ma ruine
et mon opprobre ! Ma jeunesse avait été exempte par bonheur de ce fléau commun aux jeunes gentilshommes, fléau
que l'on appelle un précepteur ; je ne croyais pas qu'on pût
déroger, parce qu'on gagnait sa vie. Mais si j'étais philosophe, chevalier, j'étais de plus amoureux, ce qui vaut mieux
à coup sûr que d'être philosophe, et en comparant au château l'aspect du moulin, je dois te dire que je donnai raison
à ce dernier. Là, du moins, je pourrais aimer Rose dans tout
le repos de mon cœur, là se calmeraient peut-être les impé-
tueux regrets de mon âme. Rose était si belle ! tu viens de
la voir, chevalier. Sa grâce toute céleste adoucirait peut-être
l'avenir en ma faveur. L'abandon de la cour me toucha peu,
la cour pour moi c'était le clavecin de Rose : à ce clavecin
j'éprouvais un si ineffable bonheur, que je ne l'eusse point
changé pour tous les éblouissements de Trianon.

— Tope là, dis-je au meunier, je ne t'en voudrai pas de
l'acquisition de mon château, mais à la condition que je
garderai ton moulin ! tu peux même prendre mon nom,
puisque je suis, hélas ! le dernier de ma race et que la clause
de l'achat de ma terre t'en assure le titre. Ainsi donc, Pillegrain, voici mon habit de marquis, laisse-moi ta veste et sors !

— Le meunier restait ébahi, il croyait avoir affaire à
un fou.

— Sans ma femme, reprit-il, je n'eusse point osé parler
moi-même à monsieur le marquis, mais elle tient à toute

force à devenir madame la marquise... Je n'eus pas le courage
de blâmer cette obéissance passive de maître Pillegrain, moi-
même n'obéissais-je pas à l'amour que je ressentais pour ma
cousine? Tu devines le reste, chevalier; le bruit de mon départ que je fis courir par maître Pillegrain lui-même, et ma
rentrée dans cette terre sous ces habits. Le mariage de Rose
est venu me dédommager bien vite de tous les ennuis du
château. Les paysans d'Heilly m'avaient à peine vu et me
nomment Jean Leblanc. Mon moulin est charmant et ma
meunière ne lui cède en rien... Seulement, vois-tu, c'est la
première fois que nous avons l'honneur d'y recevoir un
homme comme toi, et j'ai cru devoir te remercier avec mon
habit de seigneur... Si le cœur t'en dit, ne retourne pas au
château, demeure avec nous; ma chambre est peut-être moins
belle que celle du seigneur d'Heilly, mais ce cabinet dont j'ai
seul la clef...

Et le marquis de Villeblanche, tirant de son sein une clef
à ruban rose, fit voir bientôt au chevalier un petit boudoir
complet dissimulé fort habilement par un panneau tout blanc
de farine. Il y avait là un clavecin, des fleurs, et les quelques
livres chéris de Rose. Le portrait du marquis y était placé
plus convenablement que dans la chambre de l'ex-meunier
Pillegrain.

— Un Trianon de six toises... comme tu vois. Quand tout
le monde est couché, nous nous y retirons quelquefois pour
y parler de ceux que nous plaignons, de ceux qui nous restent... Chevalier, ce sera ton appartement, veux-tu?

— Grand merci, mon cher, je ne me sens pas fait du tout
pour la vie pastorale, que ton exemple pourtant, encore
mieux que tes discours, serait capable de me faire goûter.
Non pas que je trouve mon ami de Villeblanche moins ravissant au moulin qu'au château; mais ma condition d'homme
à bonnes fortunes...

— C'est-à-dire que tu regrettes le tourbillon ; permets-moi de te dire cependant qu'à ton âge...

. — A mon âge ! reprit d'Antignac visiblement piqué, on devient utile dès que l'on a de l'ambition. Oui, mon cher marquis, je ne me crois pas encore si près que toi de faire un *cénobite*, et rien, palsambleu ! ne me décide à la retraite. Grâce au ciel et à la protection de quelques dames, j'espère arriver, et puisque tu t'occupes de ta félicité conjugale avec tant de zèle, je ne puis mieux faire que de songer, moi, à mon avancement.

— Toujours dupe, mon pauvre chevalier, ruiné peut-être, car je n'ai pas la prétention d'être le seul noble qui le soit. De l'esprit et peu de bon sens, du brillant et pas de conduite. Au moulin, mon cher chevalier, au moulin ! c'est la meilleure école pour un étourdi tel que toi ! ·

Rose parut en ce moment. Ses cheveux, du plus beau cendré et sans poudre, étaient noués sur sa tête avec un ruban lilas. Un tablier svelte marquait sa taille qu'une ceinture coupait avec grâce. Elle avait tout entendu, et dans les embrassements qu'elle prodigua au marquis, il y avait autant de reconnaissance que d'amour. Mademoiselle de Beauclerc était un de ces esprits pleins de justesse dont la seconde vue perce les nuages de l'avenir, et qui se consolent par le bonheur des exigences froissées de l'orgueil. Dans ce siècle réservé à tant d'orages, siècle d'étourdissement et de folie, peu d'intelligences, aimées du Seigneur, se réfugièrent ainsi dans l'obscurité de la retraite et du bonheur avant les premiers tressaillements qui anéantirent tant de fortunes ! Belle et résignée sous ses modestes vêtements, elle abjura bientôt, et comme malgré elle, devant le chevalier, cet air de maligne raillerie qui la rendait si piquante. Une larme échappée de ses longs cils roula sur la main du marquis dont elle plaignait peut-être plus profondément que d'autres le sacrifice généreux en le voyant si beau sous ce frac encore embaumé des doux parfums de Versailles, et qu'il n'avait point porté à son jour de noce.

L'aube était venue, et de folles clartés se jouaient aux vitres de la chambre. Il était temps que le chevalier repartit pour se soustraire aux questions intéressées des propriétaires du château, qui n'eussent pas manqué de l'interroger sur le désordre bouffon de sa toilette. Il sortit en jetant à Rose un regard où se peignait le regret, et en serrant la main du marquis enfariné.

Dès qu'il fut de retour au château où nul ne s'était aperçu de son absence :

— Un mot seulement, dit-il au marquis de Villeblanche, qu'il emmena alors dans l'embrasure d'une croisée. Vous avez voulu me renvoyer hier, soyez satisfait, je pars aujourd'hui. Seulement, mon cher de Villeblanche, comme il ne serait pas décent que j'allasse chasser chez votre voisin le baron de Luxeuil sans quelque monnaie dans ma veste, je vous serai obligé, vu mes libéralités d'hier à vos vassaux, de me faire payer par votre intendant, M. Barbeau, les sept mille livres dont je vous ai fait voir la créance.

Et comme il vit que l'ex-meunier hésitait :

— Soyez tranquille, reprit-il, je me garderai bien de dire à mon ami le baron de Luxeuil ce qu'est devenu le marquis de Villeblanche ; qu'il vous suffise de savoir qu'on est aussi bien reçu dans votre moulin qu'en votre château. Au revoir, monsieur le marquis, dispensez-moi de mes adieux à madame la marquise.

Maître Pillegrain voulut se gendarmer ; mais, sur l'invitation du chevalier, il feignit de ne rien comprendre à sa colère, il sonna bientôt d'un air plus serein, et fit compter au chevalier ce qu'il demandait.

Quand la voiture de d'Antignac l'eut emporté le soir

même loin du château, il la fit arrêter sur le penchant du coteau qui domine les guérets seigneuriaux de la plaine d'Heilly. Le silence était profond et l'on n'entendait à travers la vallée que le tic-tac du moulin. D'Antignac jeta un dernier regard sur cette portion du paysage qui renfermait deux heureux. . . . .

. . . .

Trois années après, la cour d'honneur du château d'Heilly était envahie par un flot de peuple armé qui demandait à haute voix qu'on remît entre leurs mains son noble propriétaire. Maître Pillegrain, malgré sa vive résistance, se vit bientôt forcé de suivre, ainsi que sa femme, deux commissaires à écharpes tricolores, les représentants Duflot et Ledru, envoyés par le comité de salut public. Arrêtés comme ci-devants, ils n'eussent pas tardé à compléter la nombreuse liste des victimes d'Amiens, sans un petit billet parfumé que leur apporta un soir certain personnage qu'ils n'eurent pas de peine à reconnaître tous deux pour l'ancien coureur du chevalier d'Antignac.

— Voilà ce que c'est que d'être cousin de Saint-Just, leur dit ce singulier envoyé dont le bonnet à queue de renard, la carmagnole et les bottes fortes n'avaient rien alors de la somptuosité élégante de son ancien costume. Mon maître, fort heureusement pour vous, s'est souvenu de votre hospitalité, et voilà pour vous un sauf-conduit jusqu'à la frontière.

Au billet du citoyen d'Antignac, cousin de Saint-Just, était joint le sauf-conduit. Maître Pillegrain, en passant en Angleterre, n'eut point, du moins, la douleur de voir le noble château d'Heilly devenir plus tard la proie de la bande noire. Elle ne respecta pas même le moulin; mais depuis longtemps ses hôtes l'avaient quitté pour se retirer non loin de Vevey, dans un des paisibles et délicieux vallons de la Suisse.

DAVID DICK

Il s'appelait David Dick.

C'est-à-dire que ce double nom de groom pouvait au besoin lui servir pour deux sortes de certificats : Dick pour l'écurie, David pour la chambre ; Dick, syllabe gutturale et brève, facile à jeter au vent pour le dilettante à briska qui sort des Bouffes ; David, nom candide et patriarcal, comme une figure de Bayeux ou d'Abbeville, nom créé pour un honnête bourgeois qui ordonne à sa livrée de lui amener un fiacre.

Il est à remarquer que cette classe adroite et exceptionnelle de la société, que nous désignons sous le nom de groom, aime volontiers à prendre deux noms.

En cela, il y a d'abord politique, parce qu'en changeant de maître ils peuvent de la sorte dépouiller le *vieil homme :* c'est ce que Joë Surray, premier valet d'ambassade anglaise, appelait un jour à Hampton-Court devant moi, faire peau neuve de culotte ! (*Changing his skin with his breeches.*)

Puis, ils doivent avoir encore, — les rusés Frontins !. — la plus adorable jouissance d'amour-propre, quand, dans le premier cercle de laquais,—un cercle de cuisine ou de vestibule, — ils s'entendent vanter sous leur premier nom par un camarade qui ne les a pas connus; honnête garçon, inexpert dans ce machiavélisme d'antichambre, qui ne se doute pas de l'effet produit par cette oraison funèbre !

Je ne parle pas des grossières chicanes que leur suscite quelquefois la police correctionnelle, chicanes où ce double nom les sert si bien.

— *Moyen d'alibi !* leur dit le cocher, qui ressemble à un jurisconsulte avec ses fourrures.

David Dick entra donc le 9 août 1831 au service de mon ami Ernest d'O...

Comme, depuis une semaine, ces sortes de présentations avaient lieu le matin chez mon ami, et devant témoins (c'était le plus souvent à l'heure du déjeuner), je commençais à croire que mon ami Ernest serait obligé de faire lui-même son service de palefrenier, attendu que chaque certificat qui entrait et essuyait ses guêtres sur le petit paillasson vert de l'antichambre, ressortait presque en même temps avec force salutations et excuses.

Bon Dieu ! que j'en avais vu défiler depuis cette maudite semaine ! Certificats signés des plus doctes maitres en cette science, des plus riches et des plus enviés, MM. Schikl..., Saint-Cyr..., Hop..., Traff..., Mossel..., de Norm..., de Riouss..., et tant d'autres ! C'était un cours d'hippiatrique consommée, une véritable séance d'institut *ex cathedrâ*.

Ernest, renversé dans un vaste fauteuil perse à oreillères, enveloppé, comme Moïse tenant les tables de la loi, d'un brouillard majestueux de la Havane, interrogeait chacun de ces répondants avec le sang-froid perspicace d'un alderman, ou la patience exercée d'un juré de garde nationale.

Les uns, le front haut, la parole brève, répondaient en
gens ferrés, — forts et ramassés dans leur littérature équestre,
comme le *hunter*, cheval anglais demi-sang, l'est dans chacun de ses membres.

Et ceux-là portaient sur eux, dans toute leur personne,
quelque chose d'intime et de persuasif, — un reste de crottin
anglais, par exemple, sur leur toque blanche en forme de
tarte, — des bandes de flanelle qu'ils laissaient tomber négligemment avec leur certificat (ce qui prouvait leur excellente méthode d'hygiène au retour de la course), — une culotte de daim taillée chez Spieghalter, un *knife-hooke* [1],
et des mains horribles de saleté. (Ceux qui avaient les mains
blanches étaient sur-le-champ renvoyés par mon ami.)

D'autres, au contraire, jusque dans leur façon de pousser la
porte et leur affectation à parler bas, nous arrivaient modestes
comme un vaudeville final, — rouges comme des homards,
les pauvres diables ! quand Ernest, avec sa voix goguenarde,
leur demandait :

« Have you ever been sweated for Epsom races ? »

Ou encore :

« Would you flinch at a six bar gate ? »

Il y en eut un (je n'exagère pas) que la fièvre prit un jour
au sortir de cet interrogatoire. Le savoir d'Ernest l'avait ter-
rassé. C'était un petit paysan de la Beauce, alerte et vif, qui,
à force d'études et de migrations d'écuries, s'était naturalisé
Anglais

Il vint depuis me demander sérieusement si mon ami
Ernest n'avait pas été marchand de chevaux à Londres.

— C'est, reprit-il, qu'après lord S..., c'est le plus grand ma-
quignon de tout Paris.

---

[1] Couteau à crochet.

Ce qu'il appelait un maquignonnage était chez Ernest un véritable savoir; — sa passion pour les chevaux était raisonnée à froid, sinon raisonnable. Il en avait eu pendant cinq ans, et de toutes les couleurs, ardoise, noir zain, gris de fer, bai brûlé et gris sanguin. Ses écuries à stalles et à glaces, luisantes d'un sable fin et doré, chaudes l'hiver et rafraîchies l'été par le balancement des stores, avaient fait longtemps, par ma foi ! l'envie de l'ambassadeur d'Espagne, qui, malgré son luxe, n'en avait pu obtenir de semblables de son architecte. Celles du marquis Dov..., rue Caumartin, ou celles de M. Schikl... pouvaient seules en approcher.

Mais avec le temps,—et surtout à la suite des temps contraires —(Ernest avait souffert plus que tout autre de la révolution de 1830), ce jeune homme, d'une des plus nobles familles de la Guadeloupe, avait dit adieu, heure par heure, à tout ce luxe ; il s'était restreint au point de n'avoir plus qu'un *seul* cheval.

Ceux de sa mère, la marquise d'O..., lui servaient, en cas de visite, aux Bouffes et à la sortie de l'Opéra.

Mais au bois, — et depuis un an, — on ne le voyait que sur Phryné.

Je me hâte de dire que Phryné était une délicieuse jument provenant des haras de lord Esthon ; — une jument robe baie, marron zain. Ernest, écuyer cavalcadour de Sa Majesté Charles X, en avait refusé trois cents louis.

Enfin, et le jour de la dernière chasse à Sénart, madame la duchesse de Berri, que sa calèche ennuyait, l'avait montée.

Après les événements de juillet, Ernest, je l'ai dit, s'était restreint, et de la vente de cinq chevaux n'avait excepté que Phryné.

Phryné ! c'est-à-dire la courtisane de son choix, — Phryné, luisante et dorée comme une cascade, — Phryné, qui n'avait jamais couru, — non que ses jambes de faon ne dussent pas

la mener au but; — mais Ernest n'avait plus qu'elle : c'était
le débris de sa fortune et le seul orgueil de sa maison ; Phryné,
my lowe, angel, comme il lui disait chaque soir en lui présentant un morceau de sucre pendu au fouet de sa cravache.

Ce fut donc pour Phryné que se présenta David Dick.

II

Jupiter, son prédécesseur, vieux mulâtre qui la soignait, était sorti *pour opinion* de chez Ernest. L'opinion de Jupiter était de boire singulièrement, et de crier ensuite à tue-tête : Vive l'empereur ! bien que lui, Jupiter, fût un véritable Anglais.

Surpris dans cet état flagrant de révolte par un sergent de ville ami de l'ordre, auquel Jupiter cassa le fémur, le jour d'une revue de la garde nationale, Jupiter s'était vu déporté au violon.

Nous déjeunions donc, Ernest et moi, lorsque David Dick entra, vraiment tout ému.

Le groom tenait en main un mauvais foulard rayé de bleu, dans lequel étaient ses hardes, un petit cor de chasse, ou plutôt cornet de poste, avec une badine assez élégante à glands de soie.

Ernest lui dit en lui voyant les yeux rouges :

— Ah çà ! est-ce qu'on t'a battu ?

— Battu ! oh que non, monsieur le comte ! mais on vient
de battre mon cheval. Un pauvre petit poney que le duc
de N... voulait acheter l'autre jour. Mon maître est comme
cela !...

Nous lui demandâmes quel était son maître.

— Le plus riche marchand de fer de la Sologne ; mais, continua Dick avec un soupir, le plus mauvais cœur pour ses
chevaux. Il *m'abîmait* toujours mon pauvre York, — et en
revenant du bois aujourd'hui, il l'a battu... oui, monsieur,
battu comme un domestique.

Et Dick recommença cette fois à pleurer plus fort.

Nous examinâmes, Ernest et moi, ce misérable petit être...
Il pouvait avoir dix-huit ans, il était chétif et d'un teint
presque olivâtre, souple et délié dans sa taille, d'une expression de physionomie timide, l'air breton plutôt qu'anglais. Il
n'avait qu'un certificat fort court, fait par son maître le marchand de fer, et semé de fautes d'orthographe à chaque ligne.
Il déclara, lui, ne savoir écrire ni signer ; ajoutant, du reste,
que Férot, son mentor, y pourvoirait.

— Car, reprit Dick, Férot est mon ami, mon répondant,
Férot, le cuisinier de M. le comte de N... que vous connaissez,
monsieur.

David Dick fut donc accepté et installé. On le mit sur-le-
champ en possession de l'écurie, et de cinq armoires dont
les scellés n'avaient pas été levés depuis la sortie de Jupiter
(sortie qui datait de trois semaines), et il eut à mettre en
ordre quatre selles rongées des mites, selles déjà gothiques d'é-
cuyer cavalçadour, que l'incurie dédaigneuse de Jupiter avait
compromises,— des brides et des martingales de toutes sortes,
des fouets, des têtières, des gourmettes et une foule de mors
anglais ; car Ernest, par un singulier orgueil, et tout en ne
conservant qu'un cheval, n'avait pas renoncé à ses équipe-

ments de meute, attendant sans doute en philosophe une troisième révolution.

Ce personnel, une fois passé au blanc d'Espagne, Dick fut
satisfait de constater encore dans la sellerie des innovations
de gentleman, comme des fouets de Swaine, des cravaches à
sifflet de Bank, etc., etc.

Quand vint le tour de Phryné, ce fut une véritable stupé-
faction, et à la fois une douleur bien réelle pour David Dick,
que de voir cette écurie ! Imaginez-vous que de cette belle et
vaste salle, si fraîchement peinte, si coquette avec ses grappes
de fer, ses anneaux à tête de cerf, ses augettes de marbre et
ses chaînes de cuivre, de cette écurie où tenaient jadis huit
chevaux, il ne restait plus, hélas ! que deux stalles,— et entre
ces deux stalles, Phryné !

Phryné semblait une recluse perdue, une pauvre biche oubliée dans la forêt ; car c'était bien une forêt que cette écurie,
une forêt peuplée d'oiseaux, de lianes et de catacouas à son
plafond. Cicéri n'eut vraiment pas désavoué ce décor, plus
convenable cent fois pour un boudoir de danseuse, fantaisie
d'Ernest qui rappelait les folies coûteuses de M. de Baujon !

Ce qui parut bizarre à Ernest, c'est que malgré sa chambre
qui revenait de droit à son nouveau groom, Dick ne tarda
pas à établir son lit dans un coin de l'écurie. Il s'y coucha le
soir même de son entrée, après cinq parties de piquet suc-
cessives qu'il avait perdues à l'office, ce qui fit dire à la cui-
sinière que David Dick devait être heureux en amour, d'après
la première partie du proverbe reçue.

Cependant, outre que l'âge de Dick l'exemptait encore fort
heureusement de songer à ce passe-temps qu'on nomme
amour, son ensemble n'était pas de nature à l'exposer, dans
Paris même, aux bonnes fortunes. Non, c'était plutôt un
pauvre garçon débile, récemment advenu de sa province,
miné par la fièvre, et les lèvres vertes comme un petit pos-

tillon de Terracine, de ceux, — vous savez peut-être, — auxquels leur mère bassinent les tempes d'eau-de-vie à la *postà*,
quand ils descendent de cheval.

Dick était adroit plus que robuste, exact, empressé, plein
de conscience et d'amour-propre en fait de service. C'était
même à ce soin jaloux et minutieux de réputation (trait dis-
tinctif de la nation des grooms) qu'il fallait attribuer la maigreur excessive du petit diable, maigreur qui, du reste, chez
Dick n'excluait pas la coquetterie : les jours de course, et
pour ne point laisser voir sa pâleur (je tiens ceci de lord
Straff...), David Dick mettait du rouge.

A peine entré chez Ernest, et chargé du soin d'un seul
cheval, David concentra bientôt sur Phryné ses affections can-
dides. Jusque-là (et le groom se l'avouait bien à lui-même
comme l'eût fait un amant dans son examen de conscience
au sujet de sa dernière maîtresse), il n'avait jamais aimé!
Jusque-là, chez tous les maîtres qu'il avait courus, et dans ces
vastes écuries disposées en bazar avec leurs écriteaux distincts,
Dick avait vraiment remué la paille et le fumier sans pré-
férence comme sans amour, indifféremment monté sur
York, sur Lovely, sur Darney; valet assidu de vingt chevaux différents, capricieux Trilby de tant de belles crinières,
les emmêlant et les démêlant tour à tour, et s'y suspendant
avec le flegme impassible de Sancho sur sa monture.

Ce fut donc une joie nouvelle pour Dick que ce soin unique,
de Phryné. Il ne vit plus qu'elle, ne fut plus épris que d'elle.
Phryné était si coquette, si vive, si bondissante! Quand Dick
la montait, elle en était vraiment plus fière que d'Ernest, la
belle Phryné! Elle encensait, piaffait, hennissait et se rassem-
blait d'abord comme sous la main classique d'un maître de
manége; mais, impatiente bientôt de cette routine, Phryné al-
longeait sa belle encolure anglaise, pointait ses oreilles de
biche, s'animait et semblait nager dans l'air par le jeu svelte

et nerveux de ses épaules. Botte à botte avec le piqueur de
lord S..., David partait souvent de l'allée des Princes pour
arriver au rond-point deux ou trois minutes avant l'autre.
Il la maniait, l'apaisait et l'excitait à son gré. Quand elle rentrait, il se tenait debout sur sa croupe après l'avoir débridée,
faisant trois fois au pas le tour de l'enceinte pour la sécher,
ce qui lui donnait, aux yeux de la livrée, l'air d'un Bastien
ou d'un Paul de Franconi.

Un autre bonheur pour Dick (bonheur inappréciable pour
un groom), ce fut de se voir affranchi par son nouveau choix
de maison de la sujétion intolérable du cocher; le cocher
étant par état l'ennemi naturel du groom, et décidant en dernier ressort des questions de pénalité équestre. (J'ai vu des
cochers aussi abhorrés qu'un procureur général!)

Une fois monté et équipé par son maître, ce fut donc le
seul orgueil légitime que se permit Dick; chez Ernest, il s'appartenait enfin! Ernest était bien le maître le plus facile et
le plus accommodant qu'il eût vu; il riait souvent et payait de
bons gages à ses domestiques: il avait, en outre, mille bonnes
qualités, comme celle de donner le sucre et le café à la cuisine, ce qui faisait de sa maison la plus dérégiée maison de
la terre, un eldorado fabuleux pour la livrée, une maison
d'intendant! Ajoutez encore que David Dick apprécia moins
tous ces avantages que celui de l'aiguillette: une aiguillette
à lui, David Dick, qui sortait de chez un marchand de fers!
une aiguillette et des boutons d'armoirie, car il servait un
comte cette fois! Il eut de plus une livrée de Blin et des bot-
tines de Fitz-Patrick. Tout ce que Dick regretta, ce fut de ne
pas suivre Ernest sur un beau cheval, — le cheval que prêtait
quelquefois à son fils la mère d'Ernest ayant un air incontestable d'ancienne cour, — un meklembourg hors d'âge et ruiné.

Telle était la condition qu'avait trouvée David Dick. Il
n'était pas rare, par les grandes chaleurs de cet été, à la grille

d'un hôtel de la rue Saint-Georges, d'entrevoir alors, vers
les trois heures, le profil d'un petit jockey, assis sur l'un des
bancs de la cour, d'un air patient et résigné. D'ordinaire, il
tenait en main une longue branche arrachée au grand ca-
talpa de cette cour, et la divisait en deux avec son couteau,
aux premiers hennissements d'un cheval. Quand Phryné rentrait, les bossettes pleines d'écume, il étanchait la sueur de
l'animal avec ces feuilles fraîches et vertes; il le rasait ensuite et le lavait à l'eau tiède, tout cela sans chanter un seul
couplet·de vaudeville, à l'inverse de tous les grooms qui veulent avoir du monde et de la littérature. Il visitait aussi fort
scrupuleusement la fourchette de l'animal, bordait sa litière
et sortait. C'était communément vers cette heure qu'arrivait
son ami Férot.

Je crois vous avoir dit que d'habitude le caractère de Dick
était fantasque; les autres domestiques l'effarouchaient,
quelques-uns ne l'aimaient pas.

M. Férot, le maître d'hôtel, était véritablement son seul
intime. Fort souvent ils allaient de compagnie au mélodrame, M. Férot, le mentor de Dick, prétendant que c'était
le meilleur lieu où l'on pût se procurer des émotions moins
chères qu'à la Comédie-Française; Dick, de son côté, écoutait le maître d'hôtel avec autant d'avidité que de respect.
M. Férot passait, au reste, chez ses pareils pour ce qu'ils appellent un *erudit*. Né à Ajaccio, sans doute comme contraste
bourgeois à Napoléon, il avait de plus suivi Murat comme
chef de cuisine, lorsque ce dernier trônait à Naples; et il se
vantait de savoir mieux que personne au monde les aventures galantes de l'invasion et le chiffre exact des bonnes
fortunes françaises; le tout assaisonné de coups de stylet,
d'embûches et de vengeances maritales, comme dans les
contes du plaisant sire de Bourdeilles. M. Férot était le Bran-
tome des cuisiniers.

Il fallait voir pendant ces terribles narrations la figure
béante et singulièrement attentive du petit Dick. Quand,
dans un entr'acte de Gaîté ou d'Ambigu, et la rampe à demi
basse, le maître d'hôtel, fronçant ses gros sourcils noirs sous
sa perruque à l'oiseau royal, exerçait sur l'imagination
naïve du groom le pouvoir de ses récits, qu'il lui dépeignait
quelque horrible scène de *vendetta* napolitaine ou corse,
David Dick, profondément réfléchi, s'intéressait encore plus
à M. Férot qu'aux brigands de la forêt; *Cardillac* n'était
plus qu'un drame pâle près des histoires de l'ex-cuisinier de
Murat, histoires effrayantes, et qui gagnaient certes à la
pantomime de ce bon M. Férot, qui gesticulait à lui seul
plus que feu Tautin, ce tyran carlovingien du mélodrame.

D'autres fois, et comme pour se varier, M. Férot, assis aux
secondes galeries, consentait pourtant à parler de Martain-
ville, l'auteur du *Pied de mouton*, et qu'il aimait beaucoup,
ajoutait le cuisinier.

Dick se plaisait donc aux mélodrames comme l'eût fait un
auteur du boulevard. Il les écoutait haletant jusqu'à la fin.
Que l'on me pardonne cette observation, j'ai vu peu de
grooms et de domestiques qui n'aimassent pas le théâtre.
C'est comme les soldats et les vétérans du Luxembourg pour
la peinture : le dimanche ils font émeute au musée.

Toutefois cet amour inné du spectacle, amour si bien en
rapport avec le caractère sombre de Dick, ne nuisait en rien
à l'exactitude du groom. Il rentrait toujours régulièrement
sur les onze heures ; seulement le concierge de l'hôtel le
trouvait quelquefois très-soucieux.

A le voir ainsi chagrin et sobre, n'usant jamais des li-
queurs ni de l'alcool, il en inférait, le digne portier ! que
Dick avait peut-être une passion.

III

La passion de Dick était Phryné, une passion naïve, sé-
rieuse, unique ! Dick était le page et le desservant de Phryné.
Il l'aimait d'abord par orgueil et comme une belle maîtresse
dont on fait sa gloire ; il l'aimait aussi en raison de sa solitude à lui, malheureux et délaissé qu'il était. L'un de mes
amis, récemment arrivé d'Égypte, me disait hier l'une de ces
traditions arabes, molles et légères comme l'encens d'Iram,
merveilleuses comme les *Mille et une Nuits*. Cela se conte
encore au Caire sous les rosiers, ou dans Constantinople à
l'abri des tentes. C'est un cheval blanc, un cheval ailé, cheval merveilleux dont il s'agit. Ce cheval est le parrain d'un
enfant, il préside à sa naissance, à ses joies ; il lui offre sa
croupe, son vin, ses gâteaux dorés, il l'habille, l'emporte, om-
brageant toujours de ses ailes le pauvre enfant. Quand la
mort survient, le cheval meurt avec lui ; — les voilà tous
deux sculptés en marbre sous les colonnettes blanches et

noires de la mosquée ; tous deux ne se quittent plus, seulement les ailes du cheval sont tombantes et affaissées, et l'enfant sommeille sur le cou penché de l'animal. Voilà une
fable que je vous donne, et qui m'est venue en droite ligne
du Bosphore.

Eh bien, cette fable pourrait seule préciser l'amour instinctif de Dick, cet amour empressé, caressant, et par instants même jaloux. C'était, par exemple, quand Phryné rentrait, une mélancolique sérénité, un contentement paisible ;
quelquefois aussi, et à son départ, un vrai chagrin, un chagrin pareil à celui du lansquenet suisse qui entendait sur
son bastion le ranz des vaches.

Venait-elle à maigrir aux tièdes approches du printemps,
Dick veillait en frère et devançait l'heure du lever, afin que
l'air du matin lui arrivât plus jeune et plus frais par les fenêtres entr'ouvertes. Isolé dans ce vaste hôtel encore si peu-
plé et si somptueux l'année d'avant, David Dick n'avait pas
même songé à mener, par forme de distraction, la vie dissipée des grooms ordinaires. Et ainsi il ne dînait qu'à la cuisine, ne courait pas le soir les rues adjacentes au Palais-Royal,
ne lisait aucun journal, visitait son ami Férot chaque dimanche, et dérogeait à peine une fois par an au mélodrame
en faveur des lilas de Romainville. Il s'ajustait devant un
morceau de glace à cadre rouge, s'habillait et couchait toujours à l'écurie. Comme il n'avait pas de parents, lui seul
avait le secret et le soin de ses finances. Du reste, on venait
à lui comme à un petit Cagliostro pour vingt secrets : les
vernis des bottes, l'eau de terre pour les cuivres, le blanc
pour les gants de daim, etc., etc., amenaient à Dick des re-
cettes fort productives. C'était, en un mot, — et pour compléter ces traits épars, — l'une de ces figures toujours occu-
pées d'Halkins, lesquelles ne regardent jamais à la course
que le nez de leur cheval, malgré les accidents bouffons de

la chasse, le bruit des chiens et l'animation du paysage.

Avec de telles conditions de moralité, heureux fruit de sa nature, la vie de Dick était paisible, sinon libre ; il mangeait, buvait, dormait enfin, comme tout ce petit peuple à part, peuple de casquettes vernies, de travail et d'insouciance, qui s'épanouit les jours d'été sur nos promenades, espèce avortée, bâtarde, et le plus souvent vicieuse, à force de voir, pauvre race d'enfants déjà vieille sous la livrée, naïve quelquefois à faire pleurer, ou bien effrontée à faire peur. Et en effet, maintenant que j'en suis là, je ne puis vraiment m'expliquer le dédain complet de la philanthropie pour cette classe. Il semble que ce qu'elle a fait pour les nègres, elle n'ose le proposer pour les grooms ; on dirait que cette émancipation l'effraye. Voyez pourtant ! voici qu'elle nous arrive de tous les coins de la France, cette cargaison d'enfants que nous employons au profit de notre luxe ; nous les recevons simples et naïfs comme Vert-Vert avant le coche ; bonnes et innocentes figures d'enfants si bien placées devant le lutrin de la paroisse, inhabiles même au vice, et que nous renvoyons quelque jour sous un lambeau de livrée, tristement philosophes ou politiques, dans leurs chaumières. Nous avons pompé le suc de leur vie, jeté au vent leur candeur et leur jeunesse. Notre égoïsme les prend et les chasse, sans songer seulement à ce que notre égoïsme en fait. Et de là ce mot du comte D... :

« Mes grooms à moi ne se dérangent jamais ; je les prends à cinq ans, et je les réforme à dix ! »

. . . .
. . . .

Un soir, il y eut un grand bruit rue Saint-Georges, dans la cour de cet hôtel. Le phaéton d'Ernest (après une absence de quinze jours à la campagne) arrivait chargé de tous ses équipages de chasse ; les cors et les chiens faisaient un vacarme

à mettre en sursaut l'arrondissement. Cette voiture pou-
dreuse, attelée de chevaux de poste, s'arrêta à quelques pas
même de l'écurie. Ernest descendit lentement de sa ban-
quette en vrai *coachman*, sans prendre garde à Dick, sur le
bras duquel il s'appuyait.

— Harry, dit Ernest, payez donc les guides. Il y a poste
trois quarts.

Celui auquel fut intimé cet ordre descendit. C'était un bel
homme, agrafé dans son habit vert, propre et luisant comme
une martingale de Brune... Il sortait de chez M. le comte de
V..., dont il avait été le piqueur, et chez lequel Ernest avait
passé ces quinze jours au milieu de préoccupations fort sérieuses pour un jeune homme de son âge. Il ne s'agissait de
rien moins que d'un mariage projeté depuis longtemps entre
Ernest et la fille du comte de V... Cette demoiselle était ce
qu'on appelle dans le monde un grand parti ; elle avait un
magnifique piano de Pleyel, des cheveux à la Maintenon, et
dansait onze galops. Durant ce séjour, Ernest avait mené la
vie de château la plus magnifique : courses au clocher et
chasse à courre de deux jours l'un, promenades et bals le
soir. Il semblait qu'il dît adieu une bonne fois à sa vie de
jeune homme et de garçon. Le comte de V..., son beau-père,
grognard d'aristocratie, qui boudait la nouvelle cour, l'avait
promené dans son parc et son château à peu près comme un
directeur de grand théâtre promènerait quelque Racine ap-
prenti. Plus que jamais enchanté de sa future, Ernest avait
fort bien remarqué qu'il ne manquait qu'une chose à son
beau-père pour en faire un homme accompli : un attelage de
bon goût, une calèche d'Erler, dans laquelle il menât sa
femme ; car il entrait bien dans les intentions d'Ernest de
reprendre son ancien train, ce train de prince qu'il s'était vu
contraint de réformer ; — c'était un émigré attendant l'heure
de rentrer dans ses droits et priviléges.

Cet Harry, piqueur du comte de V..., lui avait paru d'a-
vance une bonne acquisition. Harry, beau de manières et
grand parleur, plut ces quinze jours-là bien plus à Ernest
que ne l'avait fait Dick trois mois durant; en outre, comme
Harry avait encouru, dans une occasion récente, la disgrâce
de son beau-père au sujet d'un bâtard anglais estropié, Ernest concilia tout en acceptant ses propositions de service.

Dick regardait cet homme avec des yeux étonnés. Harry
visitait la sellerie, inspectait les mors, et flairait l'avoine dans
sa main.

— Ah! te voilà, dit Ernest à Dick, est-ce bien vrai ce que
m'écrivit hier Raoul, que Phryné tousse depuis mon départ,
et que Boulay défend qu'on la sorte?

— Le vétérinaire n'a que faire ici, monsieur, vous allez
vous-même la voir.

Une pluie battante, au retour du dernier *steeple-chase*,
avait en effet tellement forcé la course de Phryné, qu'elle
avait été malade quatre jours; les soins de Dick avaient
amené seuls sa guérison.

En approchant de Phryné, et en revoyant cette écurie si
déserte, — Ernest eut grande joie à penser que bientôt ces
stalles seraient remplies, et ces belles grappes de fer ébré-
chées par la dent de trois chevaux; il échangea un regard de
satisfaction avec Harry.

Dick remuait la litière d'un air hébété, le regard humble
et presque tremblant, sans qu'il pût se rendre compte de
cette frayeur. Ernest ne lui adressait pas une question.

— Harry, dit Ernest, ne voilà-t-il pas un beau cheval?

Harry, pour toute réponse, fit observer à Ernest un léger
engorgement dans la jambe gauche du cheval; Dick répondit
que c'était une prise de longe.

— Vous avez moyen d'excuser tout, David, dit Ernest d'un
ton piqué.

Harry, s'interposant alors comme médiateur, avec une
bonhomie railleuse, fit à Dick cent questions. La réplique
n'était pas le fort du groom. Harry se lança dans les meutes
de chasse, revint aux chevaux de sang, aux races croisées,
aux poneys, etc.; il battit impitoyablement David sur tous les
points. Il conclut par dire devant Ernest que Dick n'était
qu'un enfant.

Disant ainsi, il flattait déjà la belle croupe de Phryné,
Dick fit alors un mouvement pour lui barrer le passage.
Harry apportant à ce refus un geste léger de résistance, Dick
en profita pour lui appliquer dans l'ombre même produite par
le renfoncement de la stalle, un vigoureux coup de poing.

— Méchant crapaud, fit Harry avec un grognement de
bouledogue. Et tous deux se boxèrent quelques minutes dans
l'obscurité.

Ernest, qui sortait en ce moment de l'écurie, éleva la voix
pour dire :

— Je ne suis pas d'humeur, David, à tolérer de tels jeux.
D'ailleurs j'ai des notes sur vous. Vous sortez souvent; je
vous chasse. Ayez soin de me rendre demain les clefs.

Alors Harry, comme s'il eût reçu le mot à l'avance, se releva et suivit Ernest en lui parlant à voix basse. Peu à peu
les lumières de la maison s'éteignirent. Le quartier devenait
silencieux de plus en plus ; on n'entendait qu'un faible roulement de voitures. Dick, immobile et comme absorbé dans sa
stupeur, demeurait les bras croisés devant le grand coffre de
l'écurie, se demandant à lui-même si tout ce qui venait de
se passer sous ses yeux n'était pas l'effet d'une vision. Cet
enfant tremblait véritablement de tous ses membres,—c'était
un de ces petits êtres chez lesquels la douleur est toute nerveuse, une douleur voisine du vertige et de l'exaltation. Dick
avait compris d'un seul coup le complot de son renvoi, l'embarras de son maître à le surprendre en défaut, les insinua-

tions cauteleuses d'Harry, et la résolution brusquée d'Ernest.
Il lui semblait voir encore le piqueur du comte de V... familièrement assis près d'Ernest tout le temps de cette longue
route, côte à côte d'Ernest dans cet épuipage de chasse, accu-
mulant, comme l'eût fait un bouffon, les récits les plus gro-
tesques pour le mettre en belle humeur, le caressant de sa
vraie patte d'épagneul, l'amusant et se faisant valoir près de
lui d'un air presque indifférent. Décidément c'était bien ce
même Harry, ce grand faquin de laquais dont Férot avait
tant de fois parlé à Dick; curieux animal, disait Férot, animal
de grand seigneur, toujours farci de belles paroles et de beau
linge. Les succès de cet Harry, la coqueluche des femmes de
chambre de châteaux, avaient maintes fois défrayé la conversation du cuisinier; Harry dépassait Dick de toute la hauteur
d'un obélisque aux yeux de Dick lui-même; le groom se
sentait vaincu.

Et pourtant, en se rendant compte à lui-même du mérite
de ce rival, Dick était forcé de se déclarer à juste titre son
supérieur. Dick sentait fort bien le charlatanisme de ce
jargon d'écurie. Harry n'était qu'une livrée, un valet de
bonne maison, capable au plus de lire un journal, un com-
plaisant Frontin dont Ernest s'était engoué. Le drôle jouait
fort bien au billard, ma foi, et n'écorchait pas mal un couplet
de vaudeville. Il montait aussi admirablement à cheval, et
n'apportait les cigares et les lettres que sur un plateau d'argent, toutes choses qu'estimait beaucoup Ernest, délicat sur
le cérémonial et les manières.

Mais l'écurie, l'écurie pour un tel homme! l'écurie pour
ce beau valet de salon! Cette *injustice* remuait le groom
au fond des entrailles. Il voyait Phryné, sa Phryné à lui, sa
conquête de toutes les heures, docile et reconnaissante, sou-
mise aux caprices nouveaux de ce remplaçant. Harry la
monterait près de la voiture de madame la comtesse (car

maintenant qu'Ernest allait se marier, Ernest aurait une voiture); Harry se ferait voir sur Phryné au bois, à la course, et chacun de dire : Mais c'est un fort bel homme que cet Harry !

Il lui venait alors aux yeux de grosses larmes, des larmes de rage et de désespoir. Les idées les plus absurdes et les plus folles formaient la chaîne devant lui comme des sorcières, l'obsédaient et le caressaient pour mieux l'irriter. Ce qui le dévorait surtout, le pauvre enfant, c'était un chagrin sans bornes. Dick avait compris qu'il était perdu. C'est une touchante et vieille histoire que celle de la servante de Palaiseau, elle souffre tant! et le courage de Dick en était là. Il pleurait sur l'iniquité de son renvoi. A force de pleurer, il en vint bientôt à désirer la vengeance et à s'exalter lui-même encore plus; il en vint à se construire à lui-même un plan de drame, et à faire de la mise en scène. Les plus pauvres imaginations d'enfants ont parfois des éclairs de pensée et d'énergie. Rentrant ce soir même avec Férot, qui voulait s'acheter du tabac, Dick avait été conduit à cette remarque, à savoir que la boutique de l'épicier, que l'on réparait alors, devait rester ouverte toute la nuit. Dick s'y dirigea machinalement et demanda au garçon de l'arsenic.

Le garçon, ami de Dick, n'ayant jamais découvert chez lui aucune propension au suicide, et sachant d'ailleurs que les rats de l'écurie troublaient son sommeil depuis quelque temps, n'hésita pas à lui en donner.

David Dick ne le remercia même pas. Il rentra bien vite, et quand il déploya le papier, la main lui trembla. Peut-être n'allait-il pas être sûr de lui. La lampe de l'écurie se mourait. Il marcha quelques minutes lentement et les bras croisés. Il tournait le dos à Phryné, qui, nue et sans licol, venait de se coucher mollement sur sa litière. Un petit rayon de lune dansait sur sa croupe comme un follet caressant.

, Dick la contemplait encore avec amour quand la lueur
s'éteignit.

.   .   .   .

.   .   .   .

Cette nuit-là, et dans ce petit hôtel si paisible de la rue
Saint-Georges, il y eut vraiment des bruits étranges. Ces
bruits venaient tous du côté de l'écurie. C'était d'abord un
râlement sourd et prolongé; puis il survenait par intervalles
un retentissement subit, comme celui d'un corps qui se heurte
aux boiseries. On entendait bien aussi quelques soupirs, mais
si faibles, qu'ils semblaient une illusion. Quatre chiens, se
trouvant alors attachés au chenil de la remise, ne tardèrent
. pas à couvrir de leurs aboiements ce bruit indéfinissable.

Il faut dire encore que cette nuit le temps était si lourd,
qu'Ernest, qui ne dormait pas, se leva et s'habilla sur les quatre
heures. Il voulait prendre l'air et aller au bois. Ernest ne
pensait pas que Dick eût couché cette nuit dans l'écurie.
L'orgueil humilié du pauvre enfant l'aura sans doute conduit
chez Férot, se disait Ernest, qui se repentait de la veille.
Peut-être encore que le groom l'aurait attendu, et qu'il allait
lui demander sa grâce.

Ernest, après tout, était fort d'humeur à la lui donner. Il
se rappelait les soins et la gentillesse de Dick : cela tenait
peut-être à un soupçon de défaveur qu'il concevait déjà intérieurement contre Harry, lequel s'était montré vraiment in-
solent, en lui demandant, la veille au soir, le nom d'un portrait suspendu à sa cheminée. La familiarité de cette question
l'avait d'autant plus choqué, qu'Harry, sur son silence, avait
feint de le reconnaître; c'était le portrait d'une simple pâtissière de Londres, dont l'œil britannique incendiait le quartier
du Strand. Ernest, lui trouvant les cheveux fort noirs et la
peau charmante, l'avait clouée à sa cheminée, entre le

Tunnel et une vue de Plymouth. Harry, qui disait avoir ha-
bité Londres trois ans, s'était vanté de l'avoir rendue folle,
folle, disait-il, au point qu'elle mettait la lettre H sur tous
ses gâteaux, l'amoureuse pâtissière !

Ernest, mal disposé peut-être, n'avait pas goûté ce genre
de forfanterie, qu'il avait du reste mille raisons de trouver
mauvais, ne fût-ce que par amour-propre. C'est dans cette
disposition d'esprit qu'il se levait.

Le matin, et d'après son ordre, en poussant la porte de
l'écurie, Harry s'étonna de trouver de la résistance. Il lui
sembla qu'un coffre très-lourd servait de barricade à l'intérieur, et que, ce qui était plus surprenant, les verrous étaient
tirés. Pas un mouvement, autant qu'il put distinguer en col-
lant son oreille à cette porte.

Harry supposa que Phryné dormait.

Tout à coup il y eut un éclat de rire inattendu, guttural et
presque effrayant à cette heure... Harry poussa la porte avec
force et il entra.

Quand il entra, quelqu'un venait d'ouvrir la fenêtre et de
sauter ; cette fenêtre donnait sur une avant-cour.

Et il vit alors un bien misérable spectacle ! un cadavre
dont chaque membre semblait à cette heure même une con-
torsion ; le beau corps de Phryné gisait à terre, blanc de
mousse, et déjà violet sous les narines ; une sueur d'agonie
ruisselait encore du poitrail à ses jarrets, et de nombreuses ta-
ches zébraient son cou. C'était encore plus triste qu'une livide
étude de Michalowski ou de Géricault. Harry n'eut pas la
force de crier.

Cette mort, qui ne pouvait être naturelle, mit tout l'hôtel
en émoi. Une découverte subite éclaircit bientôt les doutes.
On trouva à côté de l'animal un de ces tuyaux de fer blanc
à l'aide desquels nos grooms médicamentent les chevaux. Il
fut constaté que ce tuyau était saupoudré d'une matière

blanchâtre, et que ce conduit avait porté plus directement
encore le poison au duodenum.

Un peintre allemand, grand amateur de chevaux, fit sur le
lieu même une aquarelle superbe de Phryné. Ernest eut le
soin de faire graver sur l'écusson du cadre ces trois lignes :

MONTÉE LE 21 MAI 1830

PAR MADAME, DUCHESSE DE BERRI.

————

MORTE LE 21 MAI 1831.

Ce qui semblera bizarre à pareille distance, c'est que ces
deux dates étaient exactes.

Férot chercha Dick en désespéré. Férot n'avait jamais eu
un auditeur plus patient et plus empressé que Dick. Il alla
jusqu'en Normandie le demander à ses parents, de bonnes
vieilles gens de Trouville, que Férot, qui connaissait tout le
monde, avait connus, patriarcales figures au grand bonnet de
coton aussi blanc que leurs falaises. Ils frémirent beaucoup
au récit du cuisinier. Le curé, honnête homme et faisant
très-bien les vers latins, pressé à cette occasion par Férot,
n'osa décider de quelle nature était le meurtre, seulement la
cousine germaine de Dick pleura bien fort en disant qu'il
était un *mauvais cœur*.

Cet épisode, en illustrant la vie de David Dick, la termina.
Ce fut comme un livre auquel on pose le sinet au bel endroit.
On ne revit plus David.

A ses heures de loisir, la république des grooms, qui tient
ses assises pour l'ordinaire sur les parapets de la rue Basse-
du-Rempart ou le terre-plein de la Madeleine, examina gra-
vement, et dans tous les sens, cette question de vengeance.

Beaucoup la blâmèrent, et il y en eut peu qui la comprirent.
Quant à l'auteur de cette catastrophe, j'imagine que son plai-
doyer, confié aux mains de quelque Tullius du palais (par
exemple à celles de mon ami Bethmont), eût pu devenir un
monument curieux, se basant au besoin, en fait de dévelop-
pements, sur ce mot de tous les Antony du monde : « Je l'ai
tuée pour qu'elle ne fût pas à un autre ! »

L'autre hiver, à la descente de Corbeil, mon domestique
me fit remarquer le mauvais état du sabot de la calèche. Il
pleuvait beaucoup, et nous descendîmes chez le premier maréchal dont nous aperçûmes l'enseigne. Nous avions grande
hâte d'allumer nos cigares au brasier de ses soufflets. C'était
un fort beau local, ma foi, que celui de cet honnête forge-
ron : une salle noire comme un Rembrandt ou un Davie. Le
petit homme qui raccommoda la chaîne du sabot avait le visage tellement plaqué de suie, que l'on aurait dit un masque.
Il parlait peu et semblait se mouvoir avec grand'peine, maigre et maladif qu'il était. Ce qui fut peut-être cause que je
l'examinai avec une sorte d'attention, c'est qu'il portait encore sur l'oreille l'une de ces casquettes à glands de laine
blanche si communes chez nos grooms parisiens.

Quand il eut fini, il vint, hésitant presque à me tendre sa
main noire.

— Prends donc, David Dick, lui dis-je en lui donnant cinq
fois plus qu'il ne lui était dû.

Il laissa tomber son marteau et ses tenailles.

— As-tu entendu, Joseph ? lui dirent, quand je m'éloignai,
les apprentis ; le bon sobriquet que t'a donné ce monsieur !
Et quel diable de nom, à toi, Joseph ?

Pour moi, je ne tournai point la tête, je ne voulais pas le
faire rougir, lui qui se cachait et que je ne croyais pas coupable. Je me repentais presque de lui avoir dit son nom, quand
il en avait changé ! Déjà même je m'apitoyais philanthropique-

ment en sa faveur, je revenais pour le prendre à mon service, l'installer mon groom, et lui confier mes chevaux.

Heureusement je me rappelai à temps que depuis deux ans je n'en ai plus.

13.

LES

EAUX DES PYRÉNÉES

PREMIÈRE LETTRE

A M︡ *****

Vous m'avez fait promettre, monsieur, de vous tenir au courant de mon voyage ; je crains cependant que ces pages détachées de l'album d'un touriste n'intéressent que médiocrement vos lecteurs ; mais en fait de nouvelles, c'est aux eaux qu'on doit venir les chercher, maintenant que Paris offre l'image du désert. Les émigrations en chaise de poste, les pèlerinages, les excursions et les impressions sont plus que jamais de mode. La fashion s'est signalée tout d'abord par un amour effréné de courses : courses à Caen, Nantes, Angers, Bordeaux, etc., tous les hippodromes de la province ont été envahis. Le Jockey's-Club avait ses ambassadeurs à chacun de ces tournois équestres ; l'amélioration de la race chevaline a été le sujet de plusieurs discours, on a distribué des prix, crevé des juments, institué des haras ; un alezan

brûlé a couru sous le nom de mademoiselle Rachel ; un poney
gris de fer sous celui de mademoiselle Larcher. Ces Olym-
piades ont produit un grand effet.

A Bordeaux, par exemple, deux jeunes gens, des plus à la
mode de Paris, ont fait courir ; MM. Sab... ont gagné seize
mille francs. En revanche, à Cauterets, ils ont établi une
course de chevaux du pays, et ont adjugé le prix aux vain-
queurs. C'était un curieux spectacle que ces petits coursiers
des montagnes habitués à gravir les pics ardus des Pyrénées,
à poser chaque jour le pied sur le bord d'un précipice, rangés
ce jour-là en bataille comme les chevaux du Champ de Mars :

> Hic parvus sonipes, nec Marti natus; at idem
> Aut inconcusso glomerat vestigia dorso,
> Aut molli pacata celer rapit esseda collo [1].

« Dites bien des choses de ma part au soleil, si vous le
rencontrez, » me disait un frileux comte italien en me quittant. Je ne l'ai rencontré qu'à Bordeaux, ce soleil dont les
astronomes nous berçaient depuis si longtemps, et le front
de la première femme sur qui je l'ai vu rayonner a été celui
de mademoiselle Rachel. Mademoiselle Rachel, logée à l'hôtel
de Rouen, sortait ce jour-là au milieu d'une procession de
curieux, que M. Félix, vénérable rabbin, avait peine à contenir. Elle allait à sa répétition, au Grand-Théâtre, où deux
jours auparavant elle avait fait huit mille francs dans *Andromaque*. Les juifs de Paris qui font réussir les rois, témoin ce
que *la France* raconte de M. Rothschild, valent tout juste
ceux de Bordeaux, quand il s'agit de faire réussir des reines
de théâtre. L'arrivée de mademoiselle Rachel à peine connue,

---

[1] SILIUS ITALICUS, lib. III, p. 50.

toutes les synagogues de Bordeaux se sont émues : il a été décidé que les ovations les plus pompeuses la suivraient. On voulait que mademoiselle Rachel jouât *Esther* ; mais, après le peu d'effet qu'avait produit à Paris la jeune tragédienne dans ce rôle, on crut devoir renoncer à une victoire judaïque, en recourant à l'histoire d'Oreste. Mademoiselle Rachel a donc joué le rôle d'Hermione dans *Andromaque* avec ce profond talent d'ironie et de hauteur qui la distingue ; les journaux bordelais se sont épuisés en éloges sur cette représentation. Chacune de ces feuilles a cru devoir publier la biographie de l'intéressante actrice : grâce à eux, nous savons tous que mademoiselle Rachel n'a que vingt et un ans.' A la sortie du théâtre, on n'a pu dételer les chevaux d'Hermione, attendu qu'elle s'en allait à pied ; mais dès le lendemain les fables les plus ridicules circulaient sur son compte. Elle aurait écrit, au dire de certains enthousiastes, à Sa Majesté Louis-Philippe, en faveur de M. David, détenu dans les prisons de Bordeaux ; suivant d'autres, elle aurait fondé une école de déclamation à Bordeaux même. Cette dernière institution ne serait point sans utilité dans une ville qui possède de tels tragiques. Il est difficile de se faire une idée de la prononciation de la Gironde appliquée à Corneille et à Racine. C'est une crécelle d'*é* fermés qui vous fatigue l'oreille, et mademoiselle Rachel a dû s'en trouver plus d'une fois fort surprise. Un M. Godat, déterré par la famille, accompagnait mademoiselle Rachel ; je vous demanderai la permission de n'en point parler. Ce M. Godat jouait les fureurs d'Oreste de façon à faire croire au désespoir de Jocrisse.

Le prix des stalles avait été porté à douze francs pour chacune de ces représentations. Je n'ai assisté qu'à celle de *Cinna*, et je puis vous certifier que la salle était loin d'être pleine. Peut-être ce personnage d'Émilie, rôle froid, haineux, plus sombre qu'élégiaque, n'aurait point dû être choisi par mademoiselle

Rachel pour pendant de celui d'Hermione. D'un autre côté,
il aura peu fatigué la jeune actrice.

> Avez-vous entendu Chassé
> Dans la pastorale d'Issé?
> Ce n'est plus cette voix tonnante,
> Ce ne sont plus ces grands éclats,
> C'est un gentilhomme qui chante
> Et qui ne se fatigue pas.

Vis-à-vis de ces triomphes de mademoiselle Rachel, la ville
de Bordeaux n'en songeait pas moins à honorer par un monument la mémoire d'un de ses publicistes, M. Henri Fonfrède. M. Fonfrède est mort à cinquante-quatre ans; il en
avait passé vingt à écrire des théories, dix à être mal jugé.
Le tombeau de M. Fonfrède ne saurait mieux figurer, à notre
sens, que dans cette nécropolis de platanes et de cyprès, située
près de l'église des Chartreux, et qui garde les noms les plus
distingués de cette ville. Nous y avons lu ceux de MM. Ravez,
de Vertamont, de Savignac, du peintre Lacour, du maréchal
Moreau, etc. C'est peut-être un lieu sans rêverie, parce que
les allées en sont trop droites, ce qui fait ressembler ce Père-
Lachaise bordelais à une promenade; mais il n'y a rien de
plus soigneusement entretenu que ce cimetière; la ville de
Bordeaux, peu riche en monuments, possède du moins de
fort curieux cénotaphes.

A Nantes, nous avons trouvé l'opéra-comique en grande
faveur; un avocat avait traduit... je vous le donne en cent...
le Pirate de Bellini. Sur les paroles de cet avocat, M. La-
feuillade chantait le rôle de Rubini. Le théâtre de Nantes, dû
à M. de Penthièvre, est moins vaste à coup sûr que celui de
Bordeaux, mais il attire l'œil par un certain aspect monu-
mental

Nous venions de quitter les rives charmantes de la Loire, où chaque point de vue est un tableau, chaque pierre un souvenir; nous avions vu Chambord, Amboise, Chenonceaux, Clisson, etc., Nantes et Bordeaux, deux villes si distinctes; nous avions traversé ces Landes dont le pinceau de Salvator eût pu rendre seul les horizons larges et les terrains déchiquetés; Bazas, à la cathédrale gothique; Pau, couronné des pampres de Jurançon; Bettarram, où affluent les pèlerins, et qui abrita longtemps l'étrange professorat d'Eliçabide; nous entrons de là dans la vallée d'Argelez, la plus délicieuse préface des Pyrénées. Comment vous peindre, monsieur, ce que Rousseau ni le Poussin n'ont tenté de peindre? Comment vous dire chaque degré de ce magnifique amphithéâtre? La vie et la mort s'y trouvent aux prises : ici la végétation fraîche et riante, plus loin le sapin renversé sur l'onde du Gave qui écume, des gorges profondes, des pics couronnés de sapins, de petits filets d'eau qui pleurent tristement dans les roches, et qui deviennent des torrents au pied de ces masses calcaires, la clochette criarde des troupeaux dont le son se perd aux bruissements de la cascade, les vapeurs légères qui sortent de ces eaux bleues et savonneuses, des pâtres déguenillés comme des mendiants espagnols, des bouquets d'aune, et des chalets aussi charmants que ceux de la Suisse, voilà le pays multiple gradué que l'on parcourt afin d'aller chercher un verre d'eau à ces sources tant citées. Les baigneurs se répandent de là en caravanes à Baréges, à Bagnères, à Luchon, aux Eaux-Bonnes, que sais-je? Mais à voir l'agitation de tous ces malades, on les croirait vraiment piqués de la tarentule.— Les Eaux-Bonnes ont décidément la vogue cette année. Les illustrations de la finance et de la Chambre les ont traversées; mais en revanche, si M. Jacqueminot s'y est rendu, Cauterets, qui a retenu M. Thiers, et se vante de lui avoir fait achever une moitié de volume pour son *Histoire de Florence*, il y a un an, Cauterets a écrit des noms distingués sur son album.

La belle-fille du maréchal C... faisait, à ce qu'on nous apprend, les beaux jours de Cauterets il y a une quinzaine; nous trouvons ici la princesse Czernichef, la charmante marquise de Villa-Garcia, madame de Montigny, M. de Béthune-Sully, MM. Carayon la Tour, M. Paul d'Aiguevives, fils de la marquise d'Aiguevives, dont la réputation d'esprit et de grâce fait l'orgueil de Toulouse; M. Jules de Gères, un de nos jeunes poëtes d'esprit et de cœur, dont les inspirations ne pourront manquer de grandir; Paul de Rességuier, l'un des fils de ce chantre élégant, aimé de tous, qu'adopta si vite la mode; le comte de Waleski, l'auteur de l'*École du Monde*, etc., etc. Le commandant Bouscarin, chef de spahis, un des noms les plus distingués de notre armée, est venu chercher ici un peu de santé à la suite d'une grave blessure; c'est une véritable bonne fortune que la conversation militaire d'un pareil nomme, caractère altier, chevaleresque, plein de résolution et d'énergie. Entendre raconter un combat par le commandant Bouscarin, c'est y assister : il y a de ces mérites sur lesquels on est forcé d'ouvrir les yeux dès qu'on les rencontre, et celui-ci est du nombre. Les artistes voyageurs qui ont traversé les eaux cette année n'ont guère laissé de souvenirs, à l'exception de madame Damoreau aux Eaux-Bonnes, et d'Artot, accompagné toujours de son fidèle Pylade M. Lhuillier. Nous y attendions notre bien-aimé violoniste Théodore Hauman : pourquoi Théodore Hauman a-t-il préféré Vichy à Cauterets ? Le récit que la reine Marguerite de Navarre a laissé de son séjour à Cauterets devrait cependant assurer à ce village pittoresque une supériorité réelle sur les Eaux-Bonnes; mais la mode est toute-puissante, et elle a le pas sur les expertises des chimistes. Bagnères, Baréges, Luchon cherchent à retenir leurs hôtes par une foule de coquetteries indigènes. A Luz, il a dû y avoir, hier, une course de chevaux, mais le temps l'aura

peu favorisée. En général, la saison des bains a été mauvaise,
les maîtres de maisons particulières succombaient sous les de-
mandes de *chambres à feu*. Les logements n'en sont pas
moins assez chers à l'heure qu'il est; ils sont loin d'offrir
tout le confortable de la vie anglaise. L'aspect seul des localités a quelque chose d'animé et de pittoresque. Cauterets,
pour le moment, ressemble, par exemple, à un village de la
côte de Naples; il a quelque chose du bariolage et du mouvement d'Amalfi. Ces maisons peintes en blanc et en vert; ces
Aragonais qui désertent leur sol une partie de l'année, et qui
viennent ici étaler leurs haillons et leurs chapeaux bardés
d'images; ces femmes du pays en capulets noirs ou rouges;
ces porteurs de chaises aux sandales de peau de chèvre; ces
touristes en costumes dégingandés : tout ce tourbillon de
monde rappelle involontairement un coin de la brune Italie.
Dans ce pays où la gentiane fleurit sous la glace, où l'âpreté
de certains pics ne nuit en rien à la végétation, les femmes
n'ont cependant rien de remarquable; si près de l'Espagne,
on ne devine pas en elles les beautés du Murillo ou de Goya.
Les figures que l'on voit aux pèlerinages de Betarram, de Poey-
Laüs, d'Héas, etc., n'offrent rien de remarquable. Les *toyes*
(jeunes filles de Baréges) doivent plutôt leur piquant à l'ensemble coquet de leur toilette qu'à leur attrait de physionomie.
Les mœurs patriarcales s'effacent peu à peu de ces contrées,
où l'on rencontre encore pourtant de ces femmes infatigables
se réservant les travaux qui ne devraient être exécutés que
par des hommes, et portant, par des chemins raboteux, deux
cents livres de foin sur la tête, avec la quenouille à la ceinture. Depuis quelques années, dit-on, les pleureuses en man-
teaux noirs qui suivaient les défunts, à l'instar de celles de
Rome, ne s'acquittent plus de cet exercice; les Azunoises
échangent leurs gros vêtements de laine contre les modes pa-
risiennes. La foule des touristes, des malades vrais ou faux

qui assiége les Eaux-Chaudes est, du reste, celle que l'on
trouve en tous pays; cependant l'ennui y est moins commun
que partout ailleurs, grâce à l'activité des coureurs de cas-
cades et de paysages. Le pont d'Espagne, Gavarnie, le pic du
Midi, etc., sont bien vite devenus pour eux des bois de Bou-
logne; ils en sillonnent les flancs à toute heure sur ces petits
chevaux dont la race n'a point dégénéré. En descendant des
cabanes au village de Cauterets, on trouve un terrain que
l'on a décoré du nom de *Cimetière des Anglais*. Serait-ce là
que plusieurs de ces insulaires, attaqués du spleen, auraient
choisi un lieu commode pour se brûler la cervelle? Les gens
du pays vous racontent le naufrage de deux époux, et l'histoire du cimetière se borne là.

Le commis voyageur assiége rarement ces parages, où les
manufactures font défaut, où le commerce est pauvre, étiolé.
Les chasseurs d'ours et d'izards sont les seuls poëtes qu'on y
rencontre; eux seuls connaissent les merveilleux détours de
ces montagnes, les drames du Bigorre sont entre leurs mains.
Leur dialecte se ressent de la vivacité de leur nature, il
abonde en traits caractéristiques : ces sauvages ont des ballades et des légendes. Au milieu de cet autre peuple de bu-
veurs qui se presse à ses fontaines, ce peuple reluit de toute
la simplicité d'une vie primitive; il a surtout au dernier
degré le respect de la famille. Comme l'Italien, il a ses ma-
dones et ses églises; comme l'Espagnol, il aime la montagne
et s'inquiète peu de la' fatigue. Entre les pins chargés de
neige, entre les brouillards vaporeux de la cascade, souvent
même au milieu des profondes horreurs d'une nuit d'orage,
ces hommes entendent des voix à eux connues, ils parlent à
des ombres arrêtées aux bords des lacs comme des fantômes
protecteurs. L'étranger ne trouve après eux que des sentiers
battus et des paysages stéréotypés. Moins loquace que le Na-
politain, le Pyrénéen communique peu avec ses maîtres pas-

sagers, les baigneurs et les oisifs; il ne leur raconte pas les
merveilleuses féeries de ces vallons où croît le maïs, où les
troupeaux se reposent à l'ombre des aunes et des frênes. Il
faut devenir l'hôte où l'ami de ces hommes pour obtenir d'eux
ces révélations dont les guides mêmes sont avares.

Les Eaux-Bonnes ont été honorées cette année de la visite
de M. de Castellane ; mais M. de Castellane n'ayant amené
aux eaux aucun sujet de sa troupe, n'a rien eu à espérer
pour lui en fait de réclames dans les journaux de l'endroit.—
La société des eaux est, du reste, plus que jamais ce qu'elle a
toujours été, ce qu'elle ne peut manquer d'être depuis la révolution de 1830, une société sans lien et sans élan. On y
rencontre à peine une étincelle électrique ; il semble que
chacun soit en garde contre le plaisir : l'importance et la
fureur de dominer y gâtent les meilleures natures. Ce qu'il y
a d'étrange, c'est le peu d'Anglais que l'on rencontre de ces
côtés-ci ; les représentants de la Tamise y sont fort rares. On
joue très-patriarcalement aux Eaux-Bonnes ; nous sommes
ici loin de Baden et de Spa. Le temps se passe à courir les
rocs à cheval, à faire de la musique, à visiter les localités
voisines. Les cuisiniers et les pharmaciens sont, à vrai dire,
les deux seules puissances des eaux, pendant la saison ; les
médecins ne viennent guère qu'en seconde ligne. La chère est
bonne, les appétits furieux, car on ne parcourt pas impuné-
ment ces belles horreurs si voisines des villes. Les cabinets
de lecture que l'on trouve ici ne contiennent guère que des
ouvrages de madame Cottin ; *Malek-Adel* est fort goûté par
là. Ajoutez que la Suisse et les Alpes ont fourni matière à
vingt relations de voyages ; ici, à part un *Voyage aux Pyrénées françaises*, publié en 1832 par un anonyme, peu de
touristes ont attiré l'attention sur cette contrée. L'histoire du
Bigorre serait cependant une page aussi curieuse qu'instruc-
tive. J'espère bientôt vous rendre compte de quelques tradi-

tions de la montagne, qui ne manquent ni de relief ni de poésie. En attendant, je vous serre fraternellement la main, et vous souhaite un peu de ce beau temps que nous entrevoyons à peine à Cauterets.

DEUXIÈME LETTRE

A M. *****

En ce moment, les eaux subissent le sort des favoris dis-
graciés ; ce ne sont que chaises de poste, valets affairés, malades empressés de rejoindre leur docteur, Anglais emportant
leur spleen, touristes fourbus pour avoir couru la plaine et la
montagne sur des chevaux de louage. Les beaux jours sont
devenus rares : les beaux sites sont voilés par la nue et le
brouillard, les nuits d'été ne descendent plus sur le lac ou le
velours vert de la prairie. Les montagnes vont prendre leur
robe d'hiver : Baréges est déjà une solitude ; Cauterets ne
conserve guère que quelques baigneurs en retard pour at-
teindre leur chiffre de bains ; Bagnères de Luchon attend
avec angoisse les premiers froids. Les médecins des eaux es-
sayent vainement de retenir leurs clients : ils renoncent à
tous les gaves écumeux, aux pics inaccessibles, aux chalets,

aux lisières des bois couvertes de framboisiers et de fraises
jusqu'en novembre. Ce qu'on nomme ici le *salon* devient
une chambre déserte, aux fenêtres de ,laquelle l'araignée,
chassée par les sons du bal, suspend de nouveau sa toile ; on
n'y rencontre guère que trois ou quatre figures d'intrépides
lecteurs, tels que *l'Audience* les désire, accoudés en ce lieu
depuis sept heures du soir jusqu'à minuit. Le fouet des cava-
liers, le pas des chevaux, l'arrivée d'une calèche, ne trou-
blent plus guère le calme de ces villes d'ardoise et de marbre,
bâties au pied du roc, ou mollement couchées, comme Bagnères de Bigorre, dans leur humide vallée. En un mot, l'automne a paru, et les paysagistes, leur boîte sur le dos, rega-
gnent l'atelier parisien.

Vous devez comprendre la consternation de ces braves ha-
bitants des Pyrénées ; ils n'ont plus guère qu'une chose à
proposer aux baigneurs indifférents, c'est la chasse à l'ours,
cet inévitable chapitre de roman, dont le moindre touriste
a abusé ; la chasse à l'ours qu'Alexandre Dumas lui-même a
découpée en biftecks et en chapitres. N'allez pas croire,
du reste, que l'attaque de l'ours, attaque lente et dangereuse,
conserve ici le moindre caractère périlleux ; chassé des montagnes du versant d'Espagne, mieux boisées et moins dégra-
dées que celles du Nord, et où il a choisi une retraite assurée,
l'ours, dont on amuse le plus souvent la curiosité des Anglais,
ne fait guère qu'apparaître et s'enfuir, en ayant l'air de leur
assigner un rendez-vous pour un autre jour. Poursuivi dans
ses derniers retranchements, il est rare qu'il donne le spectacle dont les vignettes nous effrayent, celui de l'animal s'élevant en face de son adversaire, le saisissant au corps, le serrant avec violence et ne le lâchant que lorsqu'il est étouffé.
On a vu souvent des montagnards, armés d'une pointe, saisir
un ours à bras-le-corps, l'emmener au bord d'un précipice
pour l'y entraîner ; l'ours, à la vue du danger, lâchait prise

et s'enfuyait[1]. La mansuétude de l'ours (quand on ne l'attaque pas) finira même par devenir proverbiale ; il n'y a pas huit jours, une cavalcade de dames escortées d'un seul cavalier a fait la rencontre d'un ours en longeant le gave de Vigne-Male, l'ours a été aussi poli qu'un contrôleur de théâtre et les a laissées passer. Ceci nous rappelle *la chasse au renard* que l'un de nos amis avait trouvé moyen d'imaginer dans sa campagne, située non loin de Sénart. Nous étions alors dans l'âge heureux où l'on croit à toutes les chasses imaginables, et pour nous confirmer sans doute dans cette croyance candide, voici ce que N. avait inventé. Un vieux renard qui avait déjà joué ce rôle était frotté dès le matin de térébenthine pour ce grand jour, on le lâchait au bois, et les chiens ne manquaient pas de sentir sa piste. On s'arrangeait toujours pour qu'il rentrât après ce simulacre de chasse, mais il finit par recevoir une balle, qui dès lors en rendit la seconde édition impossible.

La chasse de bisets et de pigeons ramiers n'est guère connue que le long des montagnes jusqu'à Bayonne ; elle consiste, m'a-t-on dit, à dresser de distance en distance, des deux côtés d'une gorge (quelquefois l'espace de plus d'une demi-lieue), des trépieds de soixante à quatre-vingts pieds de haut, lorsque les arbres manquent. On bâtit une cabane de verdure au sommet ; un homme s'y tient patiemment caché avec une provision de morceaux de bois blanchis faits en palettes. Dès qu'il aperçoit un vol de palombes, il leur jette une de ces palettes qu'elles prennent pour un oiseau de proie. La timidité, la frayeur leur font abaisser leur vol jusqu'à raser la terre ; alors de distance en distance on les rapproche par la même voie, et on les conduit où l'on veut à l'aide des appeaux qui

---

[1] On cite, entre autres lutteurs, l'intrépide Py, riche propriétaire de Cauterets, qui bravait de la sorte la rencontre des ours de la plus forte espèce.

vont au-devant de ces pigeons de passage. A l'extrémité supérieure de la gorge, sont des filets tendus entre de grands arbres; au moyen des poids et des poulies, ces filets tombent,
une fois la détente lâchée, et souvent des milliers de palombes effarées n'évitent les palettes qu'on leur jette que pour y
tomber.

J'avoue que malgré la réputation de ces sortes de chasses,
et bien que les palombières soient des lieux de rendez-vous
pour les chasseurs et les gourmands de la contrée, qui trouvent les pigeons rôtis par douzaines à des broches de bois et
largement assaisonnés de poivre et de muscade, je ne me suis
point dérangé de mes courses favorites pour jouir de cette
tuerie.

Sur le point de quitter les montagnes pour prendre la route
de Castille, j'ai préféré revoir ces magnifiques aspects, les
glaciers de Vigne-Male, le cirque de Gavarnie, la vallée
d'Azun, etc., etc. Malgré les variations de température qui
nous ont accueilli, peu de paysages nous ont échappé; peu de
vallées, peu de cimes, peu de tours en ruine, peu de monas-
tères et d'ermitages ont été privés de notre visite. Il est impossible, en parcourant cette mâle nature, de ne pas se rappeler les pages de M. de Lamartine et de M. de Chateaubriand.
J'ajouterai seulement que les inspirations que le poëte peut
demander à ces éclatants spectacles relèvent de l'inspiration
germanique. Cette brume formant un réseau matinal autour
des monts, ces aspects noirâtres et ferrugineux de la pierre,
ces brouillards qui tendent à rompre chaque ligne et chaque
contour, ces roches qui pleurent, ces torrents qui fument, ces
vents du nord qui ont des voix pour chaque site et chaque
ravin, toute cette poésie graduelle et calme se ressent des
nuages d'Ossian et de la mélancolique Allemagne. Devant ces
masses énormes on se sent petit malgré soi; ajoutez à cela
que leur cercle dominateur vous écrase : partout le regard

appelle l'horizon. Ce que je regrette ici par-dessus tout, c'est
la mer; la mer que j'allais voir depuis neuf ans bientôt sur
toutes les plages de France gronder ou se coucher à mes
pieds comme un dogue soumis, la mer à l'aspect changeant,
aux flots empreints de saveur. Il est difficile de ne point
franchir ici du regard cette chaîne au prisme éclatant qui
nous sépare de l'Espagne, et cela d'autant que les Espagnols
qu'on voit ici sont eux-mêmes une préface vivante de ce pays
de dépérissement. Ceux qui viennent boire aux sources de
César chaque matin, rappellent par leurs morceaux de draps
troués, leurs haillons et leur manteau drapé, les admirables
gravures de Callot représentant les mendiants et les malan-
drins de son siècle. Les uns sont de grands flandrins du temps
de Gil Blas, ternes, misérables et les yeux caves; d'autres,
par leur carrure et leurs bras robustes, vous font souvenir de
ces miquelets qui venaient fondre jadis sur la vallée, en ces
mêmes lieux, l'escopette fumante, la plume au chapeau, le
rosaire au cou! Il faut les voir, leur couverture bariolée sur
l'épaule, causant au milieu de la petite place de Cauterets,
où se tiennent les porteurs de chaises, sommeillant comme à
Naples dans leur hotte d'osier, car en vérité les chaises de
Cauterets méritent bien peu ce nom. La fameuse chaise de
Tiercelin le rempailleur a l'air d'avoir servi de modèle à ces
véhicules. L'administration des bains, qui se propose pour
l'année prochaine d'utiles embellissements, changera sans
doute ce mode de transport, en même temps qu'elle s'occu-
pera de donner aux baignoires une forme moins lugubre et
moins *cercueil*. Imaginez en effet au-dessus d'un cuvier de
marbre dans lequel nage un thermomètre, un jour rare et
triste, un véritable jour de caveau; c'est en ce lieu de plaisance que l'on prend le bain. Malgré l'habitude et le talent de
vos porteurs par ces roches tranchantes et difficiles, il arrive
parfois que le pied leur glisse, et bien que cet accident soit

rare, il peut avoir de telles suites, qu'une rampe de bois devient' nécessaire. Espérons que la sollicitude du médecin in-
specteur qui préside aux bains de Cauterets ne rencontrera
aucun obstacle dans l'administration pour ces réformes;
M. Buron, docteur intelligent et studieux, a déjà introduit
d'importantes améliorations dans les eaux thermales de cette
partie des Pyrénées. M. Buron possède une magnifique édition
de Virgile qu'il a eu la bonté de nous envoyer pour y écrire
quelques vers : voici les premiers qui figurent jusqu'ici, ils
sont du Dante, et c'est M. Thiers qui les a écrits à la solici-
tation du docteur :

> Or se' tu quel Virgilio e quella fonte
> Che spande di parlar se largo fiume?
>
> . . . .
>
> O degli altri poeti onore e lume
> Vagliami 'l lungo studio, e 'l grand' amore
> Che m' han fatto cercar lo tuo volume.
>   Tu se' 'l mio maestro e 'l mio autore!
>
>   DANTE, *Inferno*, canto I⟨ro⟩.

Il y a ici d'assez bonnes naïvetés par lesquelles je ne puis
mieux terminer cette lettre. M. Dupuch, l'évêque d'Alger, est
venu rétablir sa santé dans ces montagnes; il s'en trouve déjà
fort bien, et se promène souvent à cheval avec deux Arabes
qui l'accompagnent dans ses moindres excursions. L'autre
jour, il alla visiter le lac de Gaube. A ce lac de Gaube, il y a
une vieille femme bavarde comme une pie; mais en revanche
d'une candeur extrême, ainsi que vous l'allez voir. Elle tient
là ce qu'en Italie on nommerait une *trotaria,* c'est-à-dire
que l'on mange des truites et quelques légumes chez elle.

M. Dupuch venait d'y prendre quelques rafraîchissements, lorsqu'elle s'avisa de demander à ses domestiques :

— Ces deux Arabes-là que vous me montrez sont-ils catholiques ?

— Oui, lui dirent-ils.

— Et Monseigneur? reprit-elle ingénument.

A son passage à Tarbes, un bon gendarme (il y en a encore quelques-uns) demanda les passe-ports de Monseigneur. Quand il les eut vérifiés et que sa chaise de poste fut repartie : — Je ne connais pas cet évêque-là, c'est drôle! dit le gendarme d'un air capable à son camarade, mais je connaissais son prédécesseur. — Nous doutons que la science du bon gendarme pût remonter si haut.

Le recensement a fourni un excellent trait de comique à Pierrefite, dernière poste avant Cauterets. Des peintres, leur crayon en main, venaient de parcourir la vallée de Lourdes; ils arrivent à Pierrefite, et, tout en attendant le dîner, ils se mettent à dessiner une maison. Les paysans ont cru que ces messieurs arrivaient pour opérer le recensement; ils les ont reçus à coups de fourche, et, sans l'intervention du curé, le corps des artistes était compromis.

Nous avons ici madame Dabadie et son mari, ces excellents artistes que l'Opéra a laissés fuir; ils répétaient hier un *Kyrie eleison* de Rossini, dont ils voulaient faire hommage à M. Dupuch, l'évêque d'Alger, avant son départ. Une messe en musique à Cauterets! Que dites-vous de cela? Voilà une de ces magnificences dont les artistes de l'Opéra sont seuls capables. Madame Damoreau a visité la chapelle de Bettaram, à l'Estelle; la célèbre cantatrice reviendra sans doute visiter bientôt son cher Paris. Une transfuge aimable de l'Académie royale de musique, la jolie mademoiselle Duverney, prend aussi les eaux de Cauterets, avant de repartir pour Bagnères de Luchon.

Vous voyez, mon cher monsieur, que nous sommes encore

visités ici par quelques ramiers voyageurs, et cependant,
hélas! moi qui vous parle, si je vais bientôt laisser derrière
moi ces vastes chaînons de montagnes, ce n'est pas pour retourner à Paris, où j'aimerais tant serrer la main de ceux qui
m'aiment, c'est pour aborder cette Castille que depuis longtemps j'éprouve le désir de voir. Rassurez-vous, j'espère vous
donner encore de mes nouvelles à Bayonne...

MADEMOISELLE DE SENS

I

— Mon Dieu ! m'écriai-je en voyant le chevalier de la Maison-Fleur retourner entre ses doigts une délicieuse miniature signée d'Augustin... quel est donc ce portrait ? A voir la fraîcheur de cette peinture, la vivacité de ces couleurs, on jurerait que c'est un émail !

Le chevalier de la Maison-Fleur avait la manie des tabatières ; sa collection était loin de valoir celle de M. le marquis de Soyecourt, mais elle se distinguait par un choix exquis et je ne sais quel parfum de rareté qui donnait au moindre médaillon le charme d'une découverte. Chacun des personnages représentés sur ces minces ivoires piquait bien vite la curiosité ; l'on éprouvait devant eux un intérêt invincible. Ce n'étaient point là des figures d'une vulgarité historique, comme celles de Louis XIV et de Racine, ou des héros de l'ancienne cour stéréotypés vingt fois ; mais il y avait dans cette série un cachet d'originalité et d'élégance qui forçait l'amateur à s'arrêter et à demander au chevalier qui était cette dame ou ce seigneur.

Ce que je fis avec un naïf empressement, en remarquant sur le médaillon que tenait alors le chevalier, l'écusson royal de la maison de Navarre. Une fort belle personne d'une trentaine d'années, les cheveux blonds et très-abondants, donnait à becqueter une cerise à son perroquet, dans ce petit cadre entouré d'un cercle en pierreries. Le fini de cette peinture était ravissant, et la mélancolie rêveuse que l'artiste avait répandue sur ce frais visage me présageait une histoire assez romanesque.

A l'exemple de tous les collectionneurs enchantés de faire valoir leurs richesses, le chevalier ne se fit pas prier pour satisfaire mon désir, et me faisant voir un nom tracé au crayon derrière la miniature :

— Ceci, me dit-il, est le portrait de mademoiselle de Sens, belle-sœur du prince de Conti et sœur cadette de Louis de Bourbon-Condé, sa femme. Ce portrait me vient de famille, il a été fait dans la maison où se trouve aujourd'hui le ministère de la guerre, rue de Grenelle : mademoiselle de Sens habitait alors cet hôtel. L'histoire de cette princesse du sang de France est aussi inconnue que curieuse ; permettez-moi de vous la raconter pendant que vous tenez son médaillon. Je vous en garantis l'authenticité, tout en vous la présentant sous la forme accidentée du récit.

Je remerciai le chevalier par un geste amical, et il commença :

Le 27 novembre 1746, sur la route de Fontainebleau, un carrosse attelé de quatre chevaux, admirablement harnachés, courait avec une telle vitesse, qu'on eût pu croire raisonnablement le cocher incapable de maîtriser son attelage. Les livrées des laquais perchés sur l'arrière-train étaient chamois, galonnées de velours rouge, couleurs royales de la maison de Navarre. La couronne apposée aux deux panneaux indiquait une famille princière. Le froid était vif ; aussi les glaces se trouvaient-elles levées. En ce moment, l'une d'elles s'abaissa et livra passage à une charmante tête de femme, dont la frayeur et l'anxiété altéraient alors le visage; cette personne cria vainement au cocher de tenir ses chevaux en main, les quatre coursiers avaient pris le mors aux dents...

Le carrosse entrait comme une flèche lancée au cœur de la ville, et nul ne songeait, parmi les spectateurs de cette scène, à modérer la violence du danger qui devenait imminent, lorsqu'un homme en uniforme assez simple, les traits rudes, le teint basané, les sourcils noirs et épais, voyant que la voiture allait tourner et se briser peut-être contre les grilles du château, se plaça résolûment devant l'équipage, et se fiant alors à sa force herculéenne, saisit l'un des chevaux par la bride, tandis qu'il opposait à l'autre une canne de commandement qu'il tenait à la main. La canne fut brisée par la soudaineté du choc, mais l'un des valets de pied ayant sauté du train d'arrière, parvint à contenir les coursiers de la voiture pendant que la foule se pressait autour du courageux gentilhomme.

Il fallait, en vérité, que l'on rendît justice à sa force proverbiale, car peu de gens en paraissaient étonnés, et ce nouvel Alcide semblait n'en pas être à son début. Sa taille était élevée, il avait le regard noble et martial. On se racontait, dans cette multitude empressée, une foule de traits pareils, tous relatifs à sa vigueur musculaire; cette fois, il avait partagé en deux un écu de six livres ; cette autre, il avait rompu entre ses mains un fer de cheval; c'était un homme à faire un tire-bouchon du plus gros clou, sans employer d'autre instrument que ses doigts. On l'avait vu, un jour qu'il courait à pied les rues de Londres, insulté par un des plus formidables boxeurs; il l'avait saisi par un bras, et l'avait lancé dans un tombereau

de boue, aux applaudissements de tout le peuple étonné.
D'énormes moustaches, de vraies moustaches de ulhan, donnaient à sa physionomie une apparence redoutable, adoucie
cependant bien vite par le charme de deux grands yeux bleus
faits pour réconcilier avec la brusquerie de ses manières. Bien
qu'il eût passé la quarantaine, et qu'il dût compter bon
nombre de campagnes au service de Sa Majesté, il brillait
encore de toute la vivacité de la jeunesse.

Les chevaux arrêtés, il s'approcha du carrosse. Après avoir
sauté lestement sur le marchepied de la portière, il se découvrit devant les deux dames, qui paraissaient à demi mortes
de peur, et leur offrit de descendre en leur proposant de les
accompagner jusqu'au château.

La plus jeune des deux dames ne se fit pas faute alors d'accepter, car il lui tardait de mettre pied à terre; mais pour l'autre,
il fut impossible de la tirer de l'espèce de syncope où elle se
trouvait. Vainement plusieurs personnes s'empressaient de lui
faire respirer des sels: il semblait vraiment que la vie l'eût
quittée. Par bonheur, Sénac, premier médecin de Sa Majesté,
vint à passer, et dans l'espace de quelques secondes, il l'eut
rappelée bientôt à elle-même. Le docteur du roi, à la vue de
l'homme qui avait à lui seul arrêté l'équipage, réprima une
exclamation involontaire, mais, sur un signe du libérateur, il
fit mine bientôt de ne point le connaître, et tous deux ai-
dèrent les voyageuses à descendre du carrosse pour passer
dans la cour du *Cheval blanc*.

Sénac donnait le bras à la dame qu'il venait de choisir
d'une façon si imprévue pour sa cliente; l'inconnu soutenait
sa compagne avec une grâce et une prévenance qui devaient
sembler au docteur en dehors de ses habitudes. Il est vrai
que la jeune femme était charmante, sa pâleur la faisait alors
plus belle qu'un ange. Appuyée sur l'épaule de son guide,
elle se contentait de lui presser la main légèrement, et dans

ce remercîment tacite, elle semblait mettre la meilleure partie
de son âme. Introduite par les officiers du roi dans une des
pièces principales du château, elle s'assit dans une large duchesse qu'un valet de pied lui présenta, et demanda que l'on
voulût bien prévenir son cousin, M. le prince de Conti, qui
devait être arrivé avant elle à Fontainebleau.

À ce nom, un léger nuage de pâleur parut obscurcir les
traits du personnage qui l'avait sauvée; mais son attention
se trouvant bien vite absorbée par la beauté éblouissante de
la jeune dame, il l'examina quelque temps dans un silence
recueilli.

Mademoiselle de Sens, car c'était elle, arrivait alors à Fontainebleau, en compagnie de la maréchale de Luxembourg;
elle y arrivait *in fiocchi,* c'est-à-dire en grande parure, cette
année-là étant l'année de la paix, et la campagne de Flandre
ayant couronné victorieusement celle d'Allemagne. Les al-
liés avaient perdu huit mille hommes et quarante pièces de
canon; c'était le signal des fêtes. Conti revenait couvert des
lauriers de Mons, et les employés des fermes avaient dit au
maréchal de Saxe, arrêtant ses équipages aux barrières pour
les faire visiter suivant la coutume : *Monseigneur, les lauriers ne payent point.*

La toilette de mademoiselle de Sens, qui devait le soir même
assister à la comédie donnée à Fontainebleau, réalisait alors
toute l'idée que l'on peut encore se faire, en ce temps de
lésinerie princière, d'une tenue de dame noble. Elle avait
une robe de dauphine, brochée de sept couleurs et garnie de
dentelles d'argent, richement étalée sur un panier de sept
aunes et demie d'envergure; elle portait au cou un *parfait
contentement* orné de turquoises avec des pendeloques du
plus bel orient que l'on pût voir. Ses cheveux, poudrés de
couleur écrue à la mousseline de Chypre, étaient entremêlés
de charmantes fleurs en porcelaine de Saxe, ainsi que de

légers papillons en or émaillé. Ses mules décousées et ses
mitaines étaient en réseau de fil d'or appliqué sur un satin
enrichi de mordorures. Son rouge, étrangement compromis
par l'accident du carrosse, était mis le plus carrément possible; c'était du rouge de mademoiselle La Mothe (la bonne
faiseuse), il était glacé d'argent. Quoique cette princesse fût
parfaitement blonde, elle ne voulait jamais porter que du
rouge de brune, et ceci donnait à son air de tête une distinction tout à fait extraordinaire. Au côté gauche de sa robe
était fixé l'ordre de Saint-Jean-Népomucène, mais c'était bien
plus par égard et par affection pour la reine Marie Leczinska,
que par attrait pour cette décoration chapitrale, dont une
princesse du sang de France, comme mademoiselle de Sens,
n'eût su éprouver le besoin.

Placée ainsi à côté de madame la maréchale de Luxembourg, vêtue elle-même d'une façon non moins somptueuse,
la jeune princesse ressemblait à une jeune novice sortie du
couvent, et qu'une grande parente présenterait à la cour dans
toute la fleur de sa grâce et de sa beauté.

Il faut le dire cependant, sous cette ravissante enveloppe,
ces belles dents et ces yeux d'un noir expressif, un observateur eût découvert je ne sais quel ennui chagrin et quel
malaise secret; mademoiselle de Sens passait dans le monde
pour une personne vaporeuse et d'une sensibilité très-exaltée.
C'était une princesse (et le fait demeure constant par les Mémoires) qui ne pouvait supporter l'idée de la mort ni pour
elle ni pour aucune personne de sa connaissance; c'était au
point qu'on ne lui remettait jamais les gazettes ni les lettres
qui lui étaient destinées, avant de les avoir lues, afin de lui
cacher tous les décès qui pouvaient y être mentionnés. Elle
avait dû s'unir au prince de Conti, son cousin germain; mais
des arrangements de famille et l'ordre du roi avaient em-
pêché ce mariage, et le prince allait épouser mademoiselle

Louise de Bourbon-Condé, sœur aînée de mademoiselle de Sens.

Quatre heures venaient de sonner à la grosse horloge du château, lorsque le valet de pied revint apprendre à la jeune princesse que M. le prince de Conti n'avait point encore paru à Fontainebleau, bien qu'il y fût attendu. Il ajouta que les appartements de ces dames étaient préparés depuis la veille, puis il remit une large missive cachetée au personnage qui observait encore mademoiselle de Sens.

—Monsieur le maréchal de Saxe n'a-t-il rien à m'ordonner? demanda-t-il avant de se retirer.

— Maréchal, reprit Sénac, vous voilà trahi; vous qui avez forcé la position de Raucoux, comment vous tirerez-vous de celle-ci?

— Mesdames, répondit le maréchal de Saxe, en s'inclinant devant mademoiselle de Sens et madame de Luxembourg avec un embarras plein de modestie, me pardonnerez-vous d'avoir rempli auprès de vous l'emploi d'un page de service? A mon âge, on se rattache à la jeunesse comme on peut, et vous m'avez fait croire un moment que j'avais vingt ans !

La maréchale de Luxembourg, qui n'avait point reconnu le héros de la dernière guerre sous le simple habit qu'il se faisait gloire de porter, poussa une exclamation de surprise et ne manqua pas de prendre pour elle le regard plein d'affection et d'intérêt que Maurice adressait à la belle mademoiselle de Sens. Toutes deux le virent s'éloigner rapidement et suivre le porteur de la missive.

Ce soir-là, on devait représenter *le Cid* au théâtre de Fontainebleau, et la reine Marie Leczinska les attendait. Sénac resta seul, et se contentant de suivre des yeux le maréchal à travers la galerie, le docteur du roi murmura entre ses dents :

— Ou je me trompe, ou voilà, parbleu ! un conquérant bien malade ! L'amour est la faiblesse de la plupart des grands hommes, et même au sein de la paix, celui-ci ne peut rester en repos ! Qu'il s'arrange, ma foi ! je m'en vais relire Sénèque !

II

Au spectacle qui suivit le dîner de Leurs Majestés, mademoiselle de Sens se trouvait placée près de la reine Marie
Leczinska, et tous les regards se portèrent bien vite sur cette
loge.

Mademoiselle de Sens avait mené jusqu'alors une vie de
véritable recluse; elle avait d'abord un fond de véritable piété;
puis, les tracasseries de sa famille lui causant un certain trouble, elle s'était renfermée volontairement dans la solitude,
laissant à sa sœur aînée les honneurs et les éblouissements de
la cour en même temps que les hommages de son cousin le
prince de Conti. L'humeur de ce dernier lui déplaisait, à vrai
dire, étrangement; bien qu'il eût en effet beaucoup de succès dans le monde, que sa taille, ses manières et son esprit
dussent le faire admirer et envier, il avait quelquefois l'é-
trange manie d'affecter un despotisme et une dureté qui n'é-
taient nullement dans son caractère, et se livrait même par

instant à des prétentions si arrogantes envers ceux de sa famille, que mademoiselle de Sens s'applaudissait intérieurement de le voir à la veille d'épouser sa sœur la princesse
Louise, avantagée de grands biens par le testament de leur
mère, fille de Louis XIV et de mademoiselle de la Vallière [1].
Le prince de Conti joignait à de véritables talents militaires
des liaisons publiques avec des personnes connues pour blâmer
les opérations de la cour. La tournure altière de son humeur,
autant que des propos indiscrets qu'il s'était permis, devait
affaiblir tôt ou tard pour lui les sentiments de Louis XV. Ses
ressentiments étaient amers, sa colère terrible, ses moindres
passions pleines de fougue. En un mot, il ressemblait plutôt
à un héros de la Fronde, capable de diriger un parti de mécontents, qu'à un prince de trente ans conduisant avec orgueil
et amour les armées de Louis XV à la victoire.

Ce n'est pas que le prince de Conti, chanté par Voltaire
comme *favori d'Apollon et de Bellone*, ne se fût déjà distingué, quoique jeune, par sa bravoure personnelle et par
ses talents comme général. Mais une excessive susceptibilé,
un amour-propre invincible, et par-dessus tout une morgue
pleine de hauteur, en faisaient, dans les premiers temps de
sa vie, le seul des princes du sang que l'on abordât avec
crainte et défiance. Accompagné le plus souvent de ce redoutable comte de Clermont, à qui Louis XV adressa de si sévères
remontrances [2], en lui disant qu'il lui faisait grâce pour
le meurtre d'un couvreur, mais qu'il ferait signer par le
chancelier des lettres de grâce pour celui qui le tuerait, il
faisait alors de fréquents voyages à Fontainebleau, mais par

---

[1] Mademoiselle de Blois.

[2] Le comte de Clermont, le comte de Charolais et le duc de Bour-
bon, ministre, étaient les frères de mademoiselle Louise de Bourbon-
Condé, sœur aînée de mademoiselle de Sens.

étiquette et contre son gré; car, nous l'avons dit, il était mal
vu à la cour.

Mademoiselle de Sens, en se rendant à Fontainebleau, sous
la tutelle de madame de Luxembourg, faisait-elle une action
qui dût déplaire au prince de Conti, ou bien se trouvait-il jaloux de la voir, ce soir-là, placée auprès de la reine ? Quoi
qu'il en pût être de ces suppositions, le prince entra dans la
salle, où l'on commençait *le Cid,* sur les huit heures du soir,
avec le comte de Clermont et le comte de Charolais.

L'assemblée était brillante, et le vainqueur de Raucoux atti-
rait tous les regards de la cour depuis un instant. Par un
privilége auguste, il se trouvait sur le devant de la loge
royale avec Louis XV, qui venait de le nômmer la veille maréchal général de ses armées. Turenne seul avait jusque-là
obtenu ce titre. Maurice portait ce soir-là l'habit qu'il avait
dans la dernière campagne, le cordon du Saint-Esprit manquait seul aux ordres dont il se trouvait décoré; mais le culte
luthérien qu'il professait empêchait le roi de lui accorder cette
distinction. Il était vraiment beau et radieux cette fois, et
mademoiselle de Sens, en le voyant entrer dans la loge où
elle se trouvait, eut d'abord quelque peine à reconnaître le
simple gentilhomme qui avait arrêté le matin les chevaux de
son carrosse avec un si intrépide sang-froid.

Le maréchal salua la jeune princesse avec une galanterie
exempte de fatuité, et cependant en ce moment-là même
tous les spectateurs tournaient leurs regards vers la loge
royale et semblaient faire application au héros des vers si
énergiquement beaux de Corneille. Comme il était défendu
d'applaudir jamais devant le roi, on se contentait de renvoyer
au maréchal toutes les allusions glorieuses de certains passages, lorsque tout d'un coup le prince de Conti et les deux
autres seigneurs entrèrent dans la salle. On fut assez surpris
de voir le prince arriver si tard; mais ce qui n'étonna pas

moins, ce fut de le voir se placer à l'extrémité de la salle et
dans l'une des dernières loges, au lieu de prendre rang dans
celle des princes ; on le savait en brouille avec la cour, mais
l'on ignorait que, depuis trois jours, Louis XV lui-même avait
fait savoir au prince de Conti qu'il ne serait plus employé.

Il avait cru devoir, en conséquence, renoncer dès ce soir-
là à son uniforme de général, mais il portait en revanche un
magnifique habit moucheté de pierreries ; sa parure était
somptueuse et recherchée jusqu'en ses moindres détails. A
côté de lui MM. de Charolais et de Clermont ressemblaient à
deux planètes autour du soleil.

Un mouvement marqué de dépit se peignit sur le visage
du prince, en voyant le maréchal dans la loge du roi ; lui
aussi, quoique plus jeune que le maréchal de Saxe, n'avait-il
pas eu deux chevaux tués sous lui à la bataille de Coni ? n'a-
vait-il pas fait les campagnes de Flandre et d'Allemagne ?
Encore parfumé des lauriers de Mons, il espérait devoir être
mieux reçu à la cour, où il ne rentrait pourtant qu'irrité
d'avoir vu passer son corps d'armée, dont le roi lui avait ôté
le commandement, sous les ordres du maréchal. Un ressentiment amer couvait dans l'âme du prince, et il ne tarda pas
à l'exhaler en paroles peu mesurées dès que la toile fut bais-
sée après *le Cid*.

— Mais, en vérité, messieurs, c'est une apothéose dans
toutes les règles ! Le maréchal de Villars n'en a pas eu tant
après l'affaire de Denain ! Où donc est madame Favart, qui
suivait le maréchal aux armées ? que ne paraît-elle, à cette
heure, devant Sa Majesté et son héros, la couronne en main,
dans le rôle de la Gloire ?

Le prince de Conti venait à peine d'achever cette phrase,
que l'ample rideau qui lui cachait alors mademoiselle de
Sens, sa cousine et sa future belle-sœur, s'écarta vivement.

et il put voir cette délicieuse jeune femme se pencher alors complaisamment sur le velours de la loge.

— Elle ici, et elle ne m'a pas prévenu! pensa le prince. Quelque folle imagination de madame de Luxembourg! A moins que la reine ne l'ait mandée, elle qui l'aime et la favorise en tout!

Et le prince, au lieu de porter la moindre attention aux acteurs, concentra ses regards sur la loge royale où se trouvait Maurice, cet autre acteur qu'il haïssait comme on peut haïr un rival; Maurice de Saxe, dont le roi lui avait prescrit de suivre les moindres ordres dans les dernières manœuvres; Maurice enfin, dans l'armée duquel il s'était vu forcé de fondre la sienne. A la vue de ce nouveau don Diègue, le prince de Conti éprouva une joie sourde, il se dit à lui-même qu'insulter le triomphateur le jour même de son triomphe, cela était hardi, imprudent; mais qu'aussi cet homme si cher au prince, à l'armée, lui avait fait tort dans l'esprit de l'armée et du prince; le soufflet que reçoit le vieillard espagnol dans la tragédie, le prince manqua presque de l'applaudir. L'orgueil des hommes de cour, et surtout l'orgueil des princes, est ainsi fait qu'il grandit à leurs yeux l'offense et le châtiment. Cettefois seulement M. de Conti chercha un prétexte; ce prétexte il le trouva, et ce fut mademoiselle de Sens.

Après tout, le maréchal était veuf; jeune encore, il avait épousé la comtesse de Loben malgré sa répugnance apparente pour un engagement durable; son mariage avait été cassé par un arrêt de Dresde, et il était libre d'en contracter un nouveau. Mademoiselle de Sens était d'un sang royal, mais le maréchal n'avait-il pas dû épouser la duchesse de Courlande, et ne lui eût-elle pas assuré le trône de Russie sur lequel elle monta, sans l'excessive légèreté et l'inimitié de Catherine Irᵉ? Le prince de Conti pouvait donc raisonnable-

inent s'inquiéter des prévenances du maréchal de Saxe envers
sa cousine germaine pendant tout le cours de cette représentation, où Maurice ne la quittait pas des yeux, encore ému
du péril que cette jeune et blonde tête avait couru le matin.
La pièce terminée, l'actrice principale s'avança et lut quelques vers à la louange du héros. Le nom de Conti n'était pas
cité dans ces strophes, et cependant le nom de plusieurs
autres généraux s'y trouvait religieusement conservé. A la
dernière, l'actrice s'avança, et dans son émotion laissa tomber devant la loge du roi la couronne de lauriers destinée au
maréchal.

Le prince de Conti put voir alors une main blanche qui
s'en emparait avec un empressement singulier, et la déposait
sur le front de Maurice, au milieu des murmures les plus
flatteurs. En ce moment décisif, Conti comprit bien vite qu'il
était jaloux à la fois de mademoiselle de Sens et du maréchal, deux blessures poignantes dont il ressentit l'atteinte. Mademoiselle de Sens venait de placer elle-même la couronne
sur la tête du vainqueur; Maurice triomphait, Conti était
oublié !

Saisissant le bras de MM. de Clermont et de Charolais,
Conti dévora sa rage, et se résolut à attendre le maréchal à
la sortie, malgré les remontrances de ces deux seigneurs, peu
soucieux d'une querelle en pleine cour.

Le maréchal sortit bientôt, donnant le bras à mademoiselle de Sens...

III

En apercevant le prince de Conti, mademoiselle de Sens éprouva, pour la première fois de sa vie peut-être, un singulier embarras. Bien qu'elle fût certaine de la recherche que le prince faisait alors de sa sœur aînée, mademoiselle Louise de Bourbon-Condé, elle savait aussi quel impérieux ascendant ce beau-frère futur prétendait exercer sur ses actions; ce qu'elle ignorait seulement, c'était sa haine contre son libérateur du matin.

Louis XV, en traversant la galerie qui faisait suite au théâtre, et dans laquelle se pressaient les hauts dignitaires de la cour, jeta au prince de Conti un regard peu fait pour amortir sa rancune contre le monarque. Mademoiselle de Sens lui rendit un salut froid, et il se vit bientôt délaissé par ses amis de la veille. On se préparait à entrer dans la salle du souper, et, comme il était d'usage, les officiers du roi plaçaient chaque personne invitée suivant son rang, lors-

que tout d'un coup le maréchal fit quelques pas au-devant
du jeune prince, et, se félicitant d'être désigné pour convive
à côté de lui, jeta, sans le savoir, l'huile à ce feu qui ne demandait qu'à éclater.

— Monsieur le maréchal de Saxe doit savoir que les princes
du sang n'ont rien de commun, grâce à Dieu, avec les soldats de fortune.

— Chevert en était un, monsieur, vous me l'apprenez ; je
n'avais pour lui que de l'estime, je vois que je lui dois du
respect.

Peu après, le maréchal, voyant que son antagoniste gardait
le silence et refusait de se placer au couvert du roi, reprit
avec une expression de sentiment indéfinissable :

— Je suis Français dans le cœur, monsieur le prince, et je
désire être regardé comme tel ; j'ai demandé et obtenu des
lettres de naturalisation : le savez-vous ?

— Je sais tout cela, monsieur le maréchal ; je sais aussi
que le roi vous a donné six pièces de canon prises sur les
ennemis à la bataille de Raucoux. Oh ! le roi Louis XV est
généreux !

— Généreux et juste, oui, monsieur le prince, cela est
vrai, Sa Majesté aimera toujours ceux qui la servent.

— Et je la trahis, peut-être ? demanda Conti les dents ser-
rées par la colère.

— Je ne dis pas cela, monsieur ; mais je dis que nous
vivons dans un temps où le vrai mérite est aussi rare que la
vraie prudence ; je dis qu'être envieux, c'est être petit, et que
toutes les grandeurs doivent se réunir et se donner la main
au profit d'une seule. Vous avez des lettres et de l'esprit plus
qu'aucun homme de guerre de nos jours, vous représentez
dignement et vous parlez à merveille ; moi, je ne me pique
point d'être orateur, et je ne sèche point mes billets aux

femmes avec la poudre d'un diamant [1]. Vous pouvez refuser
de vous asseoir près de moi, mais vous pouvez permettre à
mademoiselle de Sens, continua le maréchal de Saxe en in-
diquant la princesse, qui causait alors avec madame de
Boufflers, de vous remplacer, elle qui ne m'enviera ni Raucoux ni Mons !

L'exaspération du prince était au comble. Le sang-froid du
maréchal, sa bonne grâce, son air calme et digne achevaient
de l'irriter. La reine intervint et fit mettre à table mademoiselle de Sens entre elle et le maréchal; mais elle n'entendit
pas le colloque suivant s'établir entre de Saxe et Conti, qui
affectait de se tenir debout derrière le siége du triomphateur.

— Ce soir, maréchal, je reviendrai à Paris vers les deux
heures du matin.

— Mon carrosse, à moi, partira à la même heure.

— Je n'ai qu'une épée, maréchal, mais MM. de Charolais
et de Clermont ont la leur. Nous pourrons mettre pied à terre
près du *Soleil d'or*, à la barrière...

— C'est un endroit galant, et qui me convient dès qu'il
vous va; mais veuillez me dire pourquoi nous nous battrons,
monsieur le prince ?

— Pour mademoiselle de Sens, qui semble ici n'avoir des
yeux que pour vous.

— A merveille, je croyais que c'était pour le roi Louis XV.

— Pour les deux, soit; mais n'en trinquons pas moins à la
prospérité de la France et au maintien de la paix.

— A la France et à la paix, dirent à la fois Conti et de
Saxe.

Mademoiselle de Sens n'avait guère le loisir d'écouter; elle-
même parlait alors à la reine.

[1] Ce trait, rapporté par madame de Genlis, arriva plus tard au
prince de Conti, à l'égard de madame de Blot.

— Le prince de Conti, mon noble cousin, est un fou, disait-
elle à la gracieuse princesse; tâchez donc, madame, de le
remettre un peu dans les bonnes grâces du roi. Je m'engage
à le faire rompre avec tous ceux qui l'égarent et l'entraînent.
Encore une fois, le fond est parfait, mais son orgueil le
perdra.

Pendant le souper, Maurice, partagé entre son admiration
pour mademoiselle de Sens et son étonnement des menées
envieuses de Conti, laissait flotter tour à tour son attention
distraite entre le prince et sa belle cousine. La collation finie,
le roi commanda que les uhlans du maréchal vissent le couvert et passassent une sorte de revue devant la table.

Et ce fut vraiment un spectacle rapide, animé, que celui de
cette invasion militaire. Maurice nommait chacun de ses soldats au roi; comme César, il savait les noms de son armée.

Le souper fini, les carrosses de la cour roulèrent tous bientôt, avec leurs yeux flamboyants, sur le pavé; les valets an-
noncèrent les livrées à haute voix. Il y avait séance des mi-
nistres pour le lendemain, et le maréchal devait y discuter la
question de ses quartiers d'hiver et conférer avec le comte
Lowendahl.

La neige tombait à flocons épais. Le maréchal prit congé
de Leurs Majestés et monta en voiture, accompagné de
MM. de Coaslin et de Brienne. Par un hasard étrange, mademoiselle de Sens, dont le carrosse était endommagé par
l'accident du matin, se trouvait derrière dans l'équipage de
son cousin avec madame de Luxembourg. Arrivé à la barrière, le cocher du maréchal de Saxe tourna bride près du
Soleil d'or, endroit assez mal famé. Quatre routes aboutissaient à ce rendez-vous ténébreux, planté d'un large quinconce; ses abords étaient peu sûrs, et déjà plusieurs vols noc-
turnes avaient épouvanté les gens de l'endroit.

En voyant descendre le prince de Conti avec MM. de Charolais

et de Clermont, la princesse se rappela que durant toute la
route ils n'avaient échangé une seule parole. Elle descendit
résolûment, appuyée au bras d'un valet de pied de la maison
de Conti, dont les livrées, à l'encontre des siennes, étaient de
chamois galonnées de bleu..

Une frayeur insurmontable l'agitait; elle avait fort bien
distingué le vide opéré devant elle, dans cette route, par le
carrosse du maréchal qui tenait le devant : elle avait une
sorte de pressentiment sinistre.

Le quinconce dont nous venons de parler aboutissait en ce
lieu à un puits profond. Le vent et la neige avaient cessé,
mais chaque pas laissait une trace sur le sol, et ce ne fut pas
sans effroi que la princesse remarqua certains vestiges se
croisant en sens divers jusqu'au puits. La lune était entourée
de nuages opaques et roux; était-ce une illusion, ou bien
mademoiselle de Sens avait-elle aperçu véritablement une
empreinte de sang sur la neige? Quoi qu'il en pût être, elle
s'avança, soutenue par le valet, et prêta l'oreille à une conversation dont elle se trouvait l'objet.

— Monsieur le maréchal, disait le prince de Conti, vous
avez l'air de traiter ma belle-sœur future comme madame
Favart et mademoiselle Lecouvreur! C'est un outrage que je
ne saurais souffrir. Vous êtes veuf et libre, je le sais; préten-
driez-vous épouser d'aventure mademoiselle de Sens ?

En parlant de la sorte, Conti avançait dans les ténèbres, le
brouillard de la nuit mouillait son manteau, et il éprouvait
un dépit hautain de ne pouvoir obtenir la moindre réponse
du maréchal. Il déguisait sa haine contre lui sous le voile
d'un amour faux pour la princesse, deux autels qui n'admet-
tent pas de profanes. En ce moment, mademoiselle de Sens
réprima un cri, elle venait de voir deux épées reluire dans
l'ombre, deux témoins se trouvaient là, et les deux témoins
s'étaient partagés entre M. de Conti et M. de Saxe.

— Arrêtez, s'écria la généreuse princesse, arrêtez, messieurs, ou si vous faites un pas, si vous croisez ce fer, je me jette au fond de cet abîme entr'ouvert; mon sang rejaillira sur la margelle de ce puits!

La malheureuse créature se soutenait à peine, elle eut cependant la force d'écarter l'épée de son cousin, le prince de Conti, et de regarder en face le maréchal. Dégagée des vapeurs brumeuses où elle nageait, la lune envoyait à la figure du noble Maurice sa lueur limpide et molle; il abaissa son épée devant mademoiselle de Sens, et la remettant dans le fourreau :

— Vous nous apparaissez, dit-il à la princesse, sous les traits de la France elle-même ; vous venez, mademoiselle, arrêter deux insensés, soyez bénie! Les anges du Seigneur empruntent souvent le visage des femmes pour persuader et attendrir. Pour moi, princesse, je brise mon épée; l'insulte de M. le prince de Conti est effacée par votre gracieuse intervention.

— Monsieur le maréchal, reprit Conti, furieux de la présence inattendue de sa cousine, vous nous faites assister ici à une étrange scène de comédie! Éloignez de nous mademoiselle de Sens, éloignez-la!

— Non, messieurs, je reste, répondit la jeune et courageuse princesse; vous oubliez que je suis d'un sang qui commande. J'en appelle à vos témoins eux-mêmes, ils ne voudront pas que d'aussi nobles rivaux donnent à la cour de France le droit de les accuser. Non, maréchal, non, prince, quelle que puisse être votre inimitié, si jeune ou si vieille qu'elle soit, vous ne vous battrez pas tant que je vivrai... Jurez-le-moi, ou je me tue sous vos yeux!

Ceux qui connaissaient, comme les acteurs de cette scène, la sensibilité de mademoiselle de Sens, comprenaient aussi la violence de sa peur; cette belle personne avait le visage aussi

pâle qu'un vrai linceul; et en voyant Conti menacer encore
le maréchal, elle s'écria :

— Monsieur, trêve de guerre, c'est lui, c'est le maréchal
qui m'a sauvée!

Conti connaissait le trait de Maurice, il était vaincu; mais
son orgueil l'emportait. Il éprouvait une humiliation réelle à
devoir la vie de mademoiselle de Sens à son rival en faits
d'armes. Cependant la princesse exigeait une réponse; elle
s'était dégagée de l'étreinte de MM. de Charolais et de Clermont, et paraissait disposée à exécuter sa résolution. Que les
épées vinssent encore à se croiser, et elle menaçait Conti de
se briser le front au fond du puits qu'elle montrait.

— Eh bien donc, ma cousine, ou plutôt ma sœur, car dès
demain j'épouse la princesse Louise de Bourbon-Condé, qu'il
en soit fait ainsi que vous le voulez! reprit-il. Tant que vous
vivrez, je n'aurai rien à démêler avec M. le maréchal. Oui,
je le reconnais, c'était le fils d'un roi, un trône l'attendait si
le préjugé attaché par malheur à sa naissance ne l'en eût
exclu. J'oublierai, puisque vous le voulez, qu'il m'a fait ôter
mon commandement; j'oublierai que mademoiselle Lecouvreur, sa maîtresse, a péri pour lui victime de sa rivale, la
duchesse de Bouillon! Oui, tant que vous vivrez, ma sœur,
ajouta Conti avec une expression d'ironie et de vengeance,
j'oublierai cela, et je pars!

En même temps, il remit son épée dans le fourreau, fit
quelques pas et se perdit dans l'épaisseur du quinconce. Le
maréchal le regardait partir comme un lion observe un pas-
sereau imprudent. A peine, en effet, venait-il de franchir la
moitié de cet espace qui le séparait de la route, que le prince
de Conti poussa un cri. Trois malfaiteurs, sortis de l'angle du
Soleil d'or, venaient de se présenter à ses regards. Le prince
de Conti devançait mademoiselle de Sens, et le dessein de ces
misérables était de le dépouiller, en se réservant un plus

riche butin ; ils voulaient voler les pierreries de mademoiselle
de Sens.

— Bien joué, mes maîtres, leur cria le maréchal, mais nous
sommes trois aussi !

Et faisant tirer l'épée à MM. de Charolais et de Clermont,
il donna la chasse aux voleurs en se mettant à leur tête, pendant que le prince de Conti soutenait mademoiselle de Sens
entre ses bras.

— Il m'a sauvée deux fois en un jour, murmura-t-elle ; ai-
je eu tort, mon frère, de vous faire promettre tout à l'heure
de lui en savoir gré pendant ma vie !

Le prince de Conti ne répondit pas, seulement il évita le
regard du maréchal, tant il y avait à la fois de puissance et
de bonté dans cet œil bleu, aussi limpide et aussi profond que
l'azur du ciel lui-même. Les grands hommes ignorent les
petites rancunes, les envies plates, médiocres. De Saxe était
payé de sa journée par le sourire d'une femme ; il emporta
ce sourire comme un autre eût emporté une parole tombée
des lèvres de ce roi qui déjà se connaissait en héros.

— Tant qu'elle vivra ! murmurait Conti... Dans l'ordre des
choses, c'est elle qui doit nous survivre ! L'aimerait-elle ?
Nous le connaîtrons bientôt !

IV

Quatre ans s'étaient écoulés; quatre ans pendant lesquels la
vie de mademoiselle de Sens avait vu redoubler autour d'elle
l'ennui de sa solitude et de ses ombres. Retirée dans son hôtel, la princesse y recevait de rares visites. Jeune et délaissée,
parce qu'elle ne voulait pas servir d'instrument à sa famille,
qui plus d'une fois lui avait proposé de riches alliances, elle
avait vu tour à tour le mariage de sa sœur aînée et le départ
du victorieux de Lawfeld. A certains intervalles le maréchal
lui avait fait tenir de ses nouvelles, non qu'il prétendît épouser mademoiselle de Sens, — il avait même juré à la comtesse
de Loben, sa femme, de ne jamais se remarier; — mais il
entrait dans le cœur du maréchal je ne sais quelle crainte au
sujet de mademoiselle de Sens; c'était, pour ainsi dire, l'une
des cartes de sa vie, et ces cartes il les mêlait chaque jour si
hardiment, qu'il y avait des moments où, tout grand homme
qu'il était, et peut-être par cela même qu'il était grand
homme, il se surprenait à être superstitieux. Lorsque la paix

fut conclue définitivement à Aix-la-Chapelle, le héros des
Pays-Bas put enfin songer à se délasser de ses fatigues. Le roi
lui avait permis de faire venir à Chambord son régiment de
cavalerie légère ; ses premières manœuvres eurent lieu sous
les regards du prince. Le maréchal de Saxe cherchait des yeux,
parmi les spectateurs, M. le prince de Conti et mademoiselle
de Sens.

— Inutile de vous en occuper, lui répondit-on, l'un est dé-
goûté de la cour et s'est retiré au Temple comme un chartreux, l'autre mène la vie d'une carmélite.

Mademoiselle de Sens se trouvait alors en effet à l'abbaye
de Chelles, de sorte qu'elle ne vit point le maréchal ; mais en
revanche son beau-frère s'emporta un jour devant elle violemment. Frédéric de Prusse venait de faire à Maurice un
accueil des plus distingués ; il voulait même qu'on lui rendît
les honneurs de prince souverain.

— Pourquoi pas de prince du sang ? avait demandé Conti ;
le maréchal n'est-il pas le professeur de tous les généraux de
l'Europe ? D'ailleurs, si Louis XV, notre roi, aime la guerre et
les plaisirs, M. de Saxe unit les myrtes aux lauriers. Si j'ai
le Temple et ses réunions, il a Chambord et ses fêtes ! On
prétend, toutefois, que son orthographe est loin d'être irré-
prochable, bien qu'il veuille être de l'Académie !

Et Conti ne manquait guère alors de tirer de sa poche une
copie à la main de la fameuse lettre dans laquelle Maurice de
Saxe, vainqueur de tant de batailles, écrivait à M. le maréchal
de Noailles :

« Je creins les ridiqules et se luy si man paret un. Ils veule
me fere de la Cademie ; sela miret comme une bage à un
chat. »

A tout ce persiflage intéressé envers un héros qu'elle ad-
mirait, mademoiselle de Sens répondait que le maréchal

n'avait pas besoin de rendre des services à la langue française,
lorsque tant de beaux esprits, à commencer par M. le prince
de Conti, daignaient s'en charger, ailleurs même qu'à
l'Académie.

— J'oubliais, en effet, reprenait ironiquement le prince,
j'oubliais que M. le maréchal est Allemand.

Il y a dans la vie des accidents singuliers ; celui du carrosse de Fontainebleau avait exercé sur l'esprit de la princesse
une telle impression, qu'elle ne voyageait pas sans regarder,
malgré elle, si quelque géant n'arrêtait pas ses chevaux em-
portés vers quelque abîme.

La sincérité du cœur était une des vertus de la jeune princesse. Un jour elle écouta un bulletin d'une victoire rem-
portée par Maurice, et elle pleura. Les femmes aiment la
gloire comme elles aiment l'amour ; celle-ci ne pouvait dominer les mille inquiétudes qui se succédaient en elle dès
que le tambour battait et que l'armée était en campagne.
Émue, étonnée, elle se souvenait d'ailleurs qu'elle avait écarté
le glaive de ces deux rivaux, et qu'après elle il y aurait peut-
être une tache de sang.

Quand le maréchal visitait Berlin pour y connaître per-
sonnellement le roi de Prusse, avec lequel il était en correspondance réglée depuis longtemps, le bruit courut à
Londres que le pied lui avait glissé sur un mamelon, et
qu'on l'avait relevé mort au fond d'un ravin hérissé de pa-
lissades. Ainsi que nous l'avons dit, on connaissait tellement
l'*impressionabilité* de la princesse, qu'on lui cachait toutes
les lettres timbrées de noir. Il en arriva une écrite on ne
sait d'où ; elle relatait la funeste nouvelle. Contre toute pré-
vision et toute habitude, la lettre en question se trouva, le
soir, *oubliée* sur la toilette de mademoiselle de Sens. Elle la
parcourut, elle sonna ses femmes. Toutes s'excusèrent ; mais
le coup était porté. Le lendemain, la princesse entra aux

Invalides, où l'on venait de célébrer un service d'anniver-
saire avec une messe chantée en musique. Le décorateur du
catafalque avait cru bien faire en plaçant à côté du céno-
taphe deux statues de généraux, l'une représentait Villars,
l'autre de Saxe. C'était une flatterie indirecte au maréchal.
Mais à peine entrée dans l'église, la princesse poussa un cri
terrible, elle joignit les mains, elle tomba. Personne ne se
trouvait dans l'église. Haletante, à moitié morte, elle eut le
courage de se relever, de faire quelques pas, elle marcha
vers le catafalque; mais en ce moment il lui sembla que de
Saxe la regardait avec la pâleur d'un fantôme... Quand on
la transporta chez elle, la malheureuse donnait à peine signe
de vie. Elle demeura trois jours dans un état complet d'abattement et de léthargie, et mourut le jour même où le maréchal revenait se fixer à Chambord.

Ce qui suit cette histoire appartient maintenant aux curieux mémoires de Grimm, que nous préférons laisser lui-
même raconter.

Le maréchal, après le camp de plaisance de Compiègne,
s'était retiré à Chambord avec son neveu le comte de Friese,
fort beau et fort magnifique seigneur. Les jours du héros
allaient se voir partager entre la musique, la chasse et les
manœuvres.

Un soir (c'est Grimm qui parle), nous vîmes arriver un
homme sans livrée, qui donna mystérieusement un billet ca-
cheté au maréchal. Le maréchal était seul dans son cabinet.
L'émissaire attendait dans la pièce voisine. Le maréchal lui
avait remis sa réponse, et le courrier mystérieux était re-
parti sur-le-champ. Le maréchal, rentré dans son cabinet,
s'y fit consigner pour tout le monde. Nous avons su, depuis,
qu'il s'y était occupé à écrire et à ranger des papiers...

Il sortit, demanda son neveu, avec lequel il s'entretint
quelques instants, et se rendit au parc sans vouloir être

suivi... Je l'y vis s'y promener seul et toujours dans la même allée; il fixait parfois ses regards sur la grille qui communique avec le bois.

J'étais rentré au château avec une sorte d'inquiétude mélancolique, dont je ne pouvais définir la cause.

On s'entretenait au salon de la mort toute récente de mademoiselle de Sens. — A cette nouvelle, M. de Friese s'était écrié brusquement : « Où est mon oncle? » et se levant avec une agitation extrême, il me prend par la main et m'entraîne vers le parc. Nous apercevons un groupe de domestiques portant un brancard. Nous approchons... c'était le maréchal, blessé, sans mouvement, et d'une effrayante pâleur. Aux cris de son neveu, il ouvre les yeux, fait un effort pour lui tendre la main, et les seuls mots qu'il peut prononcer nous révèlent la cause de sa blessure: « Le prince (de Conti) est-il encore ici? Assurez-le que je ne lui en veux nullement. Faites prévenir Sénac : je sens qu'il arrivera trop tard; mais j'ai besoin de revoir mon ami. Le plus grand secret sur ceci. »

Sénac était au château; mais il ne pouvait pas faire de miracle, la blessure était mortelle.

La mort du maréchal inspira à Marie Leczinska un mot qui ne sera pas oublié. Comme on le sait, il était protestant, et on refusa de l'enterrer à Saint-Denis, près de Turenne.

— Il est bien triste, dit la reine, de ne pouvoir chanter un *De profundis* pour un général qui a fait chanter tant de *Te Deum* !

En partant pour l'armée, les grenadiers français allèrent aiguiser leurs sabres sur sa tombe à Strasbourg. Le mausolée de Pigalle vaudra-t-il jamais pareil hommage?

FIN

TABLE

Paris. — IMP. DE LA LIBRAIRIE NOUVELLE. — Bourdilliat, 15, rue Breda.